魅丽文化 花火工作室

原漫画/青庭　改编/蓝瓦

LINGFENOUXIANG

零分偶像

江苏凤凰文艺出版社
JIANGSU PHOENIX LITERATURE AND ART PUBLISHING, LTD

图书在版编目（CIP）数据

零分偶像 / 蓝瓦著. -- 南京 : 江苏凤凰文艺出版社, 2018.6
ISBN 978-7-5594-1961-3

Ⅰ. ①零… Ⅱ. ①蓝… Ⅲ. ①长篇小说－中国－当代 Ⅳ. ①I247.5

中国版本图书馆 CIP 数据核字（2018）第 088840 号

书　　名	零分偶像
作　　者	蓝　瓦
出版统筹	黄小初 邹立勋
选题策划	吴小波
责任编辑	胡小河 姚　丽
文字编辑	雷凤伶
责任监制	刘　巍 江伟明
出版发行	江苏凤凰文艺出版社
出版社地址	南京市中央路 165 号，邮编：210009
出版社网址	http://www.jswenyi.com
印　　刷	湖南关山美印有限公司
开　　本	880mm×1230mm　1/32
字　　数	298 千字
印　　张	10
版　　次	2018 年 6 月第 1 版，2018 年 6 月第 1 次印刷
标准书号	ISBN 978-7-5594-1961-3
定　　价	36.00 元

（江苏凤凰文艺版图书凡印刷、装订错误可随时向承印厂调换）

目录

C O N T E N T S

目 录

C O N T E N T S

REC

第一章

你和他，是认真地吗?

【1】

林凡意识到《神圣手册》落在洗手间的时候，她的内心几乎是崩溃的。

这本《神圣手册》并不是什么神秘的如厕读物，而是林凡的一本笔记本。

林凡就读的格林大学是全国数一数二的高等学府之一，这里汇聚了来自全国各地的学霸。林凡则是学霸中的战斗机，不仅各科满分，绩点满分，奖学金全拿，论文还拿了一大堆奖。

记载了各科宝典秘籍的笔记本《神圣手册》，是林凡生命中最重要的东西。长期来，许多同学想要一窥笔记本里的内容，都因为林凡无论去哪都带在身边，无从下手。

此时此刻，林凡正火急火燎地奔向女厕所，内心不断祈祷着：老天保佑，可千万别被人拿走了！

事实上，林凡的担忧是多余的。为什么？因为这几天当红人气偶像金凌风被曝毕业证作假，高数仅考零分，事情闹得沸沸扬扬。金凌风被迫回到格林大学重修，今天正是入学的日子。女生们几乎全去堵偶像了，女厕里一个人都没有，就连保洁大姐都不在。

只有林凡，一个不上网、不看电视、不关心任何娱乐新闻，连手机都不用的人才不知道这些事。

几分钟后，林凡气喘吁吁地赶到了洗手间，一个全身包裹严实的男人从里面走了出来。

女厕所竟然有男人？！

林凡虽然惊讶但是没时间深究，毕竟找《神圣手册》才是头等大事。擦肩而过，她闻到了一阵香水味，同时还听到那男人嫌弃地抱怨道："这种乡下地方竟然连厕纸都没有！只有这种东西……"

厕纸？这种东西？

敏感的林凡觉得有些不对劲，回头一看才发现，他嘴里说的"这种东西"，正是她的笔记本！林凡惊呼着冲上去一把夺过《神圣手册》，翻开一看，里面果然有被撕的痕迹！！而且还撕了好几页！

"你……"

才刚说出一个字，她的嘴巴突然被男人捂住，她没说完的话活生生地吞回了肚子里。

"好了好了，我知道了。"那男人一副了解的样子，熟练地从口袋里掏出一支马克笔，口中念叨着，"能追到这种地方来，也是服了！给你就是了。"

他翻开笔记本龙飞凤舞地签了个名字，一脸不耐烦地说道："这就是你想要的吧。"

什，什么？就在林凡一脸蒙圈的时候，他"咔嚓"一声熟练地撕下了签了名的这页纸，递给林凡并说道："拿着赶紧走，要是告诉别人我在这里你就死定了。"

林凡隐忍地看着他做的这一切，胸口的怒火不断地攀升，已经到了顶点，瞬间爆发！

她伸手拉住了男人的胳膊，抡起书包对他一顿暴揍，无数暴击落在男人的身上和脸上。

男人被揍得哇哇大叫，大脑里充满了问号，这世上怎么会有见到我不神魂颠倒，还动手打人的女人？

"你这个戴耳钉上女厕所的娘炮变态！竟然敢撕我的笔记本！我打死你！" 林凡手没停，继续为自己的笔记本报仇，制造伤害。

"啊啊啊——"那男人疼得嗷嗷直叫，"现在的女粉丝也太奇葩了吧，用暴力表达爱意？等等……等等！”

他一把拉住了林凡的胳膊，力量上的悬殊使林凡无法继续攻击。他冷冷地看向林凡，不确定地问道：“你不认识我？不可能吧？”

林凡一副迷茫的问号脸，看起来不像是装的。看来是不知道自己的身份……男人无奈地叹了口气，露出自以为能迷倒众生的闪亮微笑，对林凡解释道：“其实我就是当红偶像金凌风，因为格林大学的女粉丝太过热情不得已才躲到这儿来的，绝对不是你口中的什么变态。记住，千万不要跟别人说你在这见过我。”

“进女厕所躲女生？”因为眼睁睁看着心爱的笔记本二度被撕，一向善良好说话的林凡也变得毒舌起来，“如果是真的的话，你的智商是被冲到下水道了吗？”

金凌风很显然被林凡的话激怒了，他慢慢逼近林凡。金凌风表情冷峻了许多，气场陡然转变。

林凡察觉到了危险了气息，不由得往后退了几步。尽管她表面尽可能地保持镇定，但是她很清楚，她只是个女生，力气不如男人大，眼下又四处无人，多少还是有些害怕的。

金凌风其实并没有太大恶意，即使不是什么公众人物，他也绝不可能对女生动手的，他只是气不过自己的智商被嘲笑而已。似乎为了挽回面子，他争辩道：“就是因为你们这些普通的人觉得躲女生不会去女厕，才说明女厕是最安全的地方！不知道最危险的地方就是最安全的地方吗？这个就是‘反其道而行之’，懂不懂啊你？”

此时，两个人已经靠得非常近了。林凡后背是墙壁，已经无路可退了。眼前的金凌风两眼直勾勾地盯着她，呼吸的气息在林凡的眼镜片上结出一层薄薄的水汽。让她有些恍惚。

第一次和陌生男人靠得这么近，林凡很不习惯。她尽量分散自己的注意力，不甘示弱地说道：“但是你擅闯女厕所，还撕了我的笔记本，我是可以报警的！”

“……”

金凌风没遇到过这样的女人，当即回击：“那你动手打人怎么算？！我的脸可是投了保险的，我要起诉你！”

"……"

两人在洗手间外僵持着，眼神中仿佛迸发出了对抗的电流，谁也不让谁。

"终于找到你了！"

一个男人的声音传来，还带着微微的气喘声。两人的对抗赛被打断，同时回头。

来的是一个个子不高，微胖的男人，头上顶着一头卷毛很是抢眼。

金凌风看清来人后，双手抱胸，有些得意地叫嚣道："老板！你来得正好，我跟你说我要起诉这女……"

"人"还没有说完，金凌风只觉得眼前有一阵风刮过，和预想的不一样，事情似乎朝奇怪的走向发展。

因为卷毛老板飞快地从他身边路过，径直走到了林凡的面前，激动地抓着她的双手说道："林同学！我们终于找到你了，真是太好了！"

金凌风有些蒙圈了，这个带着老土黑框眼镜，穿着过时衣服，长相普通的女人，到底是什么来头？为什么老板看她好像看到了亲人一样？

半个小时后。

三个人表面友好内心波涛汹涌地坐在学校旁边的咖啡厅里。

金凌风忍不住向老板再次确认："这土包子女人就是你千挑万选给我找的补习老师？"

"当然！林凡同学是全校成绩最好的学生，而且补习这件事要尽量做到低调不能惊动校方，只能找学生。所以林凡同学，绝对是最好的选择。"卷毛老板不断地点头，对于自己的安排很满意。

金凌风切了一声，一张俊脸上满满的都是蔑视。成绩好有什么了不起的！

卷毛老板懒得理会金凌风，满脸笑意地看向林凡介绍道："林凡同学，那我也向你介绍一下金凌风同学。凌风呢，是我们公司重点培养的艺人。也是当红歌星，万千少女的偶像，发一个自拍就能转发上百万，热搜榜永远在前十名，接机的粉丝爆满整个飞机场，演唱会的门票一秒钟售罄，几万人到场，各种高端品牌的代言人……除了考试零分的事，其他方面堪称完美！”

卷毛老板夸起人还是很厉害，如果省略掉最后一句的话。金凌风是这么想的，当然也是这么做的。他甚至有些得意，心里想着，这土包子女人听完之后一定对他特别崇拜，到时候就连张签名照都不送她，气死她！

不过很显然，这一套对林凡不适用。

林凡淡定地听了卷毛老板的介绍，点点头翻译了一遍：“嗯，我了解了，这个人除了自恋和变态以外，学习成绩还差到考零分。”

金凌风严重噎了一下，差点连美瞳都要掉出来。说了这么多就只听到了考试零分的事，这女人是耳朵有问题吗？

不过经过了这一天的事情，林凡差不多也了解了这一场闹剧，甚至没有思考，立刻回绝。她可不想和这样的人掺和在一起。

“抱歉，我不喜欢给这样的人补习，我很有原则的。”

她站了起来，已经打算回去了。

身后的卷毛老板也不着急，气定神闲地掏出了钱包，慢条斯理地说道：“林小姐，真的不再仔细考虑一下吗？”

“不考虑。”林凡摆摆手，往门口走去。

“那……如果我说是十倍补习费呢？”

十倍！林凡的双腿不听使唤地停了下来。

金凌风在一边乐得看戏，还没有回过神，眼前又是一道飓风。

林凡已经光速地从卷毛老板手里夺过补习费，塞进了书包。她推了推眼镜，一脸为人师表的凛然正气：“成交！我的原则就是尽力帮助同学！”

没办法，十倍！十倍补习费！以林凡的经济状况，她实在难以抗拒，再说了给他补补课就当复习了。

“那就这么愉快地决定了，我们凌风就拜托你了！”卷毛老板满意地点点头，看了一眼金凌风便放心地离开了。

林凡调整好心态回头看向瑟缩了一下的金凌风，严厉地说道：“跟着我一起上课可以，但我有一个要求。”

金凌风还在心里暗骂卷毛老板，此刻听请来的补习老师提要求，心中隐隐有种不祥的预感。

林凡扶了扶眼镜，正色道：“我的要求就是不准穿这样奇怪的衣服站在我旁边！只能穿最平常最低调的衣服。”

金凌风一口拒绝：“凭什么！你知不知道我可是明星啊！搞笑！”自己穿得土还不准别人时尚，什么道理？

林凡呵呵一笑：“不好意思，在我心中只有费玉清一个明星。”

“你！”金凌风气得要命，自动脑补眼前这个女人拿着话筒唱着费玉清的《一剪梅》的画面。一阵恶寒袭来，金凌风赶紧摇头。像是赌气一般，语气不好地说道：“穿平常的衣服就穿平常的衣服。”

【2】

拿人钱财，替人补习。反正都是为了生活，对林凡来说，这和在超市打工没什么不同。

虽然对金零分那家伙没有半分好感，林凡职业操守还是有的，早早地到了学校门口，等着那所谓的明星补习生一起去上课。

林凡到的时候发现金凌风还没有到，于是打开《神圣手册》准备一边温习一边等人。翻到被金零分撕掉的那几页笔记，忍不住心疼，这可是她最宝贵的东西啊。

不远处，一辆高级轿车匀速驶来，停靠在路边。

车门被拉开，下来的是一个戴着墨镜，穿着黑色精致礼服的男人。他神情淡漠，对于旁边几个女生一脸花痴地举着手机给他拍照的事情，也习以为常。

因为太过于吵闹，林凡也注意到了这边。她想大概是个有钱的盲人大叔吧。正要移开目光继续温习，一眼瞥见他耳朵上那熟悉的耳钉。随着男人和林凡之间的距离渐渐拉近，她终于发现这男人看起来有些面熟。

是他，金零分！

林凡收好《神圣手册》，三步并作两步上前一把摘掉了金零分的墨镜。林凡吼道：“金零分！”

相较于无端被摘下墨镜，金凌风更讨厌这个称呼。恶狠狠地喊道：“不准叫我金零分！”

林凡不以为意，皱着眉揪住金凌风那毛茸茸的衣领，质问道：“金零分！都说了穿平常的衣服！”

显然，她的警告被无视了。林凡还在怒气冲冲地质问，一只有力的胳膊突然从后背将她环住，从腋下穿过，将她紧紧抱住，然后往后一拽，直接把她拽到了墙边。

林凡被迫性地靠着墙，没来得及说话，金凌风的小臂已经重重地抵在她左上方的墙壁上。

“土鳖女。”他的脸靠得很近，眉头皱在一起，口气不善。

“别挑战我的耐心。还有……”金凌风指着自己的衣服，用类似科普的语气说道，“这，就是我平常穿的衣服。”

简直强词夺理！

林凡忍不住和他硬碰硬：“既然你来格林大学重修，就应该有点学生的样子，否则我不会让你跟我一起上课的！”

“你！”

软硬不吃的女人，金凌风简直要炸了！胸口剧烈地起伏，忍了许久，金凌风才勉强没有再发脾气，转身离开。

十几分钟后，金凌风的助理小九已经弄到了一套普通衣服。更衣室里，金凌风正慢吞吞地脱掉一身名牌。想起刚才的事情，金凌风火气往上冒。终于忍不住地将衣服粗暴地扔在地上！

“我一个大明星，为什么非要听那个土鳖女的话！也不看看她自己穿的什么？屎黄色裤子和大妈款毛衣！”

金凌风实在忍不了了。

“风，忍一忍。否则老板会生气的，万一被雪藏就糟糕了。”小九知道他心情不好，但是最近的娱乐新闻的确对他不利。只好在一边小心劝慰，顺势把手里的衣服递给他。

金凌风犹豫了一下，还是接了过来。

他上衣换成白色T恤外加蓝色外套。站在镜子前总觉得哪里不舒服，他摸着衣料，不习惯地说道：“这完全就是平民的衣服啊……”

“不会啦。”小九上下打量金凌风，竖着大拇指，真诚地夸赞，“风不管怎么打扮都会吸引一大票大学女生的，真的很好看！”

“也是。”金凌风从不怀疑自己的魅力，脑子一转，他突然有了一个大胆的猜测，他捏着自己的下巴竟然笑出了声。

小九读不懂这笑容背后的深意，茫然地问：“你笑什么？”

金凌风一脸陶醉地理了理头发，说道:“你说，那个学霸土鳖女……是不是爱上我了，所以故意用这种奇葩的方法吸引我的注意？”

“……”

小九满头黑线，一边收拾换下来的衣服一边发出弱弱的声音：“我想，大概不是……”

金凌风假装没有听到小九的回答，明亮的眼眸散发着自信满满的迷人光泽。他走出更衣室，看着不远处那个戴着近视眼镜，着装土气的女生林凡。他心里暗暗地下了一个决定。

“本大爷一定会征服你的，土鳖女！”

自习课。

林凡在认真地做题，旁边的金凌风早就无聊透顶了，手指不断地敲打着课桌，正熬不下去的时候，身后突然传来了两个女生讨论的声音。

“诶，你刚刚有没有看到他啊？”

“当然有啊，超帅的！”

“嘤嘤嘤好激动，那面部轮廓，简直是只有天使才拥有的！”

“啧啧，还有身材，一看就是那种穿衣显瘦脱衣有肉的类型！”

“真的，看到真人超激动！”

这样的称赞，金凌风早就已经听腻了。但在经受林凡一天的“折磨”后，此刻十分受用，瞬间自信就爆棚了。就算是穿上路人的衣服，他同样也星光四射，迷倒万千少女。

金凌风推了推墨镜，得意地说：“喂，土鳖女，看到没有，我在你们学校的人气可是……”

旁边的林凡却陡然一下子站了起来，吓了金凌风一跳。

“你干吗？！”金凌风喊了一声，原本要说的话也抛之脑后了。

此刻的林凡脸颊绯红，怔怔地看着走进教室的男生。

“谢煜霖学长！”之前那两个讨论的女生此时已然激动地抱在了一起，尖叫了起来。

“我当初就是为了他才故意选修这门课的！”

“超帅超帅，完全是明星范！”

“就是！而且各种比赛拿冠军，简直智商碾压。”

“完全不比金凌风差的啊。”

“拜托！金凌风什么鬼啊？竟然考零分，还造假毕业证，我早就路人转黑了！”

……

金凌风的脸越来越黑，他后知后觉原来刚刚那些人说的不是自己！他还在土鳖女面前秀优越感！

太丢脸了！

金凌风不爽地把二郎腿“砰”地抬到了课桌上，小声地念叨：“切，这个学校的人是不是都是土鳖啊？那个男的跟我完全没法比。”

“他是……”林凡完全将金凌风隔绝在外，羞涩地半捂着脸，不给面子地说道，“世界上最帅最好的人。”

金凌风差点晕倒，这个土鳖女是闹哪样？太损本大爷颜面了吧！他报复性地伸手挡住林凡的视线。

“什么啊！不准看！”

“你……神经病！你干吗啊？放开我！”

“你什么眼光啊？身边明明有一个帅一百倍的……”

林凡真的很崩溃，碰到金凌风这种人。好脾气的她都忍不住大喊一声：“放开！变态！”

林凡挣扎着想挪开他的手，但金凌风死活就是不放手。

“放开。”一个好听的男性声音传来，紧接着男生抓住金凌风的胳膊，一把将他拉开。虽然动作有些粗鲁，但是语气还算友好。

“听到没有，她说放开。”他又温和地补了一句。

重获自由的林凡扶了扶已经歪到不行的眼镜，同时也看清了男生的脸。

竟然是谢煜霖学长，林凡的脸有些发烫。

金凌风“啪”的一声甩开了谢煜霖的手，不屑地说：“该放开的是你吧？”

两人的目光交汇在一起，金凌风气焰嚣张，谢煜霖也毫不示弱。

“她……”金凌风指向林凡，一副宣誓主权的样子，然后坚定地说道，“是我的……”

林凡听到这里简直要疯了，这个金零分，在乱说什么啊，霖学长不会误会吧？林凡正想要开口否认，金凌风的手指戳在了她的脸蛋上，“……补习老师！”

“……”

这个金零分，说话那么慢真是讨厌死了。林凡偷偷看了一眼谢煜霖，他看起来，也好像松了一口气的样子。

“原来是这样，你们认识就好。”谢煜霖温柔地说。

“嗯！谢谢霖学长。”

谢煜霖微微一笑，眉眼一弯，带着少年特有的温柔和明媚，林凡觉得这笑容比和煦的春风还要温暖。

是了，谢煜霖学长一直都是这么的温柔。

【3】

自习课结束后，要做的事就是给金零分补习了。林凡上个洗手间的功夫，回来就发现金零分不知道跑哪儿去了。

算了，管他呢，先回家吃饭再说。

走出学校大门，林凡发现前方熙熙攘攘的人群围在一起。

那边在干吗呢？难道是打折图书大促销？这种事可不能错过！想

到这里，林凡飞快地挤了进去，好不容易挤到了前面，并没有看到什么书摊，而是一辆豪车。

小九站在车前，一眼就看到林凡。他绅士地打开副驾驶的车门，笑容满面："林小姐您来了，请上车前去补习吧！"

围观群众的视线纷纷转移到了林凡的身上，全都是好奇和探究。七嘴八舌地开始议论——

"哇，那就是女主角啊……"

"豪车接送诶，好羡慕！"

后座的车窗摇了下来，金凌风那张帅气的脸出现在林凡的视线之中。林凡翻了一个白眼，双手放在双肩背包的肩带上，嫌弃地说："我！才！不！要！我只搭超市的免费巴士回去。"

"喂，你怎么……"金凌风探出了脑袋，却发现围观群众爆发了相同的感叹。

"这女的好拽！"

金凌风此刻已经差不多要暴走了，要不是围观的人这么多，他真想好好教训一顿这个敬酒不吃偏要吃罚酒的女人，让她好好改改身上这些臭毛病。

"要找我补习的话就得听我的！"林凡留下这句话后，转身就走。

金凌风愤然下车，粗鲁地拽住林凡的胳膊，语气有些不善："喂！土鳖女！你别得寸进尺了！我一个偶像怎么可能去坐免费巴士？不可能！"

金凌风的声音带着一丝威胁和愤怒，但林凡并不害怕，她做出的决定也有自己的坚持。

"林凡，需要捎你一程吗？"

人群中传来一阵温柔熟悉的声音。

骑在单车上的谢煜霖看起来优雅而帅气，林凡不愉快的心情瞬间抛之脑后，心花怒放，像是生怕别人反悔一样，一口答应："啊！霖学长，好啊好啊！"

金凌风有些不爽，这女人也未免太开心了点吧！然而让金凌风更不爽是眼看着林凡就要奔向谢煜霖的自行车了，耳边不断地传来各种声音。

"女主角竟然拒绝了豪车帅哥诶，更愿意在自行车上笑！"

“话说你们有没有觉得他有点眼熟啊？”

“长得有点像金凌风？”

“不会吧，那男的好丢脸！”

有他金凌风在，竟然还选别的男人，太丢脸了！金凌风大喊一声，叫住林凡：“知道了，我们去坐免费巴士！”

和上次相同的动作，金凌风直接环住了林凡，硬生生地将她拖走。

“霖学长——”

在林凡微弱的呼救声中，她还是被金凌风拽向了巴士方向，眼睁睁地看着霖学长离她越来越远……

社区巴士上几乎全是打瞌睡的老人。

林凡错过学长的单车，心中遗憾了一阵子，然后还是选择争分夺秒地扶着扶手认真地背着单词。而金凌风因为是第一次坐巴士，看起来别别扭扭地，浑身不自在。

挤了半个小时的社区巴士，又穿过狭窄的小道，终于到了林凡的家。

金凌风皱着眉，看着破旧的建筑，嫌弃地停下脚步问道：“这是什么破乡下地方！一定要到你家补习吗？”

林凡却是一脸满足和得意，回答道：“这可是我寻觅很久才租到的超级完美月租房！”

林凡拿出钥匙开门，推开门自豪地介绍：“一个月只要二百块钱！比住宿舍还便宜呢！”

金凌风看了一眼狭小的房间，简直用一览无余也不为过，床和书桌已经占了房间一大半。

“这……好小……”想走人的节奏。

金凌风掏出了手机，想打电话让小九安排一个补习地点，可左上角“无服务”三个大字毫不留情地让他的计划胎死腹中。

林凡开心地走进逼仄的厨房准备晚餐，刚揭开锅盖，就听到金凌风的咆哮声。

“你这破地方没信号就算了，怎么连 wife 都没有啊！”

林凡的手一顿，妻子？

“wife？你，你在说啥？”林凡一头雾水。

“就是wife啊！”金凌风随手拿起笔在《神圣手册》上“唰唰”就是几笔，“W—I—F—E！wife！无线网络！连这个都不懂，你还当什么补习老师！”

金凌风将《神圣手册》扔给林凡，一脸鄙夷，这都不知道，切，学霸也不过如此嘛！

《神圣手册》上写着大大的wife，旁边还画着一个猪头。

“是WiFi吧！”林凡很无语，然后警告道，“还有不许在我的《神圣手册》上写字！也不许画画！”

林凡将《神圣手册》放到一边，一脸平淡地说：“我没有手机，不需要用WiFi，所以就没有办理。”

金凌风简直如他的名字一样在风中凌乱，这女人，到底过着什么样的生活啊？

林凡才不管他心里的小活动，她突然想起来，既然来家里了，就算是半个客人，也不好让他饿着肚子补习。

“对了，你要不要吃点晚餐？”她问。

“晚餐？”金凌风看了过去，一锅粥，一罐黑色的东西，这些能称之为晚餐？他简直难以置信。

“你的晚餐就是这个？连一点肉都没有！这黑黑的又是什么东西？”他又嫌弃又好奇，犹豫着想伸手摸一摸那黑乎乎的玩意。

“不要乱动！”林凡用筷子敲了一下他的手，他立马缩了回去。

“橄榄菜你都不知道吗？”

橄榄菜？他还真没听说过。

没过多久，“叮”的一声，粥已经好了。

林凡盛好粥，一脸喜滋滋地说：“爱吃不吃！我先开动了！”

站在一旁的金凌风仍在怀疑这是不是林凡的一场恶作剧。他试探地问道：“这……真能吃吗？看起来好恶心。”

林凡不管他，大口大口地吃得不亦乐乎，满脸都是幸福的模样。

金凌风愣愣地看着林凡，这女人……明明过得这么凄惨，却一副悠然自得的样子，明明跟这橄榄菜一样，又黑，又寒酸，又怪异……

可是看她那表情，好像真的吃得很开心。

那我也稍微尝一下好了。

金凌风小心地拿起筷子夹了一块橄榄菜，纠结再三，最终还是放进了嘴里，嚼一下，两下，咦？

就是这一块橄榄菜，完全颠覆了他的认知。

“这是什么啊！也太好吃了吧！”他毫无顾忌地大口吃着，偶像包袱是什么？早已经抛到了九霄云外。

这是金凌风第一次吃这种速食橄榄菜，在这之前，他绝对想不到，吃过那么多美食的他，有一天会喜欢这种独特的味道。

金凌风唰唰吃完一碗后，将空碗递给林凡，说：“再给我一碗！”

“喂，你都快把整罐吃完了！这个一罐要七块五呢！”林凡一边给他盛粥一边嘟囔着。

最后的结果是金凌风将那罐橄榄菜吃了个底朝天。

“好饱啊……”两人摸着圆滚滚的肚子，并肩倒在地板上。

这一瞬间，就连空气都弥漫着幸福而满足的味道。

林凡收拾完碗筷，准备开始补习。抬头发现金凌风拿着空罐子，对着手机凹造型。

“你在干吗？”作为格林大学的学霸，林凡不懂金凌风的行为。

“自拍啊！”金凌风随口回了一句，把罐子放在脸旁边，对着摄像头卖萌，咔嚓拍了一张照片。

“自拍？”

“自拍你都不知道？土鳖女，来！”

金凌风一把将林凡揽进怀里，林凡惊恐的脸马上占据了一半屏幕。

“喂喂喂！”林凡挣扎着，但金凌风并没有理会她。

“像这样，1——2——3——就拍好了！”

然而拍出来的效果是，第一张林凡吓得大叫，好像是被金凌风绑架了，第二张林凡茫然无措，也不看摄像头，至于第三张，林凡模糊成了一团马赛克。

“算了算了不拍了，你丑死了！扫兴！”

金凌风黑着脸将几张照片删除了，从来没见到过这么不会自拍的人，简直猪队友，跟她一起拍照就是在浪费表情。

“拍什么拍！都八点了，开始补习！”林凡没好气地将练习册丢给金凌风，“给你二十分钟，先把这些基础题都做了，然后我再给你出一些题。”

一提到补习，金凌风整个人瞬间弱了下来，有气无力地应了一声：“哦……”

打开练习册，拿起笔，第一题还没阅读完，金凌风就感觉困了，身边的林凡还在盯着，他硬着头皮把题目都做了。然后交给了林凡。

林凡看着练习册上她打的一个个醒目的红叉，竟然一道题也没做对！林凡不由得感叹道：“难怪你能考出‘零分’这么不符合概率学的成绩来！”

金凌风看着她，一脸“怪我咯？”的表情。

“把刚才的错题重做一遍，然后我们进入下一章节。”林凡把练习册给他，想着重做一遍估计又要花不少时间，就打开《神圣手册》复习。

不到十分钟，金凌风突然拍案而起，大喊一声道：“糟了！”

“怎，怎么了？”林凡吓了一跳。

“这里没有信号，也没有无线网，我没法告诉小九我的位置，小九不知道去哪儿接我！”

林凡也感觉有些不妙，微弱的声音问道：“所以呢？”

金凌风摸着下巴，冲林凡挑眉说：“孤男寡女，这下糟了！”

林凡：“……”

补习结束后，金凌风先去洗澡。

哗啦啦——浴室里传来水声，但是很快画风就变了。

“啊——”浴室里传来他的惨叫声，“土鳖女！你这破地方怎么连热水都没有啊？！冷死我了！”

林凡淡定地看着笔记，回答道：“二百块钱一个月是这样的，偶尔才会有热水，你想要我收留你，就不要那么多废话！”

“……”

真是倒霉，要不是怕被人看出来早就住酒店了！当明星，有的时候还真不如普通人。无奈之下，金凌风只得加快速度，匆匆洗完了事。

“土鳖女，该你去洗了。”金凌风走出了浴室。

“好。”林凡放下笔记本，一扭头，发现眼前的金凌风竟然裸露着精壮匀称的上半身，就下半身裹着一条浴巾。右手拿着一块毛巾，正在擦拭湿乎乎的头发。

“你想干吗！为什么不把衣服穿上？”

林凡受到了惊吓，连连后退了好几步，直到退到了墙边。

看着林凡闭着眼睛紧张到不行的样子，金凌风在心里呵呵，这个土鳖女，也未免想太多了吧。

金凌风一拳打在墙壁上，将她困在自己的前胸和墙壁之间，无奈地说：“你听好了，我对你这种身材差的，不感兴趣。”

他顿了一会，又说道：“所以，你可以去洗澡了！”

“知道了。”林凡匆匆应了一声，自始至终都没有睁开眼睛，一溜烟蹿进了浴室，第一件事就是打开花洒先洗眼睛。

“呵，跑得还真快。”金凌风耸耸肩膀。

十分钟后，金凌风已经穿好了衣服，头上裹着一条毛巾，正对着手机整理自己，毕竟这个屋子里连个像样的镜子都没有。

“咦，我的眼镜在哪里？”浴室里传来林凡的声音。

“我怎么知道……”金凌风不耐烦地回头，发现林凡走出浴室。

刚洗完澡的林凡没有戴眼镜，头发也自然地垂下来。刚洗过澡的肌肤白白嫩嫩，双颊还带着红晕。

陡然见到这样的林凡，金凌风有些发愣，眼里闪过一丝惊艳，他心底冷哼了一声，也不是那么难看嘛，还有几分秀气。

金凌风忍不住多看了两眼。

但也就两眼而已，因为林凡很快就趴在地上四处摸索着自己的眼镜。那个姿势实在是……不忍直视。

“我明明把眼镜放这里了，去哪里了呢……”林凡凭着感觉一通乱摸，以她的近视程度，不戴眼镜基本就是睁眼瞎。

在哪里，在哪里？难道在柜子上？

林凡伸手探向柜子，但是基本上和瞎子没啥两样的她并不能精确判断柜子的方位。

金凌风随意地盘着腿坐在床上，突然感觉一只手伸了过来，在他两腿之间摸索……

金凌风大脑有些空白，这个女人，在干什么！

“诶，怎么软软的，好像摸到了奇怪的东西，可是家里好像没有这样的东西啊……”林凡念叨了一声，突然反应过来，今天家里多了一个人，自然也多了一些“东西”。

“啊啊啊啊啊啊！”林凡的尖叫声划破夜空。

“喂！你怎么又打人？！明明是你非礼我！”

“你干嘛杵在那里！好恶心！”

“恶心的是你吧，随便乱摸还打人！”

“你……你给我出去！出去！”

【4】

一直吵到凌晨，两个人都又困又累。眼镜也找到了，于是终于决定休战睡觉。

床，只有一张，还好可以打个地铺。

林凡躺在地铺上，正闭上眼睛打算睡了，突然想起一件事情来——

“等下！这是我家，我还是女生，凭什么我睡地上？”

“因为我是明星啊！”金凌风理直气壮。

明星又怎么样啊？不过，好像真的有不一样……

“像你们明星，应该很有钱吧？不像我们这种人，经常要考虑钱的事情。”

金凌风没想到她会突然说这个，随口问了问：“你很需要钱吗？”

“嗯，很需要。”林凡背对着金凌风坐着，双手抱膝，“我小时候超想吃电视里的那些牛排……不过因为很贵，从来没吃过，所以，我很羡慕你。”

“我没什么可羡慕的。”金凌风的神情也变得落寞起来，“从小我就是一个人在大大的房间里睡觉，那个老女人骗我说，她不在的时候我只要数绵羊数到100，她就会来哄我入睡。但其实，每次数到99，我就会紧闭眼睛，逼自己睡着了，因为我知道，数到100……也不会有人到我床边来。”

似乎触及到了金凌风最柔软的地方，他的语气也带着一丝哀伤和孤独。林凡没想到金凌风的童年竟然是这样的。

“其实我很害怕一个人入睡，很可笑吧。”

“喂，土鳖女，你能不能……”

“嗯？”林凡轻轻地回了一声。

“能不能，等我睡着了你再睡？”

那是林凡第一次见到金凌风脆弱的一面，也说不上为什么，虽然自己也很困，但那一刻，她难以拒绝。

这天晚上金凌风睡得很好。

清晨，他一睁眼便看到了旁边林凡的脸。什么情况？怎么会睡到一块儿的？

短暂的慌乱过后，金凌风翻了个身，单手撑着脑袋。他看了一眼空荡荡的床，琢磨着自己是什么时候滚下来的，为什么一点印象都没有，还有这个土鳖女，是没睡醒还是被砸晕过去了？

身边的林凡，她呼吸平稳，双颊红润，嘴角带着微微笑意。那张白嫩的脸毫无防备，似乎沉浸在一个香甜的梦里，金凌风用手指戳了戳她的脸，婴儿般熟睡的林凡丝毫没有反应。

完全睡死了，是猪吗？金凌风正想叫醒她，可转念一想，也许是昨天等太晚了，决定不打扰她了。

“喜欢……喜欢你。”睡梦中的林凡突然呓语，竟然是如此直接的表白，金凌风不知道怎么，脸突然红了。

“可是不行……要好好学习，好好学习才行……”林凡继续呓语，整个人看起来非常纠结。

平时死不承认，没想到在梦里很诚实嘛，金凌风得意地笑了笑，使坏地掐着林凡的脸蛋碎碎念："我就说你这土鳖女肯定是喜欢本大爷，对吧！"

林凡被活生生掐醒，睡眼惺忪地嘟囔着："你在干什么啊！"

"土鳖女，上学要迟到了。"金凌风故意吓唬她。

林凡慌乱地坐了起来，她看了看时间，果然起晚了！于是一个箭步冲到浴室洗漱去了。金凌风耸耸肩膀，觉得有些好笑。

"咚咚——"门口传来一阵细微的敲门声，金凌风懒得理会，但门口的人锲而不舍地一直敲，金凌风只好无奈地过去开门。

门口的人是谢煜霖，金凌风有些惊讶，谢煜霖也是一脸惊讶。

"干吗？"金凌风手抵着门沿，没打算让他进来。

"怎么又是你？你怎么会在林凡家里？"谢煜霖觉得不可思议，"她现在在里面吗？"

金凌风困得不得了，懒得向这位不速之客多作解释。

"林凡的东西是吧？"他一把拿过谢煜霖手里的资料袋，"给我就好了，拜拜。"

谢煜霖还没反应过来，金凌风已经"砰"地关上了门。

谢煜霖站在门口愣了好一会儿，他摸了摸头，表情依旧冷淡，但是多了几分苦恼："奇怪，我为什么会觉得这么的不爽。"

金凌风把资料随手塞进了林凡的包里，洗漱完毕的林凡走出浴室。

林凡说："喂，我家没有新牙刷……"

"你不要妄想本大爷会和你共用牙刷了。"金凌风扬了扬他的手机，"我刚刚发现昨天半夜某个时间突然有了信号，小九收到了我发的定位来接我了，已经到了楼下。"

"谁要和你共用牙刷！"林凡觉得这个人简直自恋到了一定的境界，"我只是想叫你去买一支新牙刷，既然有人接你你就赶紧离开我家！"

金凌风想起早上熟睡的林凡和现在炸毛的林凡，摇了摇头，心里想着，这个土鳖女，还是睡着的时候稍微可爱一点。

"对了，我上午要去超市打工，你早点去学校帮我占个座位。"林凡一边煮粥一边叮嘱。

金凌风没回头，爽快地应了一声："知道了。"

林凡看着电饭锅叹气，橄榄菜都被吃光了，看来今天的早餐只有白粥了。

金凌风回到了自己的公寓，把自己里里外外收拾清爽，然后一边吃着早餐一边安排小九去给他买几箱橄榄菜。

虽然不明白为什么，小九还是照做了。

几箱橄榄菜而已，原本以为分分钟就能搞定的事，却因为金凌风在微博上发的那张拿着橄榄菜自拍的照片而变得异常艰难。一大早各大超市瞬间被金凌风的粉丝占领，他们为了支持金凌风，纷纷排队购买橄榄菜，造成了围堵。万能的小九费了九牛二虎之力才完成任务，然后又急匆匆赶回来送金凌风去格林大学占座位，这才得空休息一下。

金凌风觉得作为一个偶像，任何事要做就做到极致，占座自然也一样。他站在教室里，左手右手一个快动作，将一叠书本在教室里一顿扔，不到一分钟前三排中间的座位全部被占领。

金凌风霸道地坐在最中间的位置上，丝毫不在乎周围同学不爽的眼神。

同学们敢怒不敢言，悄悄讨论着这人的来历。

"他是谁啊？这么拽！几排位置全被他占了。"

"不知道，穿得好浮夸。"

"新来的吧，是谁的朋友？"

"有这样的朋友很丢脸吧！"

林凡打了个喷嚏，不知道是谁在背后说她。等她走进教室，正纳闷为什么很多同学们不坐在座位上，就听到金凌风大喊一声："土鳖女！这边！"

同学们开始议论纷纷，林凡愣了一下，硬着头皮走向金凌风。

"什么？是学神的朋友，不会吧？"

"学霸从来都是独来独往的啊。"

"一向低调的学神，竟然会交这么奇怪的朋友……"

"学霸就可以霸占好几排座位吗？凭什么！"

林凡大约明白了事情的经过，低着头迅速将金凌风用来占位置的书本收了起来，好让同学们各自找位子坐下。

"你为什么要霸占这么多排啊？"林凡将书本丢给金凌风，"你哪天不成为焦点会死吗！”

金凌风挑眉说道：“我是第一次上课占座位，而且不是你让我占座位的吗？”

林凡暴汗：“那你也不用占那么多吧？”

“凭什么？”金凌风一脸的不以为然，“我金凌风平时看电影都是包场的！”

“你……”林凡气得直想打人，要不是老师已经进来了，她非得好好给他上一堂思想教育课不可。

老师一进来，班级里开始安静了。班长给大家发上次考试的试卷，林凡手心出了汗，心里扑通扑通跳着，有些紧张又有些期待。

班长到了林凡的面前，将试卷递给林凡，笑着说：“恭喜林凡同学，又是满分！”

林凡双手接过试卷，激动地差点掉下泪来：“不会吧……我简直不敢相信。”

一边的金凌风简直看不下去了，忍不住吐槽道：“干吗？又不是第一次考满分！用得着这样吗？”

“你不懂！这是我第一百次考满分！”林凡两眼泪汪汪。

金凌风满脸不爽，说：“你在炫耀吗？”

林凡默默将试卷抱在胸口，眼神里充满了期许。

“我答应过自己，只要考到第一百次满分……”林凡有些害羞地低下头，“我就允许自己去做那件，我一直一直很想做的事。”

一直很想做的事……

听到这句话，金凌风脑子里突然闪现昨天晚上林凡坐在地铺上的样子。她一脸期待又向往的神情说道：“我小时候超想吃电视里演的那些牛排的……”

难道是这个？金凌风顿时明白了过来。他伸手摸了摸林凡的脑袋，一副大哥哥的模样说道：“那为了帮你庆祝，下课后我带你去一个地方好了！”

头发被揉得凌乱的林凡大叫这：“你做什么？住手，住手！”

还是避免不了，被揉成一团乱。

下课铃声一响，林凡匆忙收拾东西，两人一起到了校门口。

金凌风将手搭在林凡的肩膀上，往外面一带："走吧，土鳖女！"

"我还有点事情，你等我五分钟，我很快就好……"林凡说完，急匆匆往楼梯口的方向跑去。

金凌风耸耸肩膀，看着她远去的背影，然后掏出手机给小九打电话。

"喂？小九，那家法式牛排餐厅……嗯，最贵的那家，今晚帮我包场。"

他脑子里又想起昨晚上林凡满心欢喜地说着："我小时候超想吃电视里演的那些牛排……"那样渴望又纯真的脸，真是可爱。

挂断电话，耳边传来一个熟悉的声音。

"虽然很冒昧……"

土鳖女？看样子没有走远，不知道在干什么，金凌风好奇地跟了过去。

"但因为今天考了第100个满分，所以……"林凡满脸通红地站在谢煜霖面前，"霖学长，有一句话在我心里憋了很久了……"

感觉要听到什么了不得的事情，金凌风也不由得停下了脚步，躲在一旁看着。

"其实我一直……"林凡低着头，双手紧握着。像是终于鼓起了勇气，喊了出来。

"很喜欢你！"

终于说出来了，虽然还是紧张到不敢看霖学长，心里七上八下的，但毕竟把藏在心里这么久的话告诉他了，林凡轻轻松了一口气。

谢煜霖看着眼前的女孩，想起早晨去给她送资料的时候，开门的是金凌风，看样子昨天晚上应该是住在一起了。可现在却在向他表白，他突然觉得，也许自己并不是那么了解林凡。

"原来，像你这样的女生，也那么随便的吗？"他轻蔑地说道，丢失了自己一贯的温柔。

林凡一愣，茫然无措地抬头，和自己喜欢的人表白，就算是"随便"吗？可学长那张脸根本就不像是在开玩笑。

她看着谢煜霖那异常冷漠的脸，眼眶里的泪水在打转。

【5】

原来是表白，算是看明白的金凌风皱了皱眉。

“喂！土鳖女。”金凌风从角落里走了出来，“五分钟到了，该走了吧！”

“五分钟？”谢煜霖有些疑惑。

“对啊，我和土鳖女约好了一起吃饭，但是土鳖女说有点小事要处理一下，五分钟就好。”

谢煜霖的脸一下子白了，看似真诚的表白，竟然只是当作一件五分钟就处理好的小事吗？谢煜霖看着林凡，有些不解。林凡她以前并不是这样子的，自从这个叫金凌风的人出现之后，她的行为就开始怪异起来。想起那日去她家送资料，也撞上这个金凌风。谢煜霖想不明白，这到底是怎么一回事？

“你……”谢煜霖开口想个清楚，却被林凡打断了。

“对不起，是我打扰学长你了。”林凡强忍住泪水，“我先走了。”

林凡转身的那一刹那，眼泪夺眶而出。金凌风回头狠狠瞪了一眼谢煜霖。然后跟了过去，一言不发地拉着她去了一家餐厅。

她木然地看着服务员依次端上精美的食物，还没有缓过来。

金凌风把自己餐盘里的牛排切好，然后和林凡换了过来。

“吃吧。”金凌风说着开始切第二份牛排，“我从来不为别人服务的，不过看你这个土鳖女也不会切，便宜你啦。”

林凡愣愣地拿起叉子，叉了一块牛排放进嘴里。没想到，心心念念想了那么久的牛排，第一次尝试，竟然那么难吃。嚼着嚼着，林凡忍不住“哇”地大哭起来。

金凌风坐在对面，放下了刀叉，无奈地看着她。

“有那么难吃吗？你也太不给本大爷面子了吧！”

林凡边哭边吃，越哭越大声，眼泪都掉到餐盘里。

金凌风实在受不了了，毕竟对面坐着一个泪人，真的很影响食欲。

“喂！你哭够了没？”哭就算了，而且还哭得这么丑。

林凡没理会他，摘下眼镜放在一旁，继续大哭。

“我……我好难过啊！”林凡一边哭一边说，也不知道是要说给自己听还是说给金凌风听，不过区别也不大，反正现在任谁安慰也没用。

“你从刚才一直哭到现在，你这个样子还怎么给我补习？”金凌风试图利用职业道德来逼迫她暂时遏制住悲伤。

可失恋的女生又怎么还顾及得了这种事呢，林凡丢下手中的刀叉，彻底放飞自我：“我，我控制不住……”

看来问题比想象中严重，金凌风想了想，问道：“你除了学习以外，平时有做户外运动的习惯吗？做点户外运动调解下情绪吧，像 tennis 什么的。”

“平时的户外运动，倒还真有……”林凡停止了哭泣，虽然眼角还挂着泪珠，但一说到平时的户外运动，整个人情绪平稳了很多。

吃完饭，林凡火速拉着金凌风来到了宽敞热闹的广场，节奏欢快的音乐，穿着五颜六色衣裙的大妈，这难道就是——传说中的广场舞！

林凡热情地和舞友打招呼：“嗨！张妈，雪姨，今天又来了啊！”

“是小林啊，好久没看到你了！”

“啊哈哈哈对啊，我好几天没来了，最近跳新的了啊，把我落下了！”

这完全就是中年妇女之间的对话啊！一旁的金凌风暴汗，林凡……她到底是个什么样女人？为什么她做的每一件事都那么可怕！他的生活，绝对不能被这个女人污染了！他要立刻、马上离开这种地方！

只是还没来得及迈出步子，金凌风就被张妈拉住了胳膊。

“啊呀！小林，这是你的小男朋友吗？”

雪姨更是热情到直接上手摸金凌风的脸，连声称赞：“好俊啊！快让阿姨好好看看，哎哟，这皮肤，真滑！”

大伙一听，恨不得都来摸一摸。

金凌风厌恶地直往后退，警告道：“别碰我！不然我告你们了！”

“哟，还挺害羞！”

林凡已经加入到舞队中自我陶醉地翩翩起舞了，一边跳一边喊：

“喂，金零分，过来一起跳！”

偶像怎么可能做这种事，金凌风转身准备离开：“我有事先走了。”

林凡淡淡一笑，继续随着音乐舞动着。

“好，那你就继续考零分吧，补习到此结束。”

“有你这么威胁人的吗？”金凌风脚步一顿，不爽地回到林凡旁边。

恰好又一首神曲的前奏音乐响起，林凡催促道：“快点，下一首开始了！”

伴随着“若能比翼双双飞呀飞，真想永远长相随”的歌词，林凡舞动着腰肢，混在人群里的金凌风只想土遁。

“金零分！跟着张妈，舞动起来！”

“……好恶心啊你！”

虽然极不情愿，金凌风还是随着这魔性的音乐第一次跳起了广场舞。他心里想着，要不是因为这个土鳖女刚才哭得那么可怜，本大爷才不会做这种事！算了，这个土鳖女笑得这么开心，就当是本大爷接了个关爱土鳖女的慈善公益活动吧。

跳了一个小时的广场舞，出了一身汗的林凡果然感觉心情平静多了。不管怎么样，生活总是要继续的。这是林凡生活的精神和准则。

第二天，林凡照常来到学校，也不知道为什么，从进学校的那一刻起，就感觉同学们看她的眼神和往日不同，好像还在指指点点地议论着什么。

林凡有些不安，难道向霖学长表白的事被大家知道了？到底是谁传的八卦啊？林凡忍不住竖起耳朵听她们讨论。

咦，好像不是这件事？

“就是她，就是她……”

“天啊，超土的，我的爱豆怎么会跟那种女人在一起……”

林凡抓了抓脸颊，心里想她们一定是认错人了吧，正想要解释一下，突然听到有人叫她的名字，听起来好像很不好惹的样子。

扭头看过去，是几个打扮时尚的陌生女生。

林凡问：“你们是……”

“金凌风女子后援会！”众口一词，那气势震得林凡心肝乱颤，手里的《神圣手册》差点掉在地上。

为首的女生瞪向林凡，质问道："为什么微博上的视频里，你和我凌风欧巴在一起？"

"微……微博……"林凡弱弱地问，"是什么？"

"少装傻了！"为首的女生杏眼圆瞪，狠狠捏住林凡的手臂，"你必须解释清楚，否则今天我们跟你没完！"

"就是！"另一个女生附和道，"你究竟使了什么手段让凌风欧巴听你的跳那么土鳖的广场舞？是不是故意让人拍到想蹭热度？都给我说清楚！"

虽然没有使用过微博，但林凡已经大概知道这是怎么一回事了。可是她要怎么解释呢，这些女生看起来很不好惹，她的手臂被捏得好疼……

一只强有力的手捉住了林凡的手，将她从女生堆里拉了过来"走。"说话的同时已经拉着林凡跑了好几步。

这一切发生得太快，林凡甚至都没反应过来，男生拉着她跑了好一会，她才看清了男生的脸，是霖学长！

跟霖学长认识这么久，还是第一次触碰到他的手，那一刻，她感觉又难过又惊喜。

难过的是昨天向霖学长告白，却是那样的结果，而惊喜的是，在她危难的时候，冲上来帮助她的那个人，还是他。

有那么一瞬间，她希望这一刻能成为永恒。

两人就这么拉着手跑了很久，直到两个人都累得实在跑不动了，才停下来呼呼喘气。手，也自然地松开了。

林凡突然想到，之前那些女生看到了她和金凌风跳广场舞的视频，那霖学长，是不是也看到了？

"其他的，我不管了。"谢煜霖突然开口，"回答我一句话就可以。"

林凡蓦地抬头："嗯？"

"你和他，是认真的吗？"

他？林凡的大脑飞速运转着，说的是金凌风？所以霖学长果然看到了视频，而且也误会了。

“学长，我跟那个金凌风……”林凡双手放在双肩背带上，微微喘气，“除了帮他补习以外，我跟他真的一点关系都没有！”

她想和霖学长好好解释，然后天不遂人愿。身后突然出现两个戴着墨镜的彪形大汉，上来就把她架住。

“找到了，在这里！请跟我们走一趟。”戴着墨镜，穿着白色西装的彪形大汉架住林凡就走。

拐卖团伙？公然绑架吗？林凡吓得哆嗦：“喂喂，你们是谁？干吗啊……”话还没说完，林凡就被硬塞进旁边的一辆豪车里，绝尘而去。

这也太猖狂了吧！谢煜霖也被这一切惊呆了，过了好几秒才反应过来。他看着远去的车子，飞速冲向警务室。

REC

第二章
耍酒疯?

【1】

林凡被彪形大汉悬空拎到了金凌风的面前。

看清眼前人的那一刻，林凡心中的恐惧和疑惑瞬间化为不爽和愤怒。她死死瞪着金凌风。

“干吗？一副吃了屎的表情。”金凌风翘着二郎腿坐在沙发上，依旧高高在上的样子。

林凡努力让自己用平静的语气和他对话：“你平时叫人，都是用绑架的方式吗？”

“谁让你连手机都没有。”金凌风觉得自己的做法没毛病，“不然你说，我要怎么找到你？”

在手机没有被发明之前，难道见面都是绑来绑去吗？林凡又委屈又愤怒，对金凌风吼道：“你这人，怎么一点都不考虑别人的感受？”

对了，得赶紧和霖学长解释一下。

“电话借我！”林凡抓起桌上放着的手机，“我得告诉霖学长我没事，否则他肯定担心死了！”

谢煜霖此时在警务室做笔录，请求警方赶紧立案侦查。

“就在我们学校，被两个人拉上车了……她平时很爱学习，不像有什么仇家……”

手机铃声响起，是个陌生号码，谢煜霖心中一紧，难道是绑匪？

赶紧按了接听键。

“学长，我是林凡。”

“什么？你在哪里？”

“啊——我没事了！其实今天的事只是一场玩笑啦，是金……”

话还没说完，手机突然被金凌风抢走。

“她在我这里很安全，你不用担心了，拜！”

“等一下！”谢煜霖想多了解情况，然而通话已经结束，只留给他两声嘟嘟的忙音。

“金零分！你干嘛抢我电话啊？你怎么总是这样！狂妄任性没礼貌！”

金凌风被林凡一而再再而三的大吼也生气了，他漠然地捏住林凡的脸，说道：“这是我的手机，我有权对它做任何事情。”

“你……”林凡被他呛得说不出话。

金凌风扬扬手，彪形大汉递上一个盒子。恭敬地说道：“林小姐请收下。”

林凡疑惑地打开盒子，里面是一只崭新的手机，貌似和金凌风用的还是同款。

“这是？”林凡不太明白。

“这手机是为了让我随时能找到你。补习老师怎么可以乱跑找不到人呢？”

林凡一把盖上盒子，拒绝道：“不好意思，不属于我的东西我是不会收的。”

这土鳖女，真是不识好歹。

“没有说要送你啊！”金凌风忍着怒气，“借你用用而已，补习结束再还给我。”

金凌风不由分说地把手机拿出来塞到了林凡手中。

“你会不会真的太自以为是了？而且——”林凡看到手机屏幕惊呆了，“为什么手机背景是你啊？还是这么自恋的照片！”

“咳咳，当然是怕你见不到我的时候——会想念到发疯！”

呵呵，真是不要脸啊。

“对了，以后补习到我家来，我不想再待在你那又小又破还有蟑螂的房子里了。”

“金、凌、风！”林凡终于忍无可忍。

但是又能怎么样呢？补习合同都签了，忍无可忍，从头再忍。林凡真是有点后悔为了十倍补习费折腰了。

次日，学生会例会，林凡又见到谢煜霖。她好几次想解释一下上次“被绑架”的事，但直到例会结束，也没找到机会。

林凡想还是算了吧，其实解释起来，也挺尴尬的。

“如果没什么问题的话，今天就解散吧。”谢煜霖说完最后一次句话，大家一边讨论一边出门。

“今天的会终于开完了。”

“是啊，今年咱们的活动还真多呢。”

林凡也收拾好书包，准备离开，在起身的那一刻被谢煜霖叫住。

“林凡。”

林凡回头：“嗯？”

“那个……”谢煜霖走到林凡旁边，“我有话要说。”

就在这时，一个奇怪的声音不合时宜地响了起来。

“土——鳖——女——接电话！土——鳖——女——赶快接本大爷的电话！” 整间屋子里都充斥着金凌风的充满魔性的声音。

这个金凌风，设置的是什么鬼来电铃声啊！而且干吗在这时候打电话来！林凡黑着脸从书包里掏出手机，狠狠按掉。

“……原来你都有手机啦，要不要先存一下我号码？”谢煜霖尽力缓解尴尬。

“你的号码我记得，但存一下好像更方便。”林凡笨拙地摆弄手机，“不过我不太会……”

“手机拿来，我帮你存吧。”

林凡把手机递过去，刚按了一下，屏幕上出现金凌风的照片。谢煜霖眉头微不可察地皱了一下，但他很快就存好了自己的号码并且将手机还给了林凡。

林凡将手机放回包里，看向谢煜霖。

“对了，学长。”林凡突然想起来，“你刚才是不是有话跟我说。”

“哦……其实……”此时谢煜霖内心有些复杂，之前也是，现在也是，总是在他想靠近的时候，又仿佛有什么东西将她拉走。

“我真的，很不喜欢你这样。”谢煜霖脱口而出。

林凡没想到会听到这样的话，怔住了一秒，随即一种从未有过的情绪汹涌而来。伤心难过，一并都爆发了出来。

“我知道了，大概是我的告白给你带来困扰了吧，”林凡低着头，“我以后一定不会再打扰学长你了，给你造成困扰真的很抱歉！”

林凡的眼泪几乎就要掉了下来，为了不让霖学长看见，说完便匆匆逃离了现场。

谢煜霖伸出手想拉住林凡，但终究还是无力地垂了下来。他的右手掌心里，紧紧攥着两张电影票。他揉了揉眉心，为什么会这样呢？明明……是想说别的啊……

林凡当然不会想到，谢煜霖叫住她是想约她一起看电影，所以此刻正在金凌风家哭得稀里哗啦。

和上次的情况几乎如出一辙。

金凌风皱着眉抗议：“忍了你第一次，不代表我能忍你第二次。”

林凡完全控制不住自己，这么久以来的暗恋没想到会让他那么的厌恶。一想到这里，林凡就忍不住大哭。

“你到底哭够了没？你是来我家骗补习费的吗？”金凌风双手抱胸，冷着脸说道。

林凡不为所动，越哭越大声。

“呜呜呜……”

“我的作业本都沾到你鼻涕了！”金凌风用力拽出被林凡压住的作业本，一脸嫌弃。

林凡抬起头，哽咽地说：“我之前只是觉得被拒绝很难过，没想到他会因此更讨厌我了……呜呜呜……”

就因为这个？金凌风觉得这根本就不是事，自信满满地说道：“那就用我的办法帮你解决吧！”

“你有什么办法？”林凡半信半疑地抬起头，看着他。

金凌风起身，站在琳琅满目的酒柜前，随意选了一瓶。

“82年的拉菲，试下这个，什么烦恼就都忘了。”他边说边拿出高脚杯，给林凡倒了一杯。

“是吗？不过我的确没喝过红酒。”上次吃牛排也只是喝果汁而已，看着杯子里晃荡着的红色液体，林凡想，试试也好。

她端起酒杯，咕嘟咕嘟喝了起来。

“这么好的酒，就这么……”金凌风被她这凶残的喝法吓到，本来打算阻止，想了想又叹了口气，“算了算了……”

林凡一饮而尽，没喝过酒的她很快就有了反应。她面色酡红，重重地把酒杯放回桌上，还没来得及说句话，她整个脑袋便不受控制地扑倒在桌上了。

典型的一杯倒。

金凌风有些慌，推了推她，但林凡一点反应都没有。

“喂，喂，土鳖女……”

还是没反应。

“不会吧，喝了这么点就醉了。”金凌风难以置信。

醉眼迷离的林凡如触电一般突然一下起身，食指朝天，大喊一声：“我，林凡！”随即一只脚霸气地踩在椅子上。

金凌风被眼前的这一幕惊呆了。

林凡将食指对准金凌风，继续说道：“今天命令你！成为我的后宫之一！”

金凌风暴汗：“耍……耍酒疯？”

林凡全然沉浸在自己醉酒的世界里，扑到了金凌风怀里，喊着：“朕……朕今天……要翻牌！”

翻牌？金凌风一脸嫌弃：“喂！土鳖女！好恶心……”

而此时林凡已经秒变痴汉脸，对着眼前的人直流口水，手也不由自主地摸向他的脸：“金妃……你的皮肤好滑啊……这……这么一看你的姿色真的很不错呢……”

金凌风满头黑线，被这么夸完全没有开心的感觉。他反抗道："你疯了吗？这么肉麻！"

林凡也不知道是从哪个古装戏学来的皇帝口吻："今晚……我点名你侍寝！"

金凌风感觉这个女人已经不像是喝醉了，而是已经疯了。

林凡双手突然摸上了金凌风的脸，他终于忍无可忍，大喊道："够了！放开……"

话还没说完，林凡突然顺势亲了上去，两人的唇紧紧贴在了一起。

一道电流从全身过了一遍。

【2】

这个女人的胆子也太大了，金凌风微怔，然后一把推开了林凡。

"喂！你干吗？！"他生气地吼道。

喝醉的林凡并不知道自己在做什么，甚至站都站不稳，被金凌风一推就摔倒在地，但她全然不觉疼痛，反而躺地上呼呼大睡。

"这女人，真的是没救了。"金凌风突然觉得自己的脸有些发热。他回头看了一眼还躺在地上的林凡。

虽然不太情愿，总不能让她一直躺地上吧。金凌风将林凡抱到了床上，盖好被子，然后默默收拾好酒杯。

也许是有点累了，他感觉自己的脸越来越烫。他好奇地照了照镜子，竟然还有点泛红。不仅如此，他还感到自己的心脏"扑通扑通"地跳得很快。

他心烦意乱地去了浴室，想着洗个澡应该会好一点。

一定是因为今天运动过量，肾上腺素分泌过多了吧，金凌风安慰着自己。等他洗完澡出来，换上睡衣，到隔壁房间躺下。却发现症状没有半点好转。

难道是最近学习压力太大，引起心律不齐？他试着忘记补习重修的事，可那调皮的小心脏却没有半点要减速的样子，金凌风烦躁地对被子一通乱踢，这到底是什么情况！心脏吵死了！

第二天，林凡从睡梦中醒来，隐隐感觉到宿醉后的头痛，她揉了揉脑袋，昨晚醉酒失态强吻金凌风的画面一帧一帧地在眼前重放，顿时整个人都不好了。

不就是喝了一杯酒吗？为什么会发生这种事？林凡有些崩溃，脸红得发烫。她后悔了，千不该万不该听金凌风的话喝那该死的酒，天哪现在要怎么办，还有那个金凌风，拜托拜托，一定要忘记昨晚发生的事！

就在林凡向上帝祈祷的时候，突然房门“砰”的一声被推开，金凌风怒气冲冲地闯了进来，吓得她缩成一团。

“怎，怎么了啊……”

走得近了，林凡发现金凌风的眼睛下乌黑一片，似乎没有睡好的样子。

“我昨晚被搞得一晚上睡不着。”金凌风径直走向林凡，双手捧住她的脸，认真又严肃，“我必须再确认一下是不是这个原因！”

金凌风吻了上去，整个动作一气呵成，等林凡反应过来的时候，已经是蜻蜓点水之后尴尬地对视。

“你……你你你你干什么！”林凡后知后觉地跳起来，身体自然反应打了金凌风一顿，差点没把金凌风打到骨折。她背过身去不敢看他，毕竟她的脸已经红到耳根了。

金凌风揉着痛处，有些鄙夷：“装什么害羞，昨天可是你先强吻我的。”

林凡听到这里，眼泪夺眶而出。

“那可是我的初吻啊……呜呜呜……”

金凌风一脸不解，初吻对象是他这样一个令人垂涎的大帅哥，为什么会委屈成这样？

林凡越哭越大声，看起来伤心欲绝。

“喂……土鳖女，这有什么好哭的……”金凌风抬手想摸摸她的头安慰一下她，“好啦好啦，别哭了……”

还没碰到头发，林凡扭头怒目而视。

“你！以后！不要再跟我说话！”

金凌风讪讪地缩回了手。

林凡擦干眼泪，站了起来摔门而出。只留下一句：“补习结束。”

竟然有亲了我还难过这种女人的存在……金凌风思索着，想不通，怎么都想不通。

林凡跑回家又大哭了一场，像他这种自恋成狂的人，根本就不会懂得初吻对女生的意义。她哭完后，洗了个澡，这才慢慢冷静下来，按时到学校上课。

前两堂课还能勉强集中注意力认真听课，等到自习课的时候，林凡就扛不住了，满脑子都是金凌风那张脸和他们亲吻的那一幕。这种事情，她真的太难释怀了，越是逼自己不去想就越是会想，根本控制不了。

“该死，为什么要占满我的大脑啊！不要去想，不想去想！”林凡捂着脑袋，尽量让自己平静下来。

“土鳖女——快接电话！土鳖女快接本大爷电话……”

安静的教室里突然发出这种不和谐的声音，所有人的目光纷纷移向声源处，林凡一边和大家道歉，一边掏出手机，果然是讨厌的金凌风，林凡想都没想直接按了挂断。

还算识趣，没有再接着打。林凡正想收起手机，屏幕就显示收到一条彩信。

“土鳖女，今天敢不来补习你就死定了！”配图看起来是金凌风现场拍的表情包，手里还拿着咖啡杯。

金凌风的手机“叮”的一声提示有短消息，他放下咖啡，冲一旁的小九扬了扬手机，自信爆棚。

“你看……我就说吧，每个女人都会秒回我信息的。”

金凌风得意地点开信息，却只见——“这星期行程都安排满了！我要关机了，不要找我！拜拜！”

什么？这个女人竟然……金凌风火冒三丈，咖啡差点洒了，小九倒是一脸的淡定。

金凌风将手机扔给小九，吩咐道：“立刻去调查一下土鳖女林凡最近的行程是什么？有什么事竟然比我还重要？”

林凡发完短信就关机了，不过万能的小九还是把她的行程查了个七七八八。金凌风拿着行程表，感叹着：“不是上学就是打工，她的人生真是够简单的。”

第二天小九带着金凌风来到了离学校最近的一家游乐场，四周全是熙熙攘攘的人群。虽然戴了帽子和墨镜，金凌风还是感觉有些危险，总觉得会被认出来引起慌乱。

金凌风拉低帽檐，小声问道：“土鳖女为什么来人这么多的地方？”

“是在这边打工赚钱。”小九一边回答一边四处寻找，果然在不远处发现了林凡，“在那里在那里！”

金凌风顺着小九的手指方向看过去，林凡穿着兔子玩偶装，整个身体都藏在兔子玩偶里，只露出了一张小脸。看起来还挺可爱的。此时的她，正站在台上和小朋友讲解篮球，身后有两个篮球筐。

金凌风不解地问：“为什么都打了好几份工了，还要做这种工作，她就那么爱钱吗？”

“这个……”小九看向林凡，推了推鼻梁上的眼镜，“调查了之后，发现她的家庭，有点复杂……”

“哈？”

林凡讲解完了投篮的基本要领，要开始教他们实战了。

“小朋友们要开始喽，来，对准篮球筐投篮。”

“好！”一个小男孩兴奋地将篮球举过头顶，“大姐姐！看我的！”

林凡正想要纠正他拿球的姿势，只见一个篮球直直向她砸去，根本来不及躲闪，眼镜直接被砸飞了出去。

人群开始骚动，金凌风听到那边有人喊：“来人啊，有人晕倒了！流了好多血！”

金凌风透过人群的缝隙看过去，隐隐能看到一个兔子玩偶的脑袋躺在地上，顿时一惊：“是林凡？”

来不及多想，金凌风下意识地往人群中挤，却生生被小九给拉住了。

金凌风扭头喊道：“小九，放手！”

“那里人太多了，风你不能去……会被人……认出来的！”

是啊，万一被认出来说不定情况会更糟，该死！看到她受伤却什么都不能做……恢复理智的金凌风不由得握紧了拳头。

金凌风的情绪变化很明显，这让小九感到有些奇怪，风以前从不是爱管这些闲事的人。虽然和林凡算是认识一场，但也只是泛泛之交而已，怎么会这么在意呢？明明知道游乐场人多还坚持要过来，甚至刚刚差点就冲了过去……不过看他这么担心在意的样子……

“不用担心。我过去看看。”小九正要走过去，听到人群中传来一个声音。

“对不起，借过一下，这个女孩我认识！”语气带着急切和慌乱。

人群迅速让开，那高挑的身影顺利到达林凡旁边。

同样高挑的金凌风一眼就看到并认出了他：“是他，谢煜霖，他怎么也在这？”

谢煜霖蹲下身子扶着林凡试图叫她：“林凡？没事吧，林凡？”

林凡处于昏迷状态，没有任何回应。

谢煜霖观察了一下，发现她头部有伤，小心翼翼地帮她把兔子头套摘了下来，又在旁边人的帮助下把玩偶服脱下来。

林凡依旧昏迷不醒，谢煜霖果断地将她抱了起来“林凡，你忍一忍，我马上送你去医院。”

金凌分时刻注意那边的情况，似乎没有好转。自己也不放心，于是和小九说：“看样子情况好像有些严重。小九，我们跟过去看看。

【3】

林凡醒来的时候，发现自己躺在医院病床上，脑袋隐隐作痛，伸手一摸，还缠着纱布。移动视线，林凡惊讶地发现谢煜霖正站在她的面前，神色担忧地看着自己。

“霖……霖学长？”

“林凡，你感觉怎么样？”

林凡摸了摸纱布处，说：“我……我还好。”

“你刚刚在游乐园打工的时候，被球砸到了头部，还记得吗？好在医生说没有什么大问题，休息一下就能出院了。”

哦对，她记得被篮球砸到的事，但之后的事，就一点印象都没有了。看样子是霖学长送她来了医院，霖学长怎么会正好在游乐场呢？是来找她的吗？

“学长你……”林凡不由得抓紧了被角，“你怎么会知道我在游乐场打工的事？”

谢煜霖没有正面回答，而是拿出了手机。

“扔球那孩子的母亲刚才来过了，说是愿意承担所有的医药费，我现在联系你父母。”

一听说要联系父母，林凡顿时一惊：“不行！”她甚至直接从病床上跳了下来，死死握住谢煜霖拿手机的手，不让他打电话。

谢煜霖没想到她的反应会这么强烈，有些奇怪：“为什么？”

“求求你了！不要管我的事……”林凡大声地说道，用近乎哀求的眼神看向他。

谢煜霖垂下眸子，没有说话。也不知道过了多久，也许对谢煜霖来说是一个世纪。他轻轻拿开她的手，淡淡地说道：“我去打点热水。”

林凡看着谢煜霖转身离开的背影，忍不住又掉了泪。

我知道不能永远逃避，这样没有意义……可是，我又能怎么样呢？林凡在心里问自己，我们还没开始，就要结束了吗？

谢煜霖关好房门，正要去打热水，就听到背后传来一个质问的声音。

“谢煜霖学长，对吗？”

谢煜霖表情淡淡，只给了他一个侧脸。

金凌风双臂交叉抱在胸前，口气相当不善：“为什么你总是把她弄哭？”

“你来做什么？”谢煜霖并不是很想搭理他。

“带林凡——”金凌风走向门口，“回我家。”

谢煜霖伸出手臂拦住金凌风，说：“不可以带她走。”

金凌风不屑地问：“凭什么？你有什么资格？”

“那你又有什么资格？”谢煜霖嘲讽一般反问，“在她受伤的时候，你只能在旁边看着，这就是你跟我的区别吗？”

金凌风气得浑身发抖，却又不得不承认这是铁一般的事实。因为他的身份是万众瞩目的明星，所以他没有办法在人群中第一时间冲向林凡的身边。

这种感觉真糟糕！

林凡当天就出院了，游乐场的老板还算有良心，给她放了半天假，不扣工资，让她回去好好休息。

上课、自习，一如往昔，但整个人都不像以前那么有活力了。放了学，林凡拿出手机看了看，有三个谢煜霖的未接来电。

她大概能猜到谢煜霖为什么找她，正犹豫着要不要回电话，金凌风不知道从哪里冒出来了，一把就抓住了她的书包。

“喂！土鳖女，去哪儿啊？”他的声音懒懒的。

一看到金凌风，林凡又忍不住想起那些不愿想起的事，慌乱地挣脱开，像个兔子一样飞快地跑没了影。

林凡的举动让金凌风有些纳闷了：“这么害怕见到我？不至于吧？”

林凡一口气跑到了公交站台，四处张望了一会儿，确定没看到金凌风的身影，这才松了口气。

书包再次被人抓住，身后传来熟悉的声音：“别再跑了，早知道你会来这儿等车的。”

林凡万万没想到的是，金凌风已经在她身后守株待兔了。她慌忙拽回自己的书包，往后退了几步和他保持着距离。一副如临大敌的样子：“你，找我干嘛？”

金凌风看了她一会，认真地说道：“夺走你初吻的事，我很抱歉。”

林凡惊愕，有点不敢相信自己的耳朵，金凌风，他是在道歉？他这种人，竟然也会道歉？

“所以说，不要现在就离开。”金凌风转过身去，“两个月后的考试，只要你继续帮我补习通过了考试，我保证，再也不会和你有任何联系。”

林凡有些发愣，理智渐渐恢复，之前因为他那些慌乱的心渐渐安定了下来。是啊，只是短暂的过客……

车来了，林凡匆匆上了车。没有说不，就算是默许了吧。毕竟，难得见到那家伙那么诚恳的样子。但是上车后她仔细琢磨了一下，以金零分目前的高数情况，两个月内补习通过考试，好像还真不是一件容易的事。不过万事都有解决的方法，林凡在这方面还是比较乐观的。

第二天课后，林凡想去图书馆查阅一些关于教学方面的书籍。路过学生会办公室时，听到一个熟悉的声音。

“喂，辅导员吗？我是学生会主席谢煜霖……对，我想打听一下，关于林凡档案上的……”

林凡脚步一顿，心中一惊。

“父亲和母亲那两栏填的都是林凡的名字，这到底是怎么一回事呢？”谢煜霖继续问道。

“你凭什么调查我！”林凡推门而入，她是真的生气了。

“林凡？”谢煜霖被当事人抓个正着有些不自在，但很快就收敛起了情绪。他解释：“对不起，我实在是放心不下——”

“你是在怜悯我吗？”

“不是怜悯，只是因为你看起来太痛苦了，我想帮你……”谢煜霖看着她，满眼都是心疼。

林凡却扭头避开了他的眼神，明明都已经拒绝我了，明明更加讨厌我了，为什么还要一而再地关心，这不是怜悯，还会是什么？而她最不想要的，就是怜悯。

“我的事和你没关系？”林凡语气冷漠，一想到这里，全身上下都在发抖，“给我消失，再也不要出现在我眼前。”

谢煜霖很惊讶林凡会对他说出如此决绝的话，他低下头，尽量隐藏自己的表情，然后选择离开。

确定谢煜霖已经离开后，林凡终于忍不住蹲在地上大哭。也不知道过了多久，她终于平息了下来。再哭下去眼睛就肿了，林凡去卫生间洗了洗脸，回到教室上自习。

今天真是没心情补习了，林凡给金凌风发了个短信。

然而放学没多久，金凌风的电话就打过来了。

“喂，土鳖女！已经到补习时间并且超过一分钟了，你竟敢不来？”

“你不看短信的吗？都说了今天要在游乐园打工。”

“搞笑，游乐园打工难道比我还重要？马上给我过来！”

“你疯了吗？突然间怎么请假？别再打来了！”

林凡突然提高分贝，说完便匆匆挂断了电话。只留下一阵“嘟嘟嘟”的声音，金凌风拿下手机一看，全程通话时间才35秒钟。

他将手机摔到一边，气得不行：“该死……怎么会有这样的女人？”

“风，先吃饭吧。”小九劝慰他。

金凌风看着餐桌上精致的双人牛排套餐，算了，就当那个土鳖女没有口福吧。

金凌风坐下，吃了一口牛排，将刀叉扔到一边，皱着眉头说道：“怎么这么难吃？”

小九一愣：“怎么会？是风一向指定的大厨啊……”

“开了他。”金凌风也不知道怎么了，就觉得心里会很烦躁。

“这……”小九在一边站了一会，出去再回来，手里拿了罐橄榄菜，“要不然试试这个好了。”

金凌风吃了些橄榄菜，也许是这个味道触发了一些美好的回忆，而这些美好回忆，有种神奇的开胃作用，让金凌风心情也好了起来。

一旁的小九松了一口气。

吃完饭，金凌风换了一件黑色的大衣，带着黑色的眼镜和黑色帽子，打扮低调。他吩咐小九载他来了游乐园。

这个点，游乐园已经快关门了，游客很少。偌大的园子显得空旷而落寞，金凌风找了一圈，看到穿着兔子玩偶装的林凡坐在摩天轮旁边的长椅上。

哭得正伤心。

一定是因为那个谢煜霖。

“真搞不懂你这种学霸。”金凌风走了过去。

林凡抹了抹眼泪，抬头说道：“金零分？你怎么来这了？”

“到底在想什么？又固执又土鳖……难道一点品味都没有吗？放

着我这样的万人迷不喜欢，简直是暴‘珍’天物！”

“是暴殄天物吧……”林凡简直咋舌，一边哭，一边想看来除了高数和英语，他语文也需要补课。

金凌风拿出一张纸巾，轻声命令：“脸，过来。”

林凡有些木讷地稍微凑近了些，金凌风弯腰，认真地擦拭着她脸上的泪水。

金凌风第一次这么仔细地看她的脸，似乎，挺可爱的嘛，金凌风感觉自己的脸开始变得滚烫，心也跳得飞快。这种感觉……他几乎控制不住。怕被林凡看到，他慌张地拽着兔子玩偶的耳朵往下一扣，这下林凡整个人都被包在玩偶服装里了。

“你干嘛？我看不见了！”林凡着急地喊叫着，这个金零分到底在搞什么鬼！

金凌风没有回答她，而是轻轻捧着兔子脑袋，红着脸在兔子的额头上，浅浅地落下了一个吻。

【4】

“呼……差点喘不过气了，刚才是怎么了？”林凡挣扎着把玩偶头套给摘了下来，发现金凌风正盯着她看。

林凡翻了个白眼，都这么大了还搞这种恶作剧啊，真是幼稚。

“走吧。”金凌风一把拉住了她的“兔掌”，径直往前走。

“喂！我在打工呢……”林凡挣扎着。

“别打这种土了吧唧的工了，我已经让小九和你们经理说好了，你的合同从今天开始终止，三倍违约金也付过了。”

林凡没想到这个金凌风又擅自做决定，怒火渐渐从心底开始燃烧！她抗议道：“金零分！你能不能不要这么自行其是！把我的生活搅得一团糟！”

“是你的生活本来就一团糟，我是来帮你的！出发！”金凌风没有理会林凡的抗议，拉着她就走。

“你……”林凡拼命挣脱，“我才不需要你帮忙，你到底要带我去哪啊？放开我！”

但金凌风完全没有要放手的意思。

“我叫你放开我！讨厌的家伙！”

金凌风充耳不闻，拉着她把她塞进副驾驶，帮她系好了安全带。而可怜的小九还在处理解约的事情。

“你到底要带我去哪儿？”

“你的形象太糟糕了，我带你去改造一下。”驾驶座的金凌风神神秘秘地说道。

“我的形象糟不糟糕关你什么事啊！”林凡没好气地说，“你这个人真是太讨厌了！”

“看来你的思想比形象更糟糕更需要改造，我这个人，是万千少女的偶像，人见人爱的大明星，怎么可能会讨人厌？”

“这么自恋！难道还不够讨厌吗！”

“这不是自恋。”金凌风很真诚地说道，“我那是不虚伪，因为我说的都是事实。”

“你！”林凡竟无言以对。

金凌风带林凡去了自己经常去的一家高端造型间。走进去的那一刻，林凡简直惊呆了。这里装潢高端大气，十分的豪华，还有私人造型师、化妆师、穿搭师，每个人都打扮得十分精致。

“金先生。”她们看到金凌风，礼貌地打招呼。

“这位是林小姐。”金凌风介绍道，“接下来我就把她交给你们了。”

“放心吧，金先生。”她们推着林凡坐在在镜子前。林凡坐得笔直，像个木偶一样任私人造型师处理自己的头发。

“林小姐您不用那么紧张，放松一点吧，不然时间长了脖子会僵。”

“我……我尽量。”林凡突然灵机一动，“要不你帮我弄的时候，我看会笔记复习一下吧。”

造型师忍不住笑了：“原来林小姐还是学生，而且特别好学。”

“见笑了……”林凡说，“我只是想找点事做，要不然坐在这儿有点无聊。”

“您现在已经放松下来了，状态很好。”造型师一边说着，一边熟练地将林凡的发梢烫卷。

也不知道过去多久了，久到林凡都觉得自己的脖子有点酸。造型师关上了吹风机，然后说道：“林小姐，可以了。”

林凡抬头看着镜子里的自己，头发被处理得顺滑垂顺，下端又带点微卷，确实比自己之前好看多了。

原本一直坐在一边闭目养神的金凌风，睁开眼睛打量了一下，撑着下巴慵懒地说道：“总觉得这种眼镜太土了，换成隐形的。”

“好的。”美女造型师恭恭敬敬地回答道。

倒映在镜子里的金凌风翘着二郎腿，单手撑着头一脸的得意。林凡见了心底切了一声。

造型师问过林凡的眼镜度数，去拿了好几款隐形眼镜让她挑选。看着眼前各种各样的隐形眼镜片，林凡有些吃惊：“怎么还有蓝色、紫色的？”

“是的。”造型师耐心地解释，“这些是附带美瞳的款式。”

林凡皱了皱眉头：“我，我不喜欢这样的。”

“没关系，那我给您戴这款透明的。”

第一次戴隐形眼镜，林凡有些不习惯，美女姐姐手一伸过来她就忍不住闭眼，差不多戴了半个小时才戴了上去。

“不错，好看多了，再给她化个妆吧。”

“好的。”

叮嘱完毕，金凌风和穿搭师进了衣帽间，金凌风从衣架边走了过去，手指在衣架上滑动，最后停在了一件蓝色连衣裙上：“就这件吧，她这么瘦肯定是最小码。”穿搭师点点头，于是便将蓝色连衣裙取下来放在手臂弯里。

金凌风很快又去了隔壁的鞋柜里，他拿起一双红色的高跟鞋，很快又否定了：“这么高，土鳖女穿高肯定会脚疼”说着将红色的高跟鞋放回了远处。

紧接着又拿起一双白色的低跟鞋：“不行不行，款式太老土了。”

犹豫了一会儿，金凌风拿起了一双蓝色的公主鞋，款式漂亮高度也很适中。

“就是这双了，这么瘦小，鞋尺码肯定也要小码。”他粗略估计了一下，然后回头说道，“就先拿36码吧。”

造型师点点头，很快就取了一双36码的鞋子提在手中。

林凡刚刚化完妆，穿搭师已经拿着裙子和高跟鞋站在更衣室门口了。林凡看了看，裙子大方得体，时尚又不失设计感。鞋跟的高度也比较适当，看得出来挑选的人用了心思，林凡跟穿搭师道了谢，便拿着衣服鞋子进更衣室换上了。

她穿好裙子和鞋子后却突然有些忐忑，手放在门栓上，犹豫了一会，打开了更衣室的门。

她站在众人面前，双手交叠在一起看起来有些紧张。

金凌风似有所感，正好转头。

虽然已经有了一定的心理准备，虽然他见过的美女成千上万，但当焕然一新的林凡出现在眼前的时候，他还是被惊艳了一下，他觉得林凡整个人都发着光，让他移不开目光。

被一个男人这样盯着看，林凡很不习惯。脸上不由得泛起一片红晕，眼神也开始躲闪，想避免尴尬。

金凌风很快意识到自己的失态，拿起包包胡乱地扔向林凡，红着脸说道：“走了！自己提！”

对于他的突然变脸，林凡已经习惯了。毕竟这个家伙一向都是这么没礼貌。私人穿搭师捂着嘴笑，若不是亲眼目睹金凌风那么认真地给林凡挑选和服装搭配的手提包，她也感觉不出这句假装不耐烦的话其实还不显山不露水地撒了狗粮。

从没见过金凌风这个样子，她猜想着，这位林小姐，在金先生心中应该很有分量吧。

半小时后——

林凡和金凌风坐在高级餐厅里，餐桌上摆满了珍馐佳肴，一盘盘看起来格外诱人，林凡有些跃跃欲试。

“都是金先生您指定的。”大厨介绍道，“鹅肝慕斯、TORO黑鲔腩，以及今早从但马空运过来的雪花和牛。”

“雪花，跟……牛？”林凡有些疑惑，这两样东西，也能扯到一块儿吗？还是一道菜？

金凌风撑着下巴，摇着头解释道：“雪花和牛就是神户牛，你也太土了吧！”

林凡自动忽略金凌风最后的那句话，拿起筷子夹了一块放进嘴里嚼了嚼。

“怎么样？”金凌风问。

“唔嗯……太美味了！”林凡觉得自己的味蕾仿佛全部都被打开了一般。原来还有这么好吃的食物，简直打开了新世界的大门，摩拳擦掌说道，“那我就不客气啦！”

金凌风摆摆手，示意她随意享用。

林凡大口大口吃着，脸上满满的幸福感，那模样像极了在出租屋吃橄榄菜的时候。金凌风看着她，嘴角不由自主地上翘。虽然土鳖了点，不过吃东西这么香，倒是让人看着挺有食欲的。连带着金凌风吃得比往常多了不少。

晚餐结束后，林凡趴在桌上打了个饱嗝，一副心满意足的样子。

“吃饱了吗？”金凌风温柔地问。

“吃饱了！”

金凌风伸手摸了摸林凡的头发：“走，带你去个地方。”

林凡有些不明所以，但是还是老老实实地跟着金凌风一起出去了。

夜里，天空繁星如许。

林凡看着眼前漂亮的豪宅，好奇地问：“金零分，这也是你的房子吗？”

虽然不知道金凌风为什么会带她来这，但看着这么漂亮的房子，她倒是一下理解了自己那间出租屋对他来说有多么糟糕，那天确实是难为他了。

金凌风点点头：“为方便我去上学买的，刚好能看到江边的夜景，喜欢吗？”

林凡看着星空，对面高大的楼盘，万家灯火。她点点头：“嗯，夜晚真的……好美。”

“夜晚有什么好的——我最害怕的就是夜晚。”金凌风看向远方，不经意地想起小时候的事情，“不过……睡不着的时候，有你在身边就能睡着了。”

林凡大脑有些空白，里面像是有一颗炸弹，一瞬间炸开。她的脸红了。这，是什么意思？

金凌风双手放在栏杆上，声音温柔得不可思议：“喂，林凡，我还能再吃你做的粥吗？还有橄榄菜。”

原来是想说这个。

林凡抿了抿嘴，当他开玩笑：“当红偶像金凌风，最爱吃的居然是橄榄菜，这要是登上明天的报纸，谁信呢？”

“我是说真的，很好吃。”金凌风扭头看向林凡，他的表情很认真，“跟你在一起的时候，感觉一切都很美好。”

“……”

金凌风今天说的话都怪怪的，不过看在今晚这么美的月色和星空，就原谅他了。

金凌风送林凡到楼下就回去了。

林凡上楼回出租屋，心情依旧很不错，还忍不住哼了一首费玉清的《昨夜小楼又东风》。

“今夜月稀掩朦胧，恰似回首终究一场梦……嗯，到家了。”林凡到了走廊，边走边掏钥匙，冷不丁瞥见房门口站着一个人。

林凡看到他有些吃惊：“学长？”

谢煜霖看着林凡，她变了。眼镜摘了，发型变了，穿衣打扮和以往完全不同，甚至还化了淡妆。

他眸色又深了几分：“你和他……果然不是谣传吧？”

林凡看到谢煜霖手里攥着一本娱乐杂志，封面是金凌风戴着耳机，标语是《金凌风，新实力乐坛偶像来势凶猛》。

谢煜霖又说道：“你知不知道，他是明星……一举一动都像是在国民的监视中。”谢煜霖顿了一下，眼神里全是关切和担忧，“而你，只是个普通人，你们的世界注定不会有任何交集！”

林凡笑容渐渐凝结，垂下头。

这些她都懂，更何况她和金凌风也并非八卦杂志上写的那种关系，她想不通的是，谢煜霖大晚上在这儿等她，就是为了和她说这些？难道是担心她因为被拒绝想不开，所以做出一些离奇的事情吗？可即使是这样，也是她的私生活，他为什么……

“啪嗒”一声，谢煜霖手里的杂志落在地上。他上前把还在愣神的林凡拥在了怀里，似乎鼓足了毕生的勇气。

谢煜霖说：“对不起，不管怎么样，我希望你幸福。”

【5】

这晚，林凡失眠了。

“不管怎么样，我希望你幸福。”这句话在林凡的耳边不停地响起，林凡红着脸，然后整个人都兴奋起来了。

天啊！刚才那是告白吗？是的吧！是的吧！是的吧！

林凡开心地几乎能跳起来，现在自己的脸应该红得不像话了吧？林凡跑进浴室照了照镜子，果然如此。林凡拍了拍自己的脸颊，嘴角不由自主地翘起，脑海里突然浮现《安妮和王小明》的经典桥段：学长穿着精美华丽的黑色西装，她流着眼泪被学长公主抱在怀里。

他的目光犹如星辰一般，牢牢地锁着她的脸：“能不能……把时间都留给我？”

林凡的脸越发地红了：“等一下！我是白痴吗？这是不可能的！”林凡打开水龙头，冰冷的水刺激着林凡的脸颊，稍稍降去了温度。

“算了，早点睡好了！”林凡躺在床上，将自己裹成一团。只要一想起谢煜霖将她拥入怀中那一幕，就幸福得笑出声来……

下次见面会是什么时候呢？还没有分开多久吧？林凡被自己羞得脸更烫了，但身体的每个细胞都在想着霖学长，她完全没办法入睡……

林凡从高中时就认识谢煜霖了，还记得当时他站在台上，看起来文质彬彬。

“作为新一任学生会主席，谨代表学生会向全体同学问好。”

那时候学校很多女生都像迷妹一样对他犯花痴，不断地高呼他的名字。但在林凡眼里，他只是个冷漠无情的人。

学校后山有个小树林，风景优美，环境清幽。林凡习惯每天在那吃午饭。在那里，她曾目睹过无数女生对谢煜霖表白以及被拒绝。

他拒绝的原因永远只有一个。

“不好意思，我只喜欢智商高的女孩子，能考一百个一百分那种。”

一百个一百分？好拽啊！林凡在隐蔽处恶狠狠地嚼着米饭和橄榄菜，心里想着，拒绝人也不用这样吧！还有，为什么总是在她吃午饭的地方表白？

所以后来很长一段时间里，谢煜霖给她的印象并不好。直到有一次，林凡数学没考好，离满分差了整整十分。她一个人来到小树林里，蹲在树下哭得稀里哗啦。

“呜呜，回去怎么跟妈妈交代啊，呜呜呜……”

“别哭了。”一个温和的声音传来，林凡擦擦眼泪好奇地四处张望，一个男生慵懒地躺在草地上，脸上盖着一本笔记本。

这个声音实在太熟悉了，每次在她吃午饭的时候必定会出现的一个声音。

“学长？”林凡惊愕了！

“你是二年级的吧？”谢煜霖拿开脸上的笔记本，坐起身来看向她，“原来你除了喜欢在这吃午饭，还喜欢在这偷哭啊？”

“谁偷哭了！”林凡下意识地否认，慌乱地擦干脸上的眼泪。等等……他怎么会知道自己喜欢在这吃午饭？

“借你吧。”谢煜霖随手把他手里的笔记本递给林凡，“我的笔记。”

“咦？”

“考试这种事，只要总结错误的经验就很容易了。”

学神就是学神，说起考试语气如此轻松，林凡腹诽了一阵。接过笔记本，轻轻打开。这才发现，学长的笔记本井井有条，非常的整洁漂亮。相比自己杂乱无章的笔记本，学长的这本完全是超实用主义！

那是她第一次感受到，原来会有一个人，能让时光变得温柔。

“叮叮叮……”上课铃响了，谢煜霖起身，轻轻拍了拍身上的落叶，对她说：“回教室吧。”

林凡将笔记本抱在怀里，轻轻应了一声：“嗯。”

就在那一刻，她决定变成眼前这个人所喜欢的人。后来，林凡更加努力地学习，认真地面对每一次考试。终于，她和谢煜霖一样，成了同学口中的学神。

谢煜霖考入了格林大学，她也一样被格林大学录取，并获得全额奖学金。林凡所走的每一步，都紧跟在谢煜霖的身后。后来她真的考到了一百个一百分，可是那天的表白却……

她以为她和谢煜霖之间没有开始就已经结束了，但是没想到学长今天会这样给她拥抱和告白，她实在太惊喜了！

翌日，依旧是和金凌风补习中。

金凌风看着练习册子，突然灵光一动。

“喂，你发现没？”金凌风看着练习本，眼里流露自信的光芒，“这类题有一种更便捷的解法，解题速度比原来提高了一倍，哈哈瞧我这聪明劲……”

林凡还沉浸在昨日学长的那个拥抱里，什么都没有听进去。

金凌风一看林凡神游的表情，气不打一处来。可恶，给本偶像补习的时候竟然还分心！

金凌风气得冲着林凡的耳朵喊：“喂！你有没有在听？”

林凡终于回神了，她接过金凌风手里的练习册：“抱歉！我看看……”她慌忙拿过练习本，仔细审题。

“我看你最近上课都没原来专心了，难道说……”金凌风很是得意，“本明星超越你的日子不远了？呵！”

“思路对了，答案全是错的。”林凡的话如同一盆冰水浇上去，无情地熄灭了他嚣张的火焰。

林凡将练习册放在金凌风的面前：“还不拿去订正？”

金凌风烦得很，抱着胸不肯动。

桌上的手机突然亮了亮，伴随着一段优美动听的轻音乐响起。林凡拿起手机一看，屏幕显示，谢煜霖来电。

金凌风有些不爽，竟然换掉了他亲口录制的来电铃声。但更加好奇地是，到底是谁的电话。于是伸长脖子想看看屏幕。

可就在他瞥过来的那一瞬间，林凡也不知道怎么了，赶紧用手将屏幕死死挡住，似乎不想被他看到。但林凡也不知道自己为什么会下意识地挡住？

“那个，我……去接个电话！”林凡拿着手机，别别扭扭地离开。

这土鳖女是怎么回事，接个电话连路都不会走了，金凌风摸着下巴，看着林凡无奈地摇摇头。

林凡自己悄悄走到阳台才恢复正常，按了接听键。

“看电影？我去我去！”林凡激动地回答。

谢煜霖淡淡一笑：“那……周末见了，嗯拜……”

挂了电话，林凡愣了好几秒才反应过来。她兴奋得跳了起来，哇！太好了！学长主动约她去看电影！

“土鳖女！”门被打开，金凌风不耐烦的声音传来。

林凡尽量镇定下来：“干嘛？”

似乎是看出了几分端倪，金凌风提醒她：“这周末你要来补习。”

对哦，要补习，刚才太激动，一下给忘了，可是……都已经答应学长一起看电影了。

“啊——这周末不行！”林凡扬了扬手机，“刚刚老师打电话来……通知周末学生会开会。”说完后，林凡感觉自己汗都要流下来了，毕竟她并不习惯撒谎。可奇怪的是，为什么会对金凌风这么说呢？明明讲出来也没关系吧。

金凌风看着她那紧张兮兮的样子，虽然觉得哪不对，但也没再多问。

REC

第三章

迟疑的理由

【1】

第一次约会看电影，毫无意外是一场浪漫爱情影片。

林凡全程专注，整个人都陷入了电影情节里，一会儿甜蜜傻笑，一会儿又哭得跟个泪人一样。

谢煜霖却有些走神，不过也正常，本来爱情片就是女生比较喜欢看。

电影结束后，两人在夕阳下漫步，因为没人开口讲话，林凡嗅到了一点点尴尬的味道。

现在气氛有点奇怪，林凡用余光瞟了瞟旁边的谢煜霖，想着聊点什么……对了，一般看完电影都会讨论一下剧情吧。

“结……”林凡突然大声说道，“电影的结局好感人啊！”

谢煜霖被吓了一跳，回了一句：“啊……是啊是啊。”

“虽然王子的家人对他们百般阻挠，但最后王子还是放弃了王位，选择带女主远走高飞……”林凡激动地握拳，“这结局超级浪漫超级感人的，不是吗？”

林凡满是期待地看着谢煜霖，似乎很想要得到他的认同。

“可是——”

他停了脚步，回头看了林凡一眼，“可是，能够得到家人祝福的爱情，才是最完整的吧？”

“诶？”林凡一愣。

“因为在我看来，和家人在一起是很重要的一件事啊。”谢煜霖边说边继续往前走着，走了几步，却发现林凡没有跟上来。

谢煜霖回头看她，问道：“怎么了吗？”

林凡怔在原地，原本兴奋的心情突然就变了，她神情低落地垂下了头。站在原地一言不发。

谢煜霖有些疑惑，正要开口，突然传来一阵爽朗的叫声：“谢煜霖！！”

紧接着一个风一般的女子穿过人群蹿到了他的面前。

因为跑得太快，她双手撑在膝盖上，不停地喘息。尽快平复后，这才抬起头，说道：“谢煜霖！总算找到你了！”

谢煜霖却并不清楚这个女生这么着急找自己有什么事，他甚至根本不认识她。

“抱歉，请问你是……”谢煜霖礼貌地询问。

“学长好！我是新上任的学生会副主席童桐。”童桐大方地伸手，“我听主任提起过你。”

谢煜霖反应过来后，伸出了自己的手和她的交握在一起。

原本被晾在一边的林凡还在感叹这个女孩好高好瘦，突然听到女孩的自我介绍后，有些发愣。她伸手抓了抓脑袋，心里嘀咕了一声：“什么时候的事情，我怎么不知道？”

谢煜霖很自然地开始介绍林凡：“这位和你一样是副主席，林凡。”

童桐大方地伸手，热情地说：“林凡学姐，你好！”但不同的是，和谢煜霖握手她伸的是右手，而和林凡握手，她却伸出了左手。

为了配合她，林凡也僵硬地伸出了左手，却没想到在碰到童桐手心的时候，突然传来一股电流，整个手臂都电麻了。有一瞬间，林凡觉得自己头发也竖了起来。

“哇啊啊啊！”林凡害怕地大叫起来，这个女生怎么带电啊！

恶作剧的成功，给童桐带来了旁人难以理解的快感，她将左手掌心展示给她看：“噗——是整蛊玩具啦！”

童桐又蹦又跳，整个人就像一个移动的“笑 cry”表情包，嘴里还一直念叨着：“你的反应太可爱了，哈哈哈……”

这个人是个奇葩吗？！

林凡背过身子，看着自己被摧残的手，分分钟想离开这里。不过她步子还没迈出去，这位奇葩就已经一秒切换画风，那笑容收得太快，在她嘴角没有留下一丝痕迹，林凡差点以为刚才的一切根本没有发生过，是自己臆想出来的。

“请你们喝咖啡！”童桐从口袋掏出两罐咖啡递给林凡和谢煜霖，两人木讷地接过端在手里，但谁也没喝。

“待会是要开会吗？一起走吧！”

谢煜霖淡淡地说了一个“好”，林凡没出声算是默认同意了，但她内心是拒绝的！她一点也不想带上这个童桐！

三人并肩走在格林大学校园里，高挑漂亮的童桐很引人注目。很快林凡就听到了来自四面八方的议论。

“那女的谁啊？”

“她貌似就是那个刚回国的转校生……”

“因为履历太漂亮直接空降学生会副主席的那个就是她？”

“有什么好大惊小怪的，我们学校这种有来头的人可不少。”

最后一句话倒是提醒了童桐，她回头问道：“听说金凌风也在这个学校念书，是真的吗？”

林凡和谢煜霖都没有接腔，但这并不影响童桐自嗨。

“我可是他的超级铁粉哦！每场演唱会都有去！”她边说边晃了晃手腕上的手镯，“蜂蜜认证！金凌风官方限量版！”

童桐激动地凑近林凡和谢煜霖，问道：“你们遇到过他本人吗？好期待看到真人哦！”

林凡和谢煜霖一个看左一个看右，谁都不想提。

这次的学生会例会，因为童桐的加入，氛围比以往活跃了不少，开会时间也延长了半小时。

会议结束后，林凡匆匆回家做了饭吃，然后便来了离学校不远的一家高级餐厅打工。这家餐厅闹中取静，装修风格也很别致，很受情侣欢迎，尤其周末的时候人很多，会更忙碌，当然薪水也更高一点。

林凡穿着工装，熟练地将杯垫沿着桌沿滑到顾客正前方，然后将托盘里的一杯柠檬苏打准确而稳当地放在桌垫上。

“请慢用。”林凡说完后退一步，这才转身离开座位区。

300 块一杯的石榴苏打，这里的客人真是阔气，林凡还是忍不住再一次感叹。服务显示屏突然亮起，显示 13 号台需要服务。林凡很快就赶了过去。

这个地方虽然工资较高，但要求也偏高，除了有系统的培训以外，服务员必须要时时注意到自己所负责区域的显示屏，以便及时给与顾客服务，在这方面，林凡一直做得很好。

林凡用最短的时间拿了一本菜单放在托盘上，然后快步走到了 13 号台。

“您好！”林凡微笑地递上菜单，但笑容很快便僵在了脸上。

13 号台的客人，竟然是谢煜霖和童桐。

林凡一愣，他们什么时候，变得这么熟了？

谢煜霖和童桐这才注意到这个穿着工装的服务员是林凡，童桐热情地打招呼。

“林凡学姐！好巧啊，我刚好约学长出来聊聊天！”

聊天？在这种地方吗？林凡悄悄握紧了拳，逼迫自己最大程度地表现得淡然，毕竟现在是工作时间。

“请问，有什么可以为您服务的吗？”

虽然她在极力掩饰，谢煜霖还是能感觉她的异常。

童桐翻了翻菜单，冲林凡做了个 V 字手型，说道：“请给我们两杯石榴苏打。”

“好的，请稍等。”林凡礼貌应答完，转身离开。

“还有……”身后的童桐突然叫住了林凡。

林凡再次站好：“请问您还有其他需要吗？”

童桐打开钱包拿了几张人民币放在了林凡手上的托盘里。

“这是给你的小费。”童桐说。

小费？她是故意的吗？

林凡抬头看着她对面坐着的谢煜霖，心里更加难过。可工作毕竟是工作，林凡只能低着头继续强装镇定，重复一遍：“确认点单为两杯石榴苏打，请您……稍等。”

谢煜霖也终于坐不住了，在林凡转身那一瞬间，他起身抓住了林凡的胳膊。

“林凡，你——”话还没说完，他的手就被林凡狠狠地甩开。

谢煜霖有些惊讶，他从没见过林凡这个样子。

“先生您还需要什么吗？还是说……”林凡背对着谢煜霖，眼泪已经不争气地一个劲往下淌，“您还想付我小费吗？”

她心里知道谢煜霖并不会这么做，却并没有给他解释的机会，只留给了他一个冷漠而决绝的背影。

童桐这才感觉到事情不对：“糟了，我是不是伤害到她了？学长，快啊，追上去啊！”

“算了。”谢煜霖看着林凡远去的背影，终于还是什么都没有做。

【2】

从餐厅下班出来已经不早了，外面还下着雨。林凡忘记带伞了，那一瞬间林凡很想冲到雨里淋一淋，好让她可以真正地冷静下来，去接受摆在眼前的事实。

原以为说那样的话就是告白了，原以为是互相喜欢的，原以为一起去看电影的时候已经是半交往的状态了，但这一切却只是自己的一厢情愿。

林凡最终没有淋到雨。

她刚一出门，就看到了在外等候她的小九。对啊，打完这份工，她还有第二份工，几乎是一个忙到连悲伤都挤不出时间的人，和那些有闲情喝着三百一杯柠檬苏打聊天的人，根本没得比。

车驶向金凌风的住处，小九大概是注意到了林凡脸色不好看，一路上没怎么说话，只是安静地开车，中途林凡接了一个电话，她听完电话后脸色更差了。

到了金凌风家，小九完成任务就就离开了。

林凡推开门，诧异地发现客厅空无一人，但很快就听到书房传来一阵温柔的吉他声。林凡循声走到门口，看到金凌风穿着休闲装坐在沙发上弹吉他，旁边还放着一沓稿纸。

从来没见过这么安静而认真的金凌风，林凡竟有些不忍心打扰。

金凌风拨弦弹了一段，停下，又弹了一段，又停下，眉毛也不禁拧了起来。

“不对，我要的不是这种感觉，为什么突然间失去了状态。”金凌风将手盖在脸上，神色变得忧虑起来。

林凡不知道，此刻的金凌风有多么的害怕。他突然意识到，并不是突然失去状态，而是从很久以前，他就写不出好歌了。

作为一个原创型的偶像歌手，写不出好歌意味着什么他最清楚不过，此时他的脑子里突然闪现出卷毛老板的样子，而且在不停地对他说“这次很关键，不要让歌迷失望！”“才华是宝贵的！趁着年轻多拿点奖……”等等等等。

金凌风逼迫自己不去想这些事，但眼前却有浮现出粉丝们期待的笑脸，她们激动地索要签名，赠送自己精心制作的礼物，然后询问下一次出新专辑是什么时候……就在他不知道怎么答话的时候，突然有人站了起来，大声说道：“他已经江郎才尽了！哈哈哈过气歌手金零分……”

想到这一幕，金凌风再也无法控制自己的情绪，又愤怒又无力，却又找不到发泄点，崩溃的他将手里的吉他举过头顶，重重地砸向地上。

“住手！”就在吉他差点落地的时候，林凡以最快速度冲了上来抓住金凌风的衣领还推了他一把。

吉他没事，但金凌风的脑袋倒是撞到了墙角，差点脑震荡。

“痛死了！你做什么啊？”金凌风不爽地看着眼前的女人。

林凡完全没有在乎他的头磕得痛不痛，她只知道如果这吉他摔坏了她会心痛，尽管，那并不是她的吉他。

“这把吉他很贵的吧！”林凡冲着金凌风咆哮，“你为什么要摔它呢！”

金凌风揉了揉痛处，这把吉他确实价值不菲，但再怎么贵也比不上自己的脑袋吧！

“我不想要了，有什么问题吗？”

“好端端的东西为什么不要？”

“不要就是不要，哪有那么多为什么！”

“你……”林凡差点被气死，“你不要的话干脆送我吧！”

“你会弹吉他？”金凌风有些意外。

林凡摇摇头，说道：“不会。”

金凌风翻了个白眼，嘲笑自己真是傻了，这个平常运动方式是跳广场舞的土鳖女，怎么可能会弹吉他？

“那你要它干什么，还不是一块没用的破木头！”

林凡的情绪突然变得激动，用力地拽住金凌风的衣领：“我拿来换成钱！能让我老家那些没父没母的孩子们饱餐一顿！不对！是很多顿！”

金凌风木然地看着她，实在不知道该怎么接话。

算了，他是不会理解的。林凡松开了他，淡淡地说：“没有体会过挣钱辛苦的人，怎么会知道钱的可贵。”

“我有事回老家一趟，请假一周。”林凡呼了一口气，幸好没忘了正事。

金凌风还没来得及说话，她便已经转身，走了两步又退回来，凶狠地警告道：“不许再摔了！你这个大少爷！别以为自己有钱就能不爱惜物品！”

说完便匆匆离开，留下神情复杂的金凌风。

一个小时后，林凡挤上了回老家的最后一班大巴。

大巴上人很多，除了座位坐满以外，中间的过道也占满了人。大巴上气味也不太好，而且十分嘈杂，唯一的好处就是票价便宜，这一点对于林凡来说就已经足够了，所以她每次回老家都是坐这种大巴。

这趟车平时不到三个小时就能到达，但因为今天天色昏暗，下雨路滑，两个多个小时才走了一半。中途车上的人都吵着要上厕所，司机便将车停在了路边的公共厕所旁，给大家五分钟的上厕所的时间。

男女厕所各只有一间，林凡见其他女性都比自己年长，便等她们上完厕所才进去。却没想到，等她出来的时候，车已经驶远了。

“喂！等等啊！我还没上车呢！”林凡大喊，但车却并没有停下来。

林凡孤零零地站在那，环视四周，公路两旁都是长满杂草的斜坡。斜坡下方则是一望无际的湖水，别说地标了，连个人影都看不到。她根本不知道自己在哪，手机也没电了，连求助都不知道该怎么做。

总不能坐以待毙吧，林凡尝试性地往前走了一段距离，眼前的景色却丝毫没有变化，鞋子反倒湿透了，而且因为鞋底不是特别防滑，她还摔了一跤。

无奈之下，她只能蹲在路边，希望能等到经过的车辆，可随着时间一点点流逝，没有一辆车经过，她冷得不行，必须快点回去才行。林凡不停地提醒几乎要被冻僵的自己，一定要撑住，至少要撑到有车经过的时候。

迷迷糊糊中感觉到一股暖意，好像是有人在给她披上一件暖和的外套。这怎么可能呢？但暖意却如此真实，林凡扭头看过去，竟然真的有人在给自己披外套。

“金凌风……”他怎么会在这？

林凡在震惊中试图站起来，但是因为蹲太久腿已经麻掉了，她一个没站稳身子往后仰，下意识她伸出手，想抓住些什么。金凌风很快就伸出手，但是因为金凌风也没有做好准备，直接被林凡拽倒，两人抱作一团沿着斜坡滚了下去，幸好斜坡不是太陡，滚了几圈便停在了半坡的草地上。

“你是笨蛋吗？”金凌风支撑着手臂趴在林凡身上，两人靠得很近，和异性这么近距离接触让林凡不自觉有些脸红。

金凌风恶作剧一般低下头，脸凑近林凡，林凡吓得闭着眼睛把脸偏到一边。她的手掌使劲推着金凌风的胸部，不让他靠得更近。

“喂……”金凌风很无奈，“我说，你能把膝盖拿开吗？痛死我了！”

林凡这才意识到自己在慌乱之中一直拿膝盖顶住金凌风下盘。尴尬地收了收膝盖，金凌风便从林凡身上爬了起来，两人坐在草地上大眼瞪小眼。

“你，你怎么会在这里？”林凡拍了拍外套上的灰尘，问他。

“事实上……我跟小九说我要外出找创作灵感，然后就……”金凌风试图随便编点理由，但有点编不下去了，于是便说了实情。

从林凡在家说一些奇怪话的时候他就隐隐感觉不对，之后她又突然请假回老家，金凌风觉得林凡一定是碰上了什么事，正好他送林凡的那只手机里面有追踪系统，用自己的手机连上电脑便能查到位置，于是果断通知了小九，两人驱车一路追踪。

当时，金凌风看着窗外的景色，很是疑惑。

“这路上怎么连个人影都没有，不会是走错了吧？”

“应该不会。”小九说，“除非林凡的手机不在她身上了。”

“说起来也不是没有可能，还是问问比较好。”金凌风掏出手机给林凡打电话。

刚拨通，就听到：“对不起，您拨打的电话已关机，请稍后再拨。”

“关机了，怎么回事？”

小九看了看电脑：“信号也中断了，可能她的手机没电了。”

又开了一段，小九把车停在路边，拿着电脑和金凌风的手机下车查看。

“最后一次追踪到林凡的手机信号就是在这附近没错。”小九确定地说。

“哦？那就好办了！”金凌风快速下车，“下面是我的个人时间，别跟着我了！”

“啊！风……”小九拿着电脑在后面喊，“你的手机……”

然而金凌风已经一溜烟跑没了影。

【3】

听到这里，林凡简直又气愤又想哭。

“白痴！这下我们彻底没救了！”林凡拽着金凌风的头发骂道。

金凌风的头皮被拽得生疼，恼火地拉开林凡，但林凡不肯放手。

“住手！你这疯女人！”

“总比你个白痴好吧，现在我们怎么办！”

“你就算把我头发全都拽下来也回不了家！”金凌风气得跳脚，“我一个偶像大老远来这穷乡僻壤找你，是让你这么糟蹋的吗？！”

“是你自己要来的，我又没叫你来！”

……

打闹斗嘴了一阵，两人无奈地坐在草地上。

林凡心想：到了早上，一定会有车经过这里吧。

远郊的夜色很美，天上繁星璀璨，开始的时候，两个人欣赏夜色，数星星，倒也算有趣。但随着夜幕加深，气温也越来越低了，脱了外套的金凌风感觉到了阵阵寒意，而林凡早已经冻得瑟瑟发抖了。

此刻的林凡就像一只小兔子一样缩在金凌风的黑色外套里，脸红通通的，目光里透着坚定，整个人看起来柔弱而又易碎。

金凌风看着她，心底不由得涌起一股保护欲，他伸出胳膊想把林凡揽在怀里，这样她应该能暖和一点，又或许还能靠在他肩膀上睡一会儿，这样明天早上也不会感觉太累。

可他的胳膊在半空中悬置了好一会儿，还是没有放下去。

这种动作看起来似乎有点奇怪吧，虽然是想这么做，但目前的关系还没有亲密到那种程度。谁知道那个土鳖女会怎么想呢？回想起初遇时的胖揍，刚刚头发被拽得生疼，现在仍旧心有余悸。这个土鳖女，太暴力了，所以还是不要这么做比较好。金凌风这么想着，悻悻地收回了胳膊。

不过总得想点办法让这个笨女人不那么冷吧。

“手，给我。”金凌风红着脸说。

“哎？”林凡疑惑地抬起头看他，金凌风向她伸出了手，林凡稍稍犹豫了一下，虽然不知道他想干什么，但还是把手伸了过去。

金凌风握住林凡的手，放在嘴边哈气，顿时一股热流从指间传来。林凡呆呆地看着他，没想到这个家伙，竟然也有这么暖的一面。

哈完气，金凌风又把她的手搓了搓，然后十指紧扣地握住，放在了自己卫衣前的口袋里。

“这样应该不会冷了吧。”他轻轻地说。

林凡觉得手心好暖和，似乎整个身体也都跟着暖和了，她的脸有些微微发热，心里也涌起一股异样的感觉。

看着金凌风握住自己的这只手，林凡思绪万千。这只手，跟霖学长当时握着的时候完全不一样。虽然都是两只很大的手，但似乎这只手，握得更紧一些，似乎这只手，在这寒冷的冬夜，要更炽热一些……

整整一个晚上，金凌风都这么握着林凡的手，凭着这股炽热，林凡熬过了寒冷的一夜。天亮了，阳光照射到两人身上，暖洋洋得很舒服，林凡睁开眼睛，这才发现自己居然靠着金凌风睡着了。

“终于醒了啊，本大爷胳膊都麻了。”

“我也不知道怎么就睡着了。”林凡有些抱歉，“你怎么不叫醒我？”

“你怎么知道我没叫你？”

“嗯？”林凡一愣，“我睡得有那么死吗？”

“超级死的，拍肩三次，捏脸五次，揪头发一次，你都没醒。”

“你！”林凡气极，“为什么趁我睡觉揪我头发捏我脸啊？”转念一想，居然这样也没醒，真是太丢人了，不由得有些脸发烫。

金凌风“噗”的一声笑了出来：“开玩笑的啦，这你都信，真是……我看你睡得很香根本没叫你，哈哈哈……”

可恶，林凡恨不得马上给他一脚，但因为坐了一晚上，腿已经麻了，她刚试图站起来腿却不争气地一弯，直接跪了下去。

不偏不倚地摔到了金凌风怀里。

“我说，土鳖女。”金凌风扶起她，似笑非笑地看着她，“你该不会是趁机占我便宜吧？”

林凡慌乱地从金凌风怀里爬了起来。

“喂，快点！”金凌风突然抓住她的手。

“你干什么啊！”林凡吓了一跳，慌张地挣扎着。

“有车来了！你还想不想回家了？”

有车？林凡赶紧看过去，果然有一辆车驶了过来，两人赶紧跑上公路，一个劲挥手。

终于等到车了，林凡松了一口气。

“你急匆匆回老家，到底什么事啊？”金凌风问。

林凡看着窗外，担忧地说道：“家人生病了。”

下车后，林凡急匆匆赶回了家中，径直奔向卧室。

卧室里躺着两个小孩，一个是男孩，叫林芝，今年八岁。一个是女孩，叫林平，已经十三岁了。他们是林凡的弟弟妹妹，平时都靠好心邻居帮忙照看着。

两个孩子脸都红扑扑的，看起来很虚弱，但看到林凡还是很开心，叫了一声姐姐。

金凌风有些震惊：“原来你还有弟弟妹妹啊？”

“两个人同时发烧到 39 度，所以我才急着赶回来。”林凡摸摸两个孩子的额头，还很烫。她穿上了外套，“金凌风，麻烦你帮我照顾一下他们，我去买药！”

“哦……好。”

林凡匆匆出门之后，金凌风回想起自己发烧时被照顾的情况，在屋里找了两条毛巾，用凉水浸透拧干，敷在两个孩子的额头上。每隔一段时间，就拿下毛巾，再次用凉水浸透拧干后敷上。虽然动作看起来有些笨拙，但忙前忙后的金凌风已经尽了自己最大努力照顾他们了。

期间两个小不点一直睁着大大的眼睛盯着眼前这个陌生的大哥哥。

“你们是在谈恋爱吗？”林平忍不住问了出来。

“哈？你这小鬼胡说什么啊？”金凌风命令他们，“都给我闭上眼睛睡觉！”

掖被子的时候，金凌风突然想到一件事，便问道："喂，你们爸爸妈妈呢？怎么不和你们住在一起？"

一听到"爸爸妈妈"，两个小鬼突然就哭了，一点预兆都没有。

金凌风终于明白为什么林凡那么爱哭，估计都拥有多泪基因吧。金凌风在心里吐糟着，但面对两个大哭的小鬼，他着实有些慌乱，毕竟他真的完全不会哄小孩啊！但是都答应了会好好照顾他们，如果林凡回来看到弟弟妹妹哭得这么伤心，他就完蛋了。

"那，那个……"金凌风试图转移他们的注意力，"你们饿了吗？要不要吃点什么？"

两个小鬼顿时止住了哭声，并且一脸期待地看着金凌风。他松了口气，来到厨房，上上下下将厨房的每个角落都找遍了，结果居然只有一锅鸡蛋粥。

"家里就只有这个了吗？"金凌风问他们。

林芝看着鸡蛋粥两眼放光，惨兮兮地说道："生病了才有鸡蛋粥。"

"平时只有白粥。"林平补充道。

"你们都还在长身体啊，真让人心疼。"金凌风一边给他们喂粥一边说，"我当年生病的时候，可是有五个护士轮流照顾我，玩具模型蛋糕，要什么有什么。"

这无意的炫耀瞬间戳中了两个小鬼的泪点，两人"哇啊啊啊啊"地又嚎啕起来，哭声震天，金凌风的耳朵都要被震聋了。

真不愧是一家人啊，一个比一个能哭，声音一个比一个大。

"别哭了啊！等你们病好了带你们去吃好吃的，行了吧？"

听到有吃的，两个孩子瞬间止住了哭声，流着口水一脸期待地看着金凌风。

一个大叫着："想吃鸡排！"

另一个大叫着："牛肉汉堡！"

分明兴奋异常，根本就不像是刚刚哭过的人。金凌风扯了扯嘴角，假哭？竟然还骗到了本大爷？

虽然鸡排和牛肉汉堡都还很遥远，但有期待也是很开心的，两个小鬼乖乖地喝完了鸡蛋粥。

“吃完粥就乖乖睡觉吧。”一言不合就大哭，金凌风真是怕了这两个小鬼。

“可是我睡不着。”林芝说。

“这方面我挺有经验的。”金凌风说，“数数吧，数到一百就能睡着了。”

“数数太无聊了。”林平想了想，“我想听歌……”

“唱歌？你怎么知道我会唱歌？”

“我猜的。”

真是人小鬼大，金凌风问：“怎么猜到的？”

“因为我在电视上看到有一个跟你长得很像的人会唱歌。”

原来是这样，金凌风笑了笑，说道：“我是会唱歌没错，但是我出场费很高的，你别想了。”

“出场费是什么呀？”

“出场费就是……”金凌风说了一堆小朋友根本听不明白的东西，两个孩子觉得无聊，竟慢慢睡着了。

【4】

林凡买药回来，气喘吁吁地冲进卧室。

“孩子们——”她看到两个孩子躺在床上，睡得很甜，被子也盖得很好，不禁呆住。

金凌风双手抱胸，靠在门口，顺着她的话说道：“可真够闹腾的。”

林凡看着他，感动地说：“谢谢你……”。

“咳……”虽然被感谢感觉很好，但金凌风似乎不习惯林凡和他说话这么客气，他转过身去，“偶尔给你弟弟妹妹做点好吃吧！虐待儿童嘛！”

“什……什么啊！”林凡一脸黑线，“生病应该吃得清淡点才对吧！”

看着金凌风的背影，林凡心里突然有种异样的感觉。

“喂，金零分。”林凡叫他。

金零分并没有转身，半扭头，一脸傲娇地回了一句：“干吗？”

“为什么和你在一起的时候，感觉做什么都很自然……”林凡喃喃地说。

没想到林凡会突然说这些，金凌风转过身来看着林凡，继续听她讲。

“……可是，和他在一起的时候，为什么就连站在他身边，都会有一种喘不过气的感觉呢？”林凡垂下头，迷茫地说道。

“什么啊？‘他’又是谁？”金凌风的脸色明显有几分不悦，他并不喜欢这样被用来和另一个人作比较，尤其是这种比较。

看着林凡的神情，金凌风大概猜到了这个“他”就是谢煜霖，那个总是惹林凡哭的谢煜霖。

“有时候他越是关心，我越是想逃离。”林凡低着头往前踱步，声音越来越小，不知道是想说给金凌风听，还是说给她自己听，“越是对我好，我越觉得，那只是因为怜悯，是因为，我很可怜……”

“你这家伙！”金凌风终于忍不了了，捏住她的胳膊一把将她拽了过来，林凡吃痛地叫了一声：“啊——痛！干吗突然……”

“你能不能不要这么消极！”金凌风十分不爽，“难道你以为——我也是因为你可怜才接近你，才为你做这些事吗？”

林凡不敢看他，低头嗫嚅着：“谁知道……是不是呢？”

呵，金凌风觉得有些嘲讽，原来，她一直是这么想的。

心突然狠狠刺痛了一下。

“你原本……就是这样的人吗？”金凌风看着她，“那个吃着橄榄菜还自得其乐的女孩哪儿去了？”

“什么这样那样的……”林凡嘴硬地说，“别自以为很了解别人。”

金凌风气极，松开了林凡。

“回去了。”他面无表情地开门，临走的时候侧过脸，轻轻说了一句话，让林凡顿时一阵呆愣。

“你真让人失望。” 金凌风说完这一句，头也不回地离去了。

你真让人失望，林凡在脑海里重复了一遍这句话。他，为什么会这么说呢？

那是一种很复杂很迷惑的感觉，听到金凌风说她很让人失望感到不开心，因为她不希望金凌风觉得自己让人失望，可是为什么呢？为什么会在意金凌风对自己的看法？林凡头发都挠掉了好几根，也没想明白。

林凡烦闷不堪，金凌风也没好到哪儿去。

他一路颓丧，回到家，整个人又困又累，心情也不好。

摘下卫衣上的连帽然后顺手脱了外套，看到外套又不禁想起了那个土鳖笨女人，真是够笨的！本大爷做这么多事怎么可能是因为怜悯、同情？也太不了解本大爷了吧，本大爷是那种同情心泛滥的人吗？呵，堂堂一个偶像，千里迢迢跑到那种穷乡僻壤的地方，一夜没睡还帮着照顾小孩，可人家心里却是那么想，而且口口声声提起的，还是别的男人，金凌风啊金凌风，你真是可笑。

金凌风走进卧室，一眼便看到桌上放着自己的手机，想必是小九放那的，金凌风拿起手机，按下关机键，又鬼使神差地松开了手。

万一那个土鳖女找我怎么办？还是开着机好了。金凌风想着，突然"哐当"一声手机掉到了地上。

"该死！"他狠狠地骂自己，这个时候竟然还想着她，真是太没用太犯贱了，简直枉为偶像！

金凌风闭上眼睛深吸了一口气，平静下来后轻轻拾起了地上的手机，放在床头柜上准备睡觉。

依旧是难以入眠，尽管他真的很困倦。

金凌风用手臂捂住眼睛，然后开始数数来逼迫自己入睡。

"……96、97、98、99……"数到99的时候，手机"叮"的一声显示有微信消息，金凌风一下从床上弹了起来，拿过手机，嘴角浮起一丝不易察觉的笑意，这个土鳖女，终于知道该和本大爷道歉了吧。

手机屏幕上显示凌晨一点五十七分，还有小九发的微信消息——"明天老板约你一见。"

"啧。"

金凌风失望地将手机丢到一边，继续躺下数数字催眠。

但这次数字催眠的方法也不奏效了，数到了一百，金凌风仍然没有睡着，他强迫自己放空一切，什么都不想，总算在凌晨三点多的时候得以浅睡。

直到次日上午，林凡都没有用任何方式联系过他。金凌风醒来之后很是烦躁，原本不想出门的，但老板不得不见。

他穿着一身黑色的外套，最终还是按时出现在了卷毛老板的办公室。

“你退出娱乐圈也有一段时间了。”卷毛老板看向金凌风，“现在我认为，复出的时机已成熟！”

金凌风无精打采地歪在沙发上，根本没把卷毛老板的话听进去。

“啊真是……所以你今天是来找我干吗？”

“还问！干吗！”卷毛老板火冒三丈，随手抄起手边的“金凌风官方应援棒”敲了上去，“当然是让你小子重整旗鼓！”

金凌风无动于衷，只是默默地闪到了一边，避免再次被突然袭击。

“我没心情。”

卷毛老板充耳不闻，因为不是在和他商量，只是通知一声而已。

“公司已经安排好了复出的第一次曝光，就是格林大学的跨年晚会……”卷毛老板淡淡地说道。

“什么鬼！”金凌风差点跳起来，强行复出也就算了，格林大学的跨年晚会是几个意思，“怎么能让我这样的当红明星在学校那种地方表演！我要开个唱！”

“还不是因为你小子被爆出的毕业证造假和考零分事件！”卷毛老板也气呼呼的，“虽然只是学校晚会，但各大媒体都会到场，记住！不许出岔子！一定要塑造一个完全正面的形象。”

末了，卷毛老板看向窗外，若有所思地说道：“能不能顺利复出，就看这次了。”

话都说到这个份上了，金凌风摊手：“那就是没得谈咯。”

“你这什么态度！”官方应援棒又被举高，不过这次小九及时出现拉住了卷毛老板：“老板，让我跟风谈谈吧。”

卷毛老板扔了应援棒，气呼呼地走了出去。

金凌风坐在沙发上，一副谁也别来惹我的样子。

“心情不好吗？”小九给金凌风倒了一杯水。

“烦。”金凌风就吐了这一个字。

“凡？”小九故意问，“林凡小姐没事吧？”

“我才不是在说那个土鳖女！”

小九笑了笑，反应这么大，不是因为她还能有谁。

“那就是说——”小九试探性地问道，“最近不是很想见到她？”

“再也不想见到她了！”金凌风违心地放狠话。

“但她是你的补习老师，你们几乎天天都要碰面的。”小九顿了一下，继续说道，“不过，如果你听老板的话筹备格林大学的跨年晚会演出，这段时间就不用补习了。”

“学校跨年晚会上表演，你真的觉得适合我这个大明星吗？”

“格林大学毕竟是你的母校，我觉得没问题，再说只是复出前的一次曝光而已。”

金凌风依然油盐不进的样子：“不唱。”

“看来还是喜欢补习啊。”小九笑着说，“既然风这么想要每天见到林凡小姐，我会帮你劝老板的。”

竟然用这一招，金凌风无奈地用食指指着小九：“算你狠，唱哪一首，公司有安排吗？”

“公司准备让你唱一首新的单曲，这段时间你要加紧练习……”

【5】

自从上次在餐厅发生那件事后，谢煜霖一直都有些郁郁寡欢，无论是上课还是学生会例会，神色总是冷清而淡漠，还常常走神。

“今天的会就到这吧，各位辛苦了。”谢煜霖说完便走出了学生会办公室。

学长是怎么了？最近经常心不在焉的，童桐坐在椅子上思忖着，林凡也请假了，不知道该问问谁。

童桐盯着林凡的空座位，突然一愣，难道还是因为上次在餐厅的事？童桐的眼神落在了林凡桌上的资料袋上，是学长放在林凡座位上的开会资料吗？她好奇地拿起资料袋打开，里面竟然是林凡缺课期间的笔记和课件，谢煜霖竟然帮她一一整理了出来。

她看着手里的笔记和课件，又仔细想了想之前在餐厅里林凡和谢煜霖的对话，若有所思的样子。

原来是这样，她突然使劲拍了一下自己的脑门，十分懊恼，怎么会这么迟钝，到现在才发觉……

放下课件和笔记，童桐火速冲出办公室追了出去，跑了好半天终于看到了人群里的谢煜霖。

“霖学长！”童桐大喊。

谢煜霖回过头，疑惑地看着她。

“你喜欢的人……”童桐的话戛然而止，脸上也瞬间显现出尴尬的表情。

因为跑得太快没注意，她的衣服被一旁的铁栏杆给勾住了，衣领被拉到手臂处，露出了肩膀和一半内衣。偏偏她又大喊了一声“霖学长”，一下子引起了众多同学的注意，所有人都好奇地看着她。不知道这个女生为什么要穿着暴露地叫住一个男生。

童桐涨红了脸，手忙脚乱地拉扯衣服，但越是慌乱越是弄不好。就在她几近崩溃的时候，谢煜霖慢慢走了过来，将她衣角的线头慢慢从铁栏杆上解开。

“谢，谢谢……”童桐整了整衣服，顺便理了理凌乱的刘海。

“找我有什么事吗？”谢煜霖说。

童桐抬头看着他，不知道为什么突然间，那句原本想说的话完全不想说出口。

“额，没什么，我就是开会的时候忘记问了，我俩一起搭档主持跨年晚会的事，是写主持词还是即兴主持？”

“有一部分的主持词。”谢煜霖说，“互动环节是即兴主持。”

“知道了，我是第一次主持这种类型的活动，到时候要麻烦学长多多关照哦！”

“配合是一定的，你还有事吗？”

“没事了！”童桐笑嘻嘻的，谢煜霖的脸色却并不好，听说没事，便转身离开了。

谢煜霖一个人走在校园里，看着周围熟悉的一切发呆，已经一周没见到林凡了，不知道她现在在哪，在干什么。

事实上，林凡正在超市打工。

林平和林芝在林凡的照顾下，烧已经退了。她想多挣点钱给两个孩子补补身体，于是早早就赶了回来开始打工。让两个孩子单独在家林凡不免也会担心，所以一有空就给他们打个电话。

“啊……还有，姐不在的时候要好好的，知道吗？有事打电话……嗯，拜拜。”

林凡说完摁了挂断键，突然想给金凌风发个信息，可是却不知道说点什么好。

到底是为什么吵架呢？她努力地回想，是因为说“谁知道……是不是呢”还是那句“别自以为很了解别人”？

“你原本……就是这样的人吗？”金凌风的话再次回响在她耳边。

“我不是！”林凡忍不住将这三个字坚定地说了出来，一旁的顾客都被吓了一跳，好奇地看向这个在超市自言自语的理货员。

原来被误解是这么的不甘心……林凡垂头丧气地蹲在地上，当时为什么自己偏就要那么说呢，也难怪金凌风会生气。

找机会道歉吧，眼下最重要的是努力工作！林凡的眼睛里重新燃起光芒，利落地卷起袖口，将货架上的商品都整理好，然后走到了王姐旁边。

王姐是这家超市的老员工了，也是林凡跳广场舞时认识的舞友，这里的工作也是她帮忙推荐的。

“王姐！”林凡笑着说，“剩下的交给我吧！”

王姐有些讶异：“哎，怎么了？”

“您儿子今天不是家长会吗？”林凡接过王姐手里的货篮，“早些回去吧。”

“哎哟，谢谢你啊林凡。”王姐看着她，又感激又心疼。

林凡笑了笑，然后很认真地将货物一一放上货架。不论如何，她还是要积极向上努力地过好每一天的。

手机突然一震，林凡拿起手机一看，原来是学生会行政部的消息，说是格林大学要举办一年一度的跨年晚会，晚会的诸多事宜全权交给学生会了，让林凡今天早上八点半过去开会。

她看着超市还没有整理好的货物，于是回复了一句“我有事，参加不了”。确实是没空，整理完这些后，还要给金凌风补习。

对啊，补习，林凡突然想到，正好可以借补习的事给金凌风打个电话。林凡想着，立马掏出手机拨打金凌风的号码，但很快她又失望了。

“你所拔打的用户已关机……”

关机。

林凡将手机放回口袋里，安慰自己，也许是正巧没电了吧，换个时间再打好了。然后又继续工作了。

学校八点半，正常开始了学生会会议。

偌大的会议室里，人声嘈杂，都在讨论着什么。

“安静安静，都听我说。”行政老师进来，敲了敲黑板。

大家顿时都安静了下来。

“今年的跨年晚会和往常一样，全权交给我们的学生会安排，但是今年会有明星和媒体到场。情况比较特殊，学校也想借此机会宣传一把。”行政老师站在台上有条不紊地宣布着，“任务繁重，大家务必各司其职，不要出纰漏，辛苦了！”

行政老师的话音刚落，台下立刻炸开了锅。

“还是我们学校有面子哈！金凌风诶……”同学甲十分自豪地说。

“没错，一想到能见到凌风哥哥，我就……”同学乙因太过激动差点晕倒。

“听说零点倒数的时候会放烟花……”有人抢话说道。

“你们弱爆了，跨年要和男友在一起好吗？”一个扎着丸子头的同学趁机虐狗。

“哈哈哈……”旁边拿着镜子补妆的同学鄙夷地斜了她一眼，“金凌风就是我的男友。”

行政老师捂着额头：“这群小鬼真的是疯了……”

面对这么一群学生会成员，作为主席的谢煜霖仍旧淡定将流程表和分工表发给他们，心也是够大的。

“放心，有金凌风的团队负责大部分的工作，我们能省心不少。”谢煜霖说，“但是每个人一定要把自己负责的事做好。”

行政老师点点头，又像是突然想起了什么：“不过，这都什么时候了，林凡到底跑哪儿去了？”

谢煜霖一愣，眸子瞬间黯淡了下来。

开完会，接下来就是布置会场了。基本上是按照往年布置，虽然大家玩心大，但都在规定的时间里布置好了，还在去会场的路上贴了金凌风的海报。

下午三点，已经进入最后的筹备阶段了。

作为晚会女主持人的童桐正在几个女生的帮助下化妆弄发型，挑选礼服。男主持人谢煜霖收拾起来就简单多了，礼服就拿童桐选的女款礼服配套的男装。无需化妆，几个女生帮他吹了个发型，稍微整理，已经能赶上高级晚会的主持了。

“辛苦了。”谢煜霖说，一贯的谦和有礼。

“怎么会！”女生有些不好意思地看向一边，“能帮上霖学长的忙就很开心了！”

“简直太完美了！”

“咦？你们看，那个不是林凡学姐吗？”

一个女生突然一愣，透过窗户看到外面走廊上的女生，竟然是林凡。

另外的女生附和说道：“真的诶，她回学校了！”

谢煜霖微怔，看了过去，确实是她，她回学校了，为什么都不说一声？

此时走廊上的林凡，已经接近崩溃了，她给金凌风打了一个又一个的电话，却始终只能听到那一句“您好，您所拨打的电话已关机。”

现在是怎么回事？完全联络不上他了……还瞒着大家没去开会，

真差劲……林凡越想越难过，差点又要哭出来，却听到身后“咔嗒”一声，有人从里面开门出来了，下意识地回头看了一眼。

“霖学长……”这样的见面，林凡心里五味杂陈。

谢煜霖看着她，不知道为什么，心里想说的千言万语都像是卡在喉咙里了，完全说不出来。

见谢煜霖一言不发，林凡心里打鼓，是觉得上次餐厅的事是我太小气了吗？还是回了学校却没来开会生气了？

“对……对不起……”林凡琢磨不透，只能道歉了。

谢煜霖握紧了拳，暗暗决定，这一次，一定要把心里的感受告诉她。

“一直没有联络你，是因为……我，我……”谢煜霖终于开了口，却还是有口难言。他往前走了几步，直接捧住林凡的脸，情不自禁地吻了下去。

两人双唇差点碰上的那一刻，林凡将他推开了。

“等一下——”林凡摸着自己的嘴，“怎么突然……”

“我也……很对不起，收到你的告白，却一直没有回应你，我一直觉得，如果能像以前那样维持下去多好……我一定不会对你多加打扰。”谢煜霖双手捏住林凡的肩，认真地看着她的眼睛，“可是……现在我很害怕，害怕你还会像这样一直推开我，疏远我……”

“呃……我……”谢煜霖的手越捏越紧，终于还是说了出来，“喜欢你……我喜欢你，林凡。”

林凡呆住了，除了谢煜霖突然的告白，还有她的心，都让她感觉是那么的不可思议。

做梦都在盼望的事情，终于发生了！可是她的心，却产生了一丝动摇。

等了许久，都没有听到林凡的回应。

“你迟疑的理由……”谢煜霖的声音有些颤抖，“是金凌风吗？”

REC

第四章 好想你

【1】

童桐弄好妆发，光彩照人地走了出来，顿时吸引了大家的注意。她穿了一袭粉色的晚礼裙，双手带着白色的长手套。头发微卷，将她的美好的轮廓展现得淋漓尽致。

“来了来了，今晚的这一对真养眼啊！”一个波波头的女生欣喜地说。

童桐笑道：“别瞎说啦，只是一起主持晚会而已。”

“可是你们看起来真的很配啊！无论颜值还是身高……”

“对啊对啊！”另一个女生也附和道。

童桐不好意思地红了脸，偷偷瞄了瞄在门外的谢煜霖和林凡，可是……他的表情，怎么那么奇怪？

“你最好……快点告诉我答案……”谢煜霖看着眼前搓着衣角不说话的林凡，心越来越慌，“我很不安……怕他把你抢走了。”

林凡抬头看着谢煜霖，却还是没能说出一个字，但那一刻，她的心里，模模糊糊的，好像已经有了答案又好像什么都没有。

这时童桐走了过来，算是打破了僵局。

“咦，林凡学姐？你终于回学校了？”

林凡应了一声：“嗯……”

“一个星期没见，学长和林凡学姐有很多话聊吧，那我先不打扰了，学长你一会儿直接去彩排室找我就行。”

“原来你们赶时间彩排吗？”林凡仿佛找到了理由，“那霖学长……你先去忙吧。”

“没关系的。”童桐怕林凡误会，赶紧解释，“你们聊就好，学长主持经验丰富，到时候对对词就好了。”

“可是……”林凡嗫嚅着，不知道说什么好。

谢煜霖似乎已经看穿了林凡的不自然，无奈地叹了一口气：“我们已经聊完了。”随即转身看向童桐，接着说，“走吧。”

童桐隐隐感觉有些不对，但也没放在心里，她现在满脑子都在想着晚会主持的事，生怕自己出现失误，所以和林凡说了句“拜拜”便和谢煜霖一起赶去彩排室。

此时已经是下午六点了，距离晚会开始还有两个小时，同学们都很激动，对晚会翘首以盼。

“喂，伯父吗？关机？啊对……”后台里，小九一边看晚会流程表一边讲电话，“是是……老板为了让风专心排练，这几天手机都在我这呢……嗯，嗯……风很努力，状态完全 OK，您放心好了！”

小九讲完电话，正想和旁边戴着耳机的金凌风转达一下他父亲来电话的事，突然一个长相机灵的工作人员风风火火地闯了进来。

“现场最新消息！”他一边喘气一边激动地说，“人爆满，票已经售罄！”

顿时所有工作人员都兴奋起来，小九更是开心。

“风，人气不减当年哦！”

金凌风笑了笑，也挺高兴的。

“观众的队伍已经排到校园外两条街上去了！”长相机灵的工作人员继续说，“简直……万人空巷！”

林凡就是这庞大观众队伍当中的一员，还是靠着学生会相熟的同学帮忙才拿到了一张位置不错的票，否则她根本挤不过那些狂热的粉丝。

现场非常喧哗，负责现场直播的娱乐记者都不得不一只手塞住耳朵一边进行播报。

“观众朋友们，现在我的位置是格林大学跨年晚会——当红偶像金凌风回归演出的节目现场！”记者说着走向观众席，“接下来开始我们的随机采访环节！”

林凡呆呆地站着，没想到记者会把话筒对准她。

“请问今天是来看谁的？”

“看，看晚会……”林凡对着镜头，有点不习惯。

“这位同学看起来很害羞呢，我们接着采访。”话筒随即对准一位戴着猫耳头饰的女生，“这位同学，你今天是来看谁的呢？”

“当然是凌风哥哥！”猫耳女生很激动，“我们从早上就开始排队了！”她旁边一个卷发女生也歪过来入了镜，一边比心一边说：“凌风哥哥我爱你！”

见卷发女生入镜公开宣扬对金凌风的爱，其他粉丝也按捺不住了，纷纷往记者旁边挤，边挤边喊着“金凌风我也爱你！”“金凌风我是最爱你的！”“胡说我才是最爱凌风哥哥的！”

记者招架不住，在跟拍摄像师的协助下逃到了格林大学校门口，采访在校门口围观的同学们。

“为什么站在外面等？”记者问。

“手慢没抢到票……”一位女同学伤心地大哭，在发现自己入镜之后，唰地掏出自己的钱包，疯了似的拿出一叠人民币对着镜头大喊，“有人愿意转让吗？多少钱都可以！请马上联系我……”

记者赶紧将话筒移到旁边一位男生的面前，摄像机镜头也跟着移了过来。

“没票在外面听听也好，呵呵。”男生面无表情地说道，心里则暗暗腹诽着：女友因为这个要和我分手了，金凌风去死吧！

记者有些尴尬地收回话筒，继续播报：“金凌风选择在格林大学亮相，是想要破除之前毕业证造假的丑闻吗？就让我们……”突然间，超高分贝的尖叫声传了过来，记者话锋一转，“听到里面的尖叫声了吗？演出已经开始了！”

音乐厅里，金凌风已经站到了台上，他的身后，是LED巨幕，即使站在最后一排，也能看得清清楚楚。

音乐厅里挤满了人，他们大声呼喊着金凌风的名字，挥舞着手里的荧光棒为金凌风疯狂打 CALL，场面和气势堪比演唱会。

人群里的林凡安静地看着台上的金凌风，比起 LED 巨幕上显示的他，林凡更愿意看那个真实的他。

金凌风右手拿着话筒，左边胳膊打直，同时伸出食指帅气地指向上方，顿时所有人都安静了下来。随着伴奏声响起，他开始了演唱。金凌风干净纯粹的声线，配合着充满感染力和舞台魅力的演绎，化作一场无与伦比的视听盛宴，

林凡站在台下，耳边充斥着四面八方传来的尖叫声和呐喊声，她却好似没听到一样，愣愣地盯着台上的歌者。

站在舞台上的这个人，如此耀眼，让林凡觉得，既熟悉，又陌生。

曾几何时，他们一起上课，一起吃橄榄菜，一起打打闹闹。他将她的手握在怀里，给过她温暖。他帮她照顾弟弟妹妹，也和她吵架。但此刻，他们一个在台上，一个在台下，看似没有多远的距离，却比相隔千山万水还难以企及。

金凌风唱至高潮部分，更是展现了极强的爆发力，带动场下粉丝跟着唱了起来。一个弯腰的瞬间，他拉开上衣拉链，直接脱掉外套扔在台上，露出里面的贴身背心，隐隐可见好看的身材线条，顿时引爆全场。

这样的他，越来越不像林凡记忆里那个成绩糟糕还常常自以为是的金零分，而是一个名副其实的明星。

即使考了零分，他也绝对够格当偶像。

这是林凡第一次站在现场听金凌风唱歌，不懂音律的她，也不由得被他的表演所吸引，虽然还在冷战着……此刻却想为他喝彩。

金凌风，你变得好遥远，林凡在心里默默地说，但是，你真的很棒。

一曲结束，金凌风向观众深深地鞠了一个躬，再次引发热烈反响，只唱了一首，大家显然没听够，一时间各种“安可！安可！”不绝于耳。

金凌风向台下挥了挥手，帅气地捡起台上的外套披上，便返回后台。

大家都舍不得金凌风下台，“安可”声越来越大，林凡旁边的女

生还要拉着她一起喊。

但金凌风还是下台去了，现场一片哀嚎，只有卷毛老板和工作人员，一个个笑开了花。

“风，刚才真是太赞了，辛苦辛苦！”小九边说边递上饮品，金凌风确实有些口渴了，拿过便喝。

这时候作为主持人的谢煜霖和童桐该上场了。两人和金凌风擦肩而过，金凌风感觉谢煜霖看自己的眼神里透着一股敌意，本来以为是自己看错了，却没想到谢煜霖经过他旁边的时候还撞了一下他的肩膀。也不知是有心还是无意，但力度不小，金凌风手里的饮品差点洒了出来，

金凌风感觉莫名其妙，虽然这个人平时和自己关系不怎么样，但几次接触下来还算温和有礼，怎么今天这么奇怪？

不过他也没太在意，演出结束了，他终于有个人时间了。

小九把手机递给金凌风，他接过开机，来电提醒显示，有近十多个未接来电，其中一大部分，都是林凡打过来的，但是翻开短信和微信，却并没有林凡发的消息。

这个土鳖女，真是笨，金凌风忍不住在心里吐槽，明知道手机关机还一直打，不知道留言吗？

“对了风，伯父应该跟你打过电话吧，因为你手机关机他打给我了，你要不要给他回个电话。”

“不必。”他回答得很干脆，没有一丝犹豫。

金凌风和父亲的关系，小九是清楚的，对他的回答也毫不意外。

“那你先去换衣服吧，这几天挺累的，现在大批粉丝还在看晚会，比较方便，我赶紧送你回去休息。”

【2】

谢煜霖和童桐在台上主持，金童玉女，十分默契，时不时引得台下掌声如潮。林凡的注意力却无法集中，想着金凌风演出完毕是不是

就要回去了？这次的演出这么成功，之后肯定就顺利复出了，那么也就没必要在格林大学重修了。

也就是说，不再需要她这个补习老师了。

如果是这样的话，以后见面都应该很难了吧，林凡纠结着要不要趁着他还没走，去后台当面跟他道个歉。

现在这个点，确实是个好时机，可是，后台现在应该很难进去吧，而且，见了面的话，怎么说好呢……

林凡正犹豫不定的时候，一个高挑的短发女生径直走到她的面前，抬手就是一巴掌。那只手的手腕上，戴着金凌风官方限量版的手镯，一看就是金凌风的粉丝。她的身后，还跟着两个女生，一个个子比较矮，踩着恨天高，另一个留着黑长直，看上去人畜无害的样子。

林凡感觉脸上火辣辣的疼，除了生气更多的是疑惑，她并不认识这个女生，为什么上来就打人呢？林凡正想质问短发女生的时候，这女生已经将自己的手机屏幕放在了她的眼前。

“这次你还敢不承认？”短发女生恶狠狠地说。

林凡凑近看屏幕，是一条八卦新闻。

“前段时间因零分考卷事件暂停活动的金凌风近期宣布回归！却被拍到和同校女生林某密会画面，林某出入金凌风公寓关系亲密，这次又是欺瞒粉丝吗？”配图是林凡和金凌风并肩走在一起的画面。

“这条八卦没多久就能传遍微博了，多影响我们凌风哥哥前途啊！”黑长直嚷嚷着。

短发女生仔细打量了林凡一番，顿时更加生气了。

“啊，真是火大——凭什么啊？”短发女生鄙夷地骂道，“丑女！”

踩着恨天高的女生更是一副忍不了的样子，揪住林凡的头发将她往地上摔，看姿势像是练过武术，加上人多势众，林凡根本无力招架。

“说说吧！到底是什么时候勾搭上凌风哥哥的？”恨天高女生开始审判，林凡感觉到她们来者不善。可旁边的同学都沉浸在晚会里，没注意到这边发生的事，林凡想了想，拿出手机试图报警。

“把她的手机拿过来看看就知道了！”黑长直一把抢过林凡手里的手机，打开通讯录，“我晕！还真有凌风哥哥的号码！铁证如山哎！”

短发女生的怒气值爆表，狠狠地瞪向林凡，又气愤又嫉妒。

“我说……哥哥怎么可能看上你这种又穷又丑的女人？”

“真不科学。”恨天高也觉得难以置信。

“听说这家伙还有弟弟妹妹呢。”黑长直的笑容中带着几分邪恶，“拍到了哟！”

林凡不由得握紧了拳头：“你们……”

“厉害个什么啊你！”恨天高一脸不屑，“还不是你自找的！”

“找到林凡了！”也不知道是谁高喊了一声，顿时引起了全场记者的注意。

“找到金凌风的绯闻女友了！快抢独家！”

此语一出，一石激起千层浪，现场几乎所有媒体都围了过来，“咔嚓咔嚓”一顿拍，林凡被闪光灯晃得差点睁不开眼。

林凡被记者团团围住，接下来便是七嘴八舌的采访。

“请问你就是新闻里的林凡吗？”

“你和金凌风在交往吗？”

“刚刚观看了金凌风的演出有什么感受？请林小姐和我们说一说吧！”

……

短发女生在一旁看林凡无助的模样，嘴角勾起一抹笑容。

“活该！这个臭女人，应该再让她吃点苦头。”她说着从黑长直手里拿过林凡的手机，打开相册。

面对种种追问，林凡一直没有回应，但各路媒体的热情丝毫不减。

“网上曝出你弟弟妹妹接受福利院救济的消息属实吗？”

“难道父母都不在了吗？”

林凡垂着头，听到这些终于没有办法再沉默了，她抬起头面对所有的记者，大声说道：“就冲着我一个人来吧！”但随即她的语气变得近似哀求，“不管怎么样，家人……明明是无辜的吧……”

见状，媒体记者们也都泛起了一丝同情，而就在这时，短发女生将林凡的手机举高，大喊一声：“喂！林凡的手机在这里呢！”

瞬间不少人的注意力都被吸引了过去。

“里面还有她和弟弟妹妹的合照！证据全在这！”她摇晃着手机，声音越来越大了。

“啊？有什么？”

“弟弟妹妹照片？”

记者们一合计，果然是大料，纷纷冲向短发女生。

就在短发女生一脸得意的时候，人群中走来一个戴墨镜的彪形大汉。二话不说，抬腿就是一脚，短发女生的手臂被狠狠踢了一下，手机抛向空中，落在了彪形大汉的手里。

短发女生痛得龇牙咧嘴，一脸蒙圈。

金凌风从彪形大汉后方走了出来，他换上了一件红色的毛领大衣，这一抹暖色调，也给这寒冬的夜色带来了一丝暖意，但他的脸却阴沉沉的，冷若冰霜。

“呜呜……哥哥！”虽然被踢的部位还很痛，但突然看到金凌风出现，短发女生整个人兴奋得不行。旁边的黑长直更是神情呆滞，感觉自己像是做梦一般。

看着金凌风走近她们，两个人激动得站不稳，颤抖地抱在一起互相支撑。

“滚。”金凌风的语气比他的表情还冷。

“哈……”短发女生和黑长直僵住了。

现场顿时安静了许多，舞台上谢煜霖主持的声音清晰地传了过来。

“各位同学，至此……二〇一五年只剩下最后的三十秒了……”巨大的LED屏幕上显示的时间是二十三点五十九分三十秒。

就要跨年了，可自己的情况却这么糟糕，林凡蹲在地上，又忍不住哭了起来。

记者们站在金凌风的周围，一个个打起了十二分精神，生怕错过了这个大新闻。

“金凌风真的要帮她吗？”一个微胖的记者悄声问旁边的人。

旁人说道：“应该不会吧，如果他够聪明的话……”

“金凌风要是真帮她，那就代表他俩真的有什么了！”微胖记者故意提高音量让金凌风听见，“哼哼，绝对是明天的头条！”

金凌风没有理会这“善意的提醒”，径直走向林凡。

“……在这最后的三十秒里，就让我们静静的，和你身边最重要的人一起，迎接这个全新的时刻——”

谢煜霖的主持词落音的时候，金凌风刚好走到了林凡身边，脱下大衣给她披上，然后在众目睽睽之下将她公主抱了起来。

记者们都惊呆了。

“哇啊……”

“赶紧拍啊！果然是真的！”

“好 man 啊！”

“金凌风，这样算承认了你们的关系吗？能回答一下吗？”

金凌风丝毫没有理会他们，抱着林凡一步一步往前走，保镖们识趣地过来开路，好几个彪形大汉将记者们死死挡住，甚至连小九都没法靠近。

此时距离新年只剩下十秒了，金凌风打开车门，把林凡放在了车的后座上，林凡还没来得及开口说话，金凌风突然吻了上去。

这个吻，温柔而热烈，林凡有些吃惊地瞪大眼睛，为什么她的身体一点也没有想要推开他的冲动，她的心，好像也没有。

林凡轻轻地闭上了眼睛，就在长长的睫毛垂下来那一刻，“砰”的一声，美丽的烟花在空中绽放开来，大屏幕上的时钟显示的大大的“00：00”。

“新年快乐！”同学们欢呼着，“砰砰砰……”漫天的烟花次第展开，五颜六色的烟火在漆黑的夜色中显得格外璀璨，美不胜收。

美丽的烟花下，两个人就这么静静地吻在一起，这应该是林凡二十年来最特别的一次跨年了，她永远都不会忘记，在二〇一五年的末尾，和二〇一六年的伊始，他们在一起，接吻。

金凌风轻轻放开了林凡，目光渴望而怜惜。

“好想你。”

他这样说。

【3】

不到一个小时，“金凌风骂粉丝”“金凌风女友”以及“格林大学跨年晚会”就被刷上了热搜，而且占据了前三。

负面评论更是一波接一波。

“敢公然爆粗骂人的艺人还真没见过，他真的有脑子吗？可见金零分人品智商都太LOW。”

“不喜欢金凌风女友的赞我！”身后便是七千多个赞。

“原来还挺喜欢你的，现在感觉很失望，取关！”

各种新闻通稿也迅速抢占了各大平台的头条，标题无非是《金凌风镜头前帅气护女生，真性情还是炒作？》《史上最不配——金凌风疑似女友曝光，家境贫寒勤工俭学！》《金凌风怒骂粉丝，让其滚！》等等。

卷毛老板和公司两位股东看着这一切，眉头紧锁，公司里安静得让人觉得可怕。

“金凌风……难道真的要放弃他了吗？”卷毛老板出声打破了沉默，“不过，这小子可不是一般身份，我就怕——”

“您是对金凌风的父亲有所顾虑吗？”方脸的股东说，“毕竟他是公司最大的股东。”

另一个有几分斯文气的股东推了推眼镜，靠近电脑屏幕，说道：“我倒认为，不用过早的悲观，这件事仍有很大的转机，不信您看……”

卷毛老板有些疑惑地看过去，短短几分钟，又刷出了很多新评论。

“觉得她不是凌风哥哥女友的赞我！帮助她是基于礼貌而已！我们凌风欧巴明明又MAN又绅士好吗！”

“心疼金零分，走在一起就是男女朋友了吗？真是看热闹不嫌事大，X娱乐造谣惯犯。”

“我看这些记者眼里只有八卦吧！一群人欺负一个女生……这世

界还会好吗？凌风哥哥加油！”

“不是金凌风粉但是想站出来说一句，那么多记者难道都站在旁边等着拍？金凌风见义勇为还有错了？人心可怕。”

斯文股东继续说道：“如今正面的评论也出乎意料地占了半边天，只要我们能第一时间引导舆论，相信能把这个危机转化为正面影响。”

卷毛老板一听，觉得有理。

“不过这之后还得让金凌风出面，亲口撇清和这个女生的关系。”

金凌风的脾气，卷毛老板是比较了解的，他琢磨着，这事估计得费些功夫。

一夜过去，这件事情的影响力越来越大。

格林大学已经被围得水泄不通，所有人谈论的都是金凌风和林凡，虽然没能见到当事人，但他们的热情丝毫不减。

谢煜霖艰难地从人群中挤出校门，然后骑自行车回了家。虽然他并不是很想回家，但他更不想听到那些人谈论的内容。

“小霖，难得回趟家啊。”见到谢煜霖进门，正在做饭的保姆有些惊喜，“你爸妈在国外开会，过几天才会回来。”

“元旦放假，刘阿姨。”谢煜霖微笑着说，但刘阿姨看得出，他的脸色不太好。

客厅的电视机里正在播报娱乐新闻，刚好放到金凌风抱走林凡那一幕。

“截止目前为止，金凌风方面无任何回应，本台将继续跟踪报道……”

铺天盖地的，全是他们的消息。谢煜霖的脸色更差了，他把自己关在房间里，不看任何新闻，不听任何报道，却依然无法平静下来。

怎么也没有想到，金凌风和林凡的关系，竟然比他想象中的更加亲密，而他今天居然还和林凡表白，想到自己当时还逼问林凡迟疑的理由，谢煜霖感觉又难堪又不甘。

这一切，明明不应该是这样的！

他心乱如麻，往事一幕幕浮现在脑海中……

谢煜霖出生在一个家教严格的家庭。

年幼时，他一边吃饭一边看动画片，突然间饭桌就被掀翻。碗掉在地上，饭撒了一地。

“吃饭的时候要恭敬！看这些幼稚的动画片像什么话！”父亲怒吼，“不想吃就别吃了！”

那晚，他关在房间里，真的没有吃任何东西。

“爸爸，既然您如此讨厌我……为什么还要生下我呢？”他在日记本里写道。

自他有记忆起，父亲和母亲从来没抱过他，没有过任何表达关心的肢体接触。父亲是企业家，所以从小他听到最多的话就是“谢煜霖，你一定要好好读书，把我们家族的企业传承下去。”

他也确实很努力，作为优秀学生代表和学生会主席，任何事情，他都会尽力做到最优秀。仿佛只有这样，父亲就不再对他发怒。

但事与愿违，随着年龄的增长，父亲的暴行甚至越来越激烈，他身上的伤也越来越多。加上企业好几次遇上难关，父亲经常带着怒气回家，下手更是不知轻重。母亲因为对父亲的畏惧，宁愿成为一个旁观者，有时候刘阿姨都忍不住报警了，母亲还是一脸无动于衷的样子。

然而每次施暴之后，父亲又会表现出忏悔的样子。

“儿子，爸妈其实是爱你的……你知道的吧？”难得的慈眉善目，他给谢煜霖碗里夹了一只鸡腿，“实在是气急了才……”

谢煜霖心里刚有了一丝感动，却发现父亲不知道何时又沉下了脸。

“你能说说吗？为什么这两个月来，成绩下滑得那么快？”

谢煜霖低着头，碗里的鸡腿，怎么也吃不下去了。

到了学校，班主任王老师也是这句话。

“你成绩一直很稳定，头脑也很好，为什么……谢煜霖，你能和老师说说是为什么吗？”

他低头不语。

“班上有同学欺负你吗？还是？”王老师轻轻搭着他的肩膀，关切地看着他，“悄悄告诉老师就好，老师绝对不会告诉别人的！”

谢煜霖感到从未有过的温暖，抬起头呆呆地看着王老师。

“有什么困难，老师一定会帮助你的。”

谢煜霖想了好半天，终于鼓起勇气说了出来：“因为我爸爸，他……”

把这些说出来，也只是因为太压抑了想和一个信任的人倾诉一下而已，他并没有指望王老师真的解决他的困难。

“其实，考试的题目我都会做，但自从爸爸那样对我之后，我开始对考试越来越恐惧……每次一拿到考卷，就会不由自主地紧张。”

“恐惧考试？”王老师觉得不可思议，“我，我教了这么多年书，怎么不知道会有这样的事？”

回家的地铁上，车载电视播报着：“近日，以慈爱著称的企业家兼慈善家谢崇文亲自走向市中心步行街，为员工的患病亲属组织募捐活动，获业界好评。据悉，谢崇文还同时资助了35个山区贫困学生，让孩子们梦想照进现实……”

地铁到站有些晃，谢煜霖忙伸手抓紧横杆扶手，袖子松了下来，他看着手臂上的淤青，心想，多讽刺啊。

和王老师倾诉后没几天，谢煜霖感觉到了异样，曾经相熟的同学突然变得避而远之，周围的讨论声也多了起来。

“你不知道吧，谢煜霖因为讨厌自己的父母，故意不好好考试，说是他爸经常打他。”

“啥？真的假的？他爸不是谢崇文吗？”

“对啊，看不出电视上还挺能装的。”

“听说他爸特别关心他学习，每天都会检查他的作业，还要布置课外任务。”

“搞什么……又不是小学生？”

“是不是因为管太严了，他心理扭曲了啊？”

不是说，绝对不会告诉别人的吗？

王老师用实际行动给谢煜霖上了一堂精彩的思想教育课，有些人，是不可以轻易相信的。

从那之后，谢煜霖渐渐不喜欢融入任何一个集体，也习惯性地封锁了自己的内心。他最常做的事，就是来到学校后山的小树林，享受独处。

虽是独处，也不免有一些意外的打扰。

外班的女生，不少倾心于他，常有人向他表白。

不堪其扰，他便用了同一个理由拒绝了她们："我只喜欢智商高的女生，能考一百个一百分的那种。"

也是在这片小树林，他遇到了因为数学没考好而偷偷哭泣的林凡。

这个女孩，他见过好几次，和他一样独来独往的，经常会在小树林里吃午饭。

"借你吧，我的笔记本。"说是借，其实是送给了她。

【4】

对林凡而言，这本笔记是来自学长友好的馈赠，包含了对她的鼓励和安慰，但她并不知道，送出这本笔记，对谢煜霖造成了什么样的影响。

那天回家，父亲照例拿过他的书包，要检查作业。

"就这些吗？啊？你的笔记本呢？"谢崇文咆哮着，愤怒地扬起巴掌，"笔记本不带回家，怎么复习！"

就这么一点小事，竟然也能让父亲动手。

那一刻谢煜霖终于意识到，无论他怎么做，父亲都能找到理由打他。

谢煜霖抬手握住了谢崇文的手腕，这是他第一次反抗。

"你……"但他想说的话始终没说出口，放开了父亲的手腕。

"要是你都按我说的去做，我又何必对你发脾气呢？"谢崇文第一次感受到儿子已经长成了大人，甚至比自己的劲大，语气和缓了不少，"连这点小事也做不好，将来怎么对你委以重任？"

这次以后，他没再打过谢煜霖。

也许因为如此，当王老师询问家暴一事的时候，他面不改色地否认了。

“我对孩子确实严格了点，但绝对不至于发生打孩子这种事。”

“是吧，我们也是这么想的。”王老师连连附和，“您是怎样的人我们都清楚。”

于是，谢煜霖又一次被叫到了办公室。

办公室里，除了王老师，还有两位老师，以及谢崇文。谢煜霖走进去的时候，心里已经有了不好的预感，但他没想到，没有一个人，站在他那一边。

“谢煜霖，你是好学生，老师本来都很信任你的。”王老师严肃地看着他，“高中的课程那么紧张，再不好好对待高三可是会吃苦头的，怎么能因为对爸爸不满就对老师撒谎呢？”

“是啊，谢煜霖，你这么做是不对的。”一旁的一位老师说道，“不过你还是个孩子，老师不会怪你的，快去给爸爸道个歉吧。”

另一位老师也是差不多的语气：“道歉吧，知错就改还是好孩子。”

谢煜霖怔住，握拳的手差点把自己掐出血来，直愣愣地看着眼前的这些人，空气异常安静。

那一刻，他感觉自己被全世界抛弃了，一直到……

“谢煜霖不是那样的孩子。”一位女老师走了进来，站在谢崇文的面前，“各位老师是不是太低估家暴的严重性了？家庭暴力对于一个孩子的心灵来说，是可能造成永久性创伤的。因此，这个孩子所描述的对考试恐惧的症状，很有可能是家暴造成的焦虑症。如果继续无视下去，可能升上大学都有困难。谢先生望子成龙，不会连这个也不介意吧？”

谢崇文的神色有些异样，王老师赶紧制止她：“呃，你不要……”

这位女老师并没有理会，而是礼貌地笑了笑。

“我是学生的心理健康顾问，关心学生是我的本分工作，更何况——”她往旁边挪了点身子，露出她身后站着的一个女生，“我相信我的女儿。”

“林凡？”王老师惊讶地看着她，原来她们是母女。

“我看了学长的笔记。那绝对是一本比教科书写得还要认真还要全面的笔记，遇到某类题型该犯的错、不该犯的错、切入口……都写得清清楚楚，我想，学长是个比谁都在乎学习成绩的人。”

“应该说，是太在乎了……”林凡接着说，“好像有什么东西在逼迫着他似的。”

没想到一个不太相熟的女生竟然通过一本笔记就了解到自己的内心，而自己的父母和他朝夕相处，却……

谢煜霖转过身去，所有的委屈像是突然找到了宣泄口。

“如果谢先生家暴这件事是真实的，请您立刻停止这种行为。”林太太向谢崇文微微欠身，“另外，谢先生若是能信任我，请允许我来帮助谢煜霖治疗他的焦虑症。”

谢崇文沉默了。

治疗三周后，又一次月考，考试结束后，谢煜霖和林凡坐在小树林的草坪上聊天。

“现在做试卷的时候还会过度紧张吗？”林凡关切地问。

谢煜霖垂眸：“还没有……彻底克服。”

他看着自己的手，想起林凡母亲的话。

“当你感到紧张的时候，那是因为你对做的这件事所可能导致的失败过度幻想了。走在钢丝上的人，如果一心只看着脚下，反复想象自己摔下去的样子，很可能连站稳的能力都会失去。与其害怕还未发生的失败，不如集中于自己有多想做成这件事，不要想象失败了会怎么样，想想……你的目标是什么？”

目标吗……曾经，他是有过的。

初一的时候，他在书上看到著名数学家邱明，毕业于格林大学数学系，他很崇拜邱明，想要和他一样成为数学家。

那一年的家长会，老师为了鼓励大家，给每个同学都发了一张志愿书，让大家填上自己的努力目标。

谢煜霖在志愿书上一笔一画地写上“考上格林大学”。

那天，同学们都上台分享了自己的目标，他们有的想学会画画，有的想考进前十，还有想当去当赛车手的。家长们都很开心，纷纷表示会支持自己的孩子。

但那天的家长会，谢煜霖的父母都说很忙没有来，所以，没有人支持他的目标。

不过就算父亲来了，也不会支持的吧，他从来就不需要一个数学家儿子，他需要的，是能成为企业家的儿子。

“我做不到！”谢煜霖看起来十分痛苦，“我没有目标，一直以来只是拼命满足父亲的期待而已——可现在连这个目标也失去了。”

“学长，只要坚持治疗，下次月考的时候，一定能行的。”林凡给他打气。

“他的眼里只有公司而已……”谢煜霖喃喃地说，“要是他，没有这个身份的话，那会是……”

“谢煜霖！”突然的喊叫打断了他。

谢煜霖看过去，一辆车停在不远处，而司机大叔正朝这边来。

“马上跟我走，现在得去机场见你的父亲，要是误机可就糟了。”司机大叔一边看着手表一边拉着谢煜霖上车。谢煜霖匆匆和林凡道了别。

“去机场干什么？”谢煜霖不解地问。

司机大叔说：“谢先生要去美国了。”

事情发生在一周前。

一辆红色跑车停在谢家别墅前，一个优雅的女士从车上走出。

谢崇文迎上去，笑容满面：“特地从美国飞回来，有失远迎！”

“我们两家合作这么多年了，还需要客套吗？”优雅女士笑着取下墨镜，正想招呼女儿和谢崇文打招呼，却发现她还未下车，“啊……没礼貌的丫头，还躲在车里干吗呢？”

童桐坐在车里，嘴里吃着棒棒糖，耳朵里塞着耳机，正在听她偶像的最新专辑。

她的偶像艺名叫狮子，是个当红的创作型歌手。

谢崇文招呼两人进屋就座，童桐摘了耳机，但是立马掏出了一本娱乐杂志看，那时的她，就已经是个不折不扣的追星达人了。

“童桐也升高中了吧，将来想考哪所大学呢？”谢崇文寒暄道。

“随便啦。”童桐的视线没有丝毫离开杂志，“反正都是我妈决定的。”

“这丫头，整天就知道追星，让您见笑了。”童桐妈无奈地摇头。

“所以说美国那边的部门……”谢崇文切入正题。

“出问题了，必须派一个人过去接手。”童桐妈说，“这边您走不开的话，我建议让谢煜霖去。”

“让谢煜霖接管，是迟早的事。”谢崇文沉吟道，“只是……他缺乏经验。”

“最好的办法就是让他一边上学一边接受继承人培训。那边的学校已经联系好了，今年春天刚好能和童桐一起入学。谢煜霖的退学手续已经在办了，就让他和我们一起走吧？”

【5】

在谢煜霖治疗焦虑症期间，谢崇文和他太太曾私下邀请了林凡妈妈来家里做客，关于家暴的事，他觉得有必要解释一下。

“其实他唯一的想法就是让谢煜霖接手我们的家族企业。”谢太太说，“前段时间已经确诊了，无法治愈的脑血管病……因为中风半个身体都动弹不得，好不容易缓过来，一天也没有多休息。”

“为什么不肯告诉谢煜霖呢？”林太太不明白。

“父子之间没有这些感性的东西更好。”谢崇文拄着拐杖，艰难地起身，“等我年老了自然也不会拖累他。”

谢太太给他围上围巾，他继续说道：“人一旦休息就会迅速老去，我想工作到儿子能够顺利接手公司的那一刻。”

“家族企业难道比你的儿子更重要吗？”林太太质问道，因为对于她来说，亲人，永远是最重要的。

“只顾维护儿子的感受，那公司五千个员工还有他们家人的感受谁来顾及呢？”谢崇文叹了一口气，“心不够硬的话，是无法胜任这个位置的，为了自己的私心，我对他做了太多错事，已经算不上是个好父亲了。”

“正因为如此，谢煜霖才会患上焦虑症……”

“所以……现在能让他不再痛苦的，就只有您了。”他欠了欠身，“谢煜霖，就拜托您了！”

说罢，谢崇文在妻子的搀扶下慢慢走出门，司机已经在外面候着了，今天要启程去洛杉矶。

“走之前起码要和小霖见一面吧。”谢太太说，“你们父子，现在沟通得越来越少了，小霖现在长大了，懂事了，你好好说，他会明白的。”

谢崇文看了看表，说道：“时间也不早了，那就在机场里告个别吧，反正给他买的机票也还没退，干脆就不退了。”

于是，司机将谢崇文和谢太太送到机场后，就赶到学校接谢煜霖了。

司机大叔给了他机票，谢煜霖过安检来到头等舱候机包间，便看到了谢崇文一行人。

“这么突然……要去美国吗？” 谢煜霖问。

童桐依然在一旁沉迷于娱乐杂志，不过谢煜霖开口的时候她还是抬头看了一眼。就这一眼，她整个人都惊呆了——眼前这个人，无论长相、身材、气质，都和狮子太像了！

童桐妈一脸遗憾地看着谢煜霖，说道：“是工作原因，原本是想让你和我们一起走的，你爸……宁愿自己两地跑也坚持要你留下，还有你的老师也极力劝服我改变让你退学的主意。”

航空播报声传来：“前往洛杉矶的旅客请注意，您乘坐的中国国航 CA983 次航班，现在开始登记了，请您带好登机牌依次登机……”

听到广播，原本坐着的谢崇文慢慢起身，谢煜霖惊讶地发现，父亲不知何时已经开始拄拐了。

“去做吧。”谢崇文说，“未来想要做什么事……考什么大学……都由你自己。”

“真是的，你又是怎么走路走成这样的，什么时候老成这样了？真是……”谢煜霖看着父亲的样子，泪水不由得流了下来。

曾经，他总是想不明白，为什么这个世界上，只有他的爸妈一点都不爱他呢？他们不像别的爸妈那样，懂得怎样和孩子亲昵，他们只会带给他伤痛。

记得那一次，在父亲发怒打了他之后，他赌气跑了出去，但他并不知道，那天晚上，母亲拾起了他房间里被撕碎的志愿书，将碎纸片递给了谢崇文。“我的志愿——考上格林大学”，谢崇文看着纸片上这几个字，陷入了深深的沉默……

送别了父母之后，谢煜霖便回了学校，积极配合治疗一个月后，他的状态恢复得很好，月考再次获得全年级第一。

他再次成为那个倍受欢迎的谢煜霖，身边围满了人，又是祝贺又是请教，但他的神情始终清冷。

林凡在人群外静静地看着他，两人眼神对上的时候，她轻轻一笑，美好而动人。

如果能一直看到这美好的笑容该多好，他在心里默默想着。

也是在这天，他收到了一条短信。

“谢煜霖，看到你的第一眼就觉得你不错，我们交往可以吗？——童桐。”

他对这个叫童桐的女生没有任何印象，但是也已经习惯了陌生女生的表白，于是，还是同样的方式拒绝。

“对不起，我只喜欢智商高的女生，能考一百个一百分那种。”

收到这条短信的时候童桐有些吃惊，他是怎么知道我成绩不好的？

“妈，从今天开始别打扰我。”童桐说。

“哈？”童太太嘴角抽了抽，不知道这个丫头又要闹什么幺蛾子。

“我要学习！”

听到“我要学习”四个字从童桐嘴里说出来，童太太完全没有觉得开心，反而觉得一阵恶心，也太假了吧！

但童桐的确是认真的，一点也没有开玩笑。

“等我真正能配得上谢煜霖的那一天，我会亲自回国找他，让他心甘情愿地跟我过来。”

“死丫头，口口声声说是我决定你的未来，你什么时候肯听我一句了？”童太太有些烦闷地点了一根烟，点烟的动作和吐出眼圈的样子，依然优雅。

“不用多说了。现在你可以做的，就是把那些被我赶跑了的一对一名师们再请回来！”

童桐说到做到，这四年，她非常勤奋地学习。并且和谢煜霖一样考入了格林大学，他是学生会主席，她便当上了学生会副主席。

是时候了！童桐兴奋地跑到了谢煜霖的面前。

“谢煜霖！总算找到你了！”

“抱歉……请问你是？”谢煜霖一脸迷惑。

果然，已经不记得了吗？虽然很失望，但童桐并没有立刻表现出来，而是找了一个时间把他约到了学校附近的餐厅，慢慢解释了一切。

“有去美国的打算吗？谢叔叔一个人怪辛苦的。”童桐托腮看着谢煜霖。

谢煜霖想了想，缓缓说道：“在这里，还有一些牵挂。”

“是什么？”童桐问，顺手按了一下服务铃，听说这家餐厅的石榴苏打很不错，她打算尝尝。

谢煜霖没有回答，但脑子里已经浮现了那个女孩的笑脸。

几秒钟后，林凡端着托盘走了过来……

误会就是从那个时候开始的吧。谢煜霖想，如果当时他没有胆怯，勇敢地解释误会并向她表白，那结局是不是会有所不同呢？他和林凡走到今天这一步，究竟是因为误会、错过，还是他们并不是自己命中注定的那个人？谢煜霖自己也想不明白，可就算想明白了又能怎么样呢？这一切，还有挽回的余地吗？

林阿姨做好了饭，在门口敲了几声，问谢煜霖要不要一起吃饭，打断了他的思绪。

谢煜霖没有胃口，但想着多少吃点。

拉开房门的时候，他收到一条短信，是童桐发的。

“我在你家楼下，能聊聊吗？”

他便让林阿姨先吃，自己下楼处理点事。

“你喜欢林凡学姐。”童桐开门见山。

“你……怎么知道的？”

“看了你给林凡学姐整理的笔记就猜到了。”童桐似笑非笑地揶揄他，“谢煜霖牌笔记，还有人比得过你吗？”

谢煜霖没吭声。

“被抢走了啊。”童桐取下手腕上的金凌风官方限量版手镯，“金凌风，关注他挺多年了，谁能想到会是林凡学姐呢？这样可就没办法粉他了。”

手镯被丢入垃圾箱，童桐顺手给自己点了一根烟。

她什么时候学会抽烟了？谢煜霖有些吃惊。

童桐抽着烟离开了，走之前，只留下一句：“哈……越来越冷了。”

也不知道说的是天气，还是她的心。

REC

第五章
贩卖梦想的偶像

【1】

元旦当天，在保镖的帮助下，金凌风找机会避开记者，把林凡带回了自己的公寓。

“在这里就安全了，媒体一定冲着我另一个住宅去了。”金凌风打开冰箱拿了罐饮料喝，顺便问林凡，“你要不要喝点什么？”

见林凡半天不吭声，金凌风看了过去，她整张脸红通通的。

“你的脸好红，怎么了？”金凌风有点担心，不会是在外面的时候冻感冒，发烧了吧？

“居然问怎么了？当然是……”林凡捂着脸，说不下去。

原来是那件事啊……金凌风笑了笑，又不是没亲过，有必要害羞到现在吗？

“我会负责的。”金凌风说。

林凡呆呆地问：“负责是什么意思啊？”

“就是和我交往。”金凌风的语气很平淡，平淡到让林凡觉得是那么的不真实，所以此刻，她十分理智。

“为什么？以你的条件，明明能找到比我好得多的女孩。我们的家庭背景天差地别，而且你是艺人，和我在一起，根本就是自毁前程……”

“还记得我们第一次补习的时候吗？那时的你，让我想起了一些往事。”金凌风拉开一点窗帘，看向窗外的夜色，“虽然我们经常意见不合，可一旦你不在我身边我又特别焦躁不安，看到你为别的男人流泪，我竟产生了嫉妒的情绪，为什么……我也不知道为什么，但一定有某种关联在里面吧。”

虽然没看到金凌风说话时的表情，但他语气里的真挚，林凡是听得出来的。那一刻，她也想要说出自己对金凌风的感觉，可是，她不能。

“无论你怎么说，我们就是不般配。”林凡低着头说。

金凌风知道，林凡一定是想起了那些攻击她长相的言语，所以才会那么的不自信。想到自己也总是叫她土鳖女什么的，金凌风不禁有些自责，其实在他心里，林凡并不是一个难看的姑娘。

金凌风走到林凡面前，凑近看着她的脸。

“已经很好了，拿掉眼镜的话，其实还挺不错的。”

林凡这才想起，之前被短发女生掌掴的时候，眼镜也被打掉了，难怪她一路都感觉哪怪怪的，但就是没想出来到底哪里怪。

“可是，我也想为了你，成为一个更好的人。”林凡想了想，“打扮……对，我会学着打扮自己……”

急切的样子可爱得让他控制不住自己。

“真可爱。”金凌风伸手将林凡的碎发挽到耳后，然后手顺势一滑，轻轻捏住她小巧的下巴吻了上去。

从来没见过他这个样子，成熟得让人安心，林凡慢慢闭上眼睛，笨拙而欢喜地回应着他的吻。

只是，跨年这天掀起的巨大波澜，要如何应对呢？

林凡忍不住问道：“可接下来该怎么办？”

“你什么也不用做，这样就可以了。”金凌风说着，又吻了上去。

好像怎么吻都吻不够似的。

这样就足够了。

第二天清晨，林凡还在熟睡中。金凌风已经通知小九过来接自己了，虽然走之前想亲亲林凡，但怕打扰她休息，连房门都没敢敲，便出发去了公司。

卷毛老板显然已经在等他了，一见到他进门，立马走了过来，开口便是表明立场。

“绝对不要承认！”卷毛老板的态度比金凌风想象中的更加坚决，“你现在复出还能有如此高的人气完全靠的是原先积攒下来的口碑，绝对不能因为这件事一蹶不振！”

见金凌风一脸无所谓的样子，卷毛老板更是暴跳如雷，大声地命令道：“三天后召开记者招待会，你就照着公关稿道歉就可以了，明白吗？一定要否认！否认！”

“我没有做错事，为什么要道歉？”金凌风摆明了不愿意听从公司的安排。

卷毛老板怒吼道：“因为你是贩卖梦想的偶像！粉丝们把你当成自己的男友去爱护，你应该理解粉丝们的心情！”

话糙理不糙，金凌风不得不承认这的确是事实。但尽管如此，他也不愿意妥协。

“可当时林凡正受到他们的威胁，处于危险之中。”

见金凌风油盐不进的样子，卷毛老板终于忍不住爆发了，大声说道：“我现在的状况，比她更危险啊！”

就在金凌风来公司前，金世雄的特助来过了。

金世雄不仅是金凌风的父亲，更是公司最大的股东。见到金总特助过来公司，卷毛老板就猜到肯定是为了跨年晚会发生的事。

他已经为这事闹得焦头烂额了，之前讨论的关于引导媒体和舆论的处理方法也还没有具体的操作方式，金总特助的到来更是雪上加霜。

“我可不管你怎么摆平媒体，今天的股价你看到了吧？金总让我转告你，你要是管不好你的艺人，敢违约的话……”特助抓住卷毛老板的衣领，直接把他拎了起来，“别说收回你现在住的别墅，光违约金就能让你裤子都赔得不剩！”

这赤裸裸的威胁，绝不是说说而已的，卷毛老板心里明白，现在能救他的，就只有金凌风了。

来硬的不行，就只能来软的。

“因为这件事，我和家人正面临着无家可归的境地，我的老母亲七八十岁了，我却还没有能力让她别再下地干活！”卷毛老板说着，“咣”的一声跪倒在了金凌风身前，“实在气不过的话你现在打我骂我踢我也好，但至少……这次，帮帮我吧，孩子……”

林凡起来的时候，屋子里静悄悄的。

她穿好衣服，急忙推开金凌风的房门，结果根本就没有人影。林凡失落地关上门，这么久了都没回来，该不会是出什么事情吧，她越想越担心。

她不敢出去，只能坐在客厅的沙发上，忐忑不安地等着金凌风。

是夜，外出了一天的金凌风终于回到家了。林凡听到声音，急匆匆地迎了上去，见金凌风脸色不好看，忍不住询问。

“怎么样了？果然发生了什么事吧？”林凡一脸自责，“是我害了你……对吗？”

“就是网络上有些不好的传闻而已，很快就会烟消云散的。”金凌风笑着捏了捏林凡的脸蛋，故作轻松地说道，“不过你还是听我的，这个月避免外出，学校也会理解的。小九已经连夜赶去接你弟弟妹妹了，不会有问题的。”

林凡一阵感动：“小九真是个好人……”

“他本来就是我的堂哥。”

竟然还有这层关系，林凡微微有些吃惊。

金凌风没再多说这个话题，只是将手里提的纸袋递给她，林凡接过，有些狐疑地打开。

“好多眼镜啊！”林凡恍然，“难怪你昨天问我度数。”

“你挑一副合适的戴吧。”

林凡看了看，有各种不同的款式，果然都比自己之前的那副时尚多了。

正开心地挑选着，突然发现眼镜盒下面，居然还有好几套女性内衣。

“你怎么会买这些啊！”林凡忍不住骂道，“变态！”

“当然是买给你的啊……什么变态！你难道不洗澡的吗？我可不想和一个又脏又臭的女人待在一起！”

“你果然一点没变！”还是原来那个样子，林凡都不知道是该高兴还是不高兴。

“闭嘴洗澡去吧，臭女人。”

林凡懒得跟他吵嘴，去了浴室洗澡，洗完擦干后，正要换上内衣，突然想起金凌风只给她买了内衣，没有买外衣和睡衣。

这个金凌风，是在搞笑吗？

无奈之下，她裹着浴巾，将门轻轻开了一条小缝。

“喂，金凌风。”

金凌风闻声而来：“干吗？”

“那个……找一件你的衣服给我穿。”

过了一会儿，金凌风拿了一件衬衫，从门缝里塞了进去。

“谢谢了。”林凡接过衣服，立刻将门关严实了，然后褪下浴巾穿上了新内衣，以及金凌风的衬衫。

衬衫很大，松松垮垮的，也够长，能当裙子穿，但是内衣却太紧。

身材被人低估了……林凡抿嘴笑了笑。

拿好换下来的衣服，林凡从浴室出来，喊了金凌风去洗澡，便回了自己的房间。

习惯性地打开《神圣手册》复习了十分钟，这才钻进被窝里准备睡觉。

刚躺下，就听到一阵细腻动人的吉他声。

金凌风一身家居服坐在客厅的沙发上，抱着吉他轻轻地拨弦，像哄孩子一样，为林凡弹了一首催眠曲。弹到最后一个音符的时候，他看向林凡的房间。

“晚安。”他的嗓音，比吉他声还要温柔。

林凡安然入睡，然而这一晚，却注定无法风平浪静。

【2】

这天夜里，六个高中女生偷偷聚集在了一起，既兴奋又紧张。

带头的短发女生拍了拍手：“喂，人都到齐了吗？都听我说！”

大家便都安静下来，看向她。

“林凡的住址被人肉出来了，就在我们高中附近。”短发女生十分自豪，“所以这次我们带着光荣的使命——就是去林凡家门口抗议，把她逼出来！最终的目标是让她出来向我们全体金凌风粉丝道歉！”

“哈哈！欧耶！”女生们都很激动，对自己能参与这件事深感荣幸。

带头的女生说着，掏出手机看了看，似乎很满意。

“这次抗议行动在网络上已经受到一些关注了，为了获得人气，接下来的过程我们还要在网络上直播！”

“队长大人！”一个女生举手发言，“说是抗议，我们是不是还得做点更有趣的事才能对得起观众啊？林凡——不是还有弟弟妹妹吗？我们可以……”

卷发女生说完自己的主意，顿时得到了大家的一致赞赏。

“媛媛太赞了，不愧是我们高中的NO.1啊！”

“太聪明了，如果在古代，你一定能成为谋士！”

这个叫媛媛的女生一脸得意，笑道：“这样才有意思嘛！”

于是，几个女生一拍即合，准备出发。因为晚上没有巴士，路面也比较滑，她们只能打着手电筒慢慢走过去，但完全不影响士气。

“逃晚自习真刺激。”一个个子娇小的女生开心得手舞足蹈。

她们沿着公路边走边聊，同时通过直播和网友们互动。

也不知道过了多久，娇小女生回头看了看，感觉不对劲。

“队长，等一下好吗？”娇小女生突然焦急地说，“媛媛好像脱队了！”

大家一惊，纷纷回头看，果然不见媛媛的踪影。

“是回学校了吗？”队长问。

“没有吧。”大家都觉得，媛媛不会临阵逃脱的，更不会不打招呼就回去，于是几个人打着手机自带的手电筒顺着来路往回找。

“啊！”娇小女生突然大叫了一声，声音开始颤抖，“那不会是……”

大家顺着她的目光看过去，斜坡下方靠近湖边的地方，躺着媛媛的书包。

媛媛她，该不会是掉到湖里去了吧……所有人都吓呆了，半天不敢出声。

突然发生这样可怕的意外，谁也不想再继续往前走了，连忙拿出手机报警了。

小九开着车经过，看到前方站着好几个女生，心想这荒郊野外的，女孩子在外面乱跑真是危险。但他也做不了什么，林芝和林平还在后座上熟睡，他得尽快把孩子们送到林凡身边。

警车很快就赶到了事发地点，打捞了几个小时，确实从湖里打捞上了一具尸体。

队长和娇小女生战战兢兢地上前确认尸体。

“呜呜，真的是媛媛……”

“媛媛对不起，不要来找我们啊！”

两个女孩抱头痛哭，后悔不已。

为了尽可能的撇清责任，做笔录的时候，队长声称，她们这次的抗议活动是媛媛发起的。

这件事，很快便闹得满城风雨。

金凌风一大早翻看微博，就被几十万的留言震惊了。

林凡见他有些不对劲，便凑过来看。

“怎么会发生这样的事……”林凡难以接受，她的身体控制不住地颤抖起来，站都站不稳，瘫坐在了沙发上。

金凌风握住她的手，说道：“我得马上去公司一趟，你乖乖在家等我，冰箱里的食物应该够吃了。”

“我陪你一起去。那个女生，是想去我家找我才出的事，我也有责任。”

“傻瓜，这件事跟你无关。”金凌风摸了摸她的头，“我会处理好的，乖，千万不要出门，现在这个情况，你要被人发现就糟糕了，不要出门，答应我好吗？别让我担心。”

“好，我在家等你。”林凡说。

金凌风松了一口气，戴上口罩和帽子，匆匆出了门。出电梯的时候接到了小九的电话，显然他也知道粉丝坠湖的事了，小九表示把林芝和林平安置在了一个信任的朋友那里，现在也赶去公司和他汇合。

随着时间一点点地流逝，林凡越发地坐立不安，但却一点办法都没有。她唯一能做的，就是听金凌风的话，无论如何都不出门，在家等他回来。

“据警方透露，该女生是因无法接受偶像已有恋爱对象的事实，组织同校同学对此事举行抗议活动，却在前往既定地点的路上不慎失足，坠入湖中……”小九赶到公司的时候，卷毛老板和金凌风正在看电视上关于这件事的新闻播报，电视屏幕上的《痛惜！花季少女香消玉殒：疯狂追星，如何把握尺度？》触目惊心。

“该女生为X高级中学的高三学生，是家中独女，成绩优异，已于去年年底顺利保送格林大学，原定今年9月入学，却不曾料想会发生这样的惨剧，目前，此事已在网络上引发了热议……”

电视屏幕上放了几张微博评论的截图，几乎全是义愤填膺的文字。

“建议封杀金凌风，这种人还能当明星，国家的悲哀。”

“不用说了！学校赔钱，金凌风赔命！”

“金零分滚出娱乐圈！”

“孩子逃课学校家长都不管的吗？白发人送黑发人，唉，追星害死人啊！”

……

小九看不下去了，忍不住为金凌风辩白：“这些人太过分了吧！这种事怎么能怪到明星头上呢！”

“就是金凌风把我女儿逼死的！”电视屏幕上出现一对泪水纵横的中年夫妻，疯狂地吼叫着，“杀人犯！把我女儿还给我！”

看着金凌风的脸色越来越差，小九拿过遥控器把电视关了。

金凌风站起来，走到卷毛老板旁边，欠身说道：“大叔的房子，我会买下来，后续的违约金也都由我来支付……”

金凌风说着走向了门口，卷毛老板和小九都没有吭声。

“条件只有一个——金凌风，永久退出娱乐圈。”说完，他头也不回地离开了。

小九想追上去，被卷毛老板扬手，示意不用追了。

“发生了这样的事，已经很明白了。”卷毛老板说，“不会再有广告代言，也不会再有其他通告了，从零分考卷事件开始就知道了吧，他也才二十岁而已，还没有足够的阅历和心量去承受这些毁谤。”

小九透过窗户看过去，金凌风弯着身子靠在车旁，丝毫没有往日的神采。甚至痛苦地捂住口鼻，他应该，是难过得想吐吧。

“年少成名，还正是心气旺盛的时候，就算再怎么看不到希望，任谁也会垂死挣扎一番。”卷毛老板看着办公室里巨大的金凌风海报，语气坚定，“所以，我认为他是不会心甘情愿放弃这些年来他好不容易才获得的这一切的。”

开车回家的路上，金凌风握着方向盘，他反复问自己，是否可以接受做一个普通人？那时将不再有专属助理打理自己的一切，出行要自己开车，又或者地铁，甚至挤巴士，不再拥有万众瞩目的舞台，得靠自己的一双手挣钱养家，可除了当明星，他还会做什么呢？

做一个普通人，金凌风不是接受不了，但这对于他来说，真的太难了。

回到家的时候，金凌风整个人都在颤抖，仿佛全身的力气在慢慢被抽离，一看到林凡，便紧紧地抱住了她。

这个时候，林凡已经是他唯一的精神支柱了。

“我们既没有害人，也没有犯法，为什么……”金凌风喃喃地说，甚至有些赌气，“我不要再当明星了……”

看到金凌风此刻这个样子，林凡很心疼，却不知道该说什么安慰他。

“偶像什么的，这种事我无所谓……我们去国外生活，这样就不会再有人对我们指指点点了。”金凌风看着林凡，语气坚定，“我是说真的，林凡，跟我一起走。”

“嗯……”林凡抱着他，动情地回答他，“我跟你走。”

【3】

虽说已经决定了要出国，但也不是说走就能走的，起码要在记者招待会上亲口宣布退出娱乐圈才行。如果就这么偷偷走了，将会有太多人因此无辜受到牵连。

召开记者会的事，宜早不宜迟，于是金凌风就定在了明天。

这一晚林凡睡得很不好，任何一点声音都能听见，第二天一大早，她就听到屋外有动静。

才六点半，金凌风已经穿戴整齐了，一身正装，还打了领带。

“记者会这么早就得走了吗？”林凡走了出来，依然是拿金凌风宽大的衬衣当裙子穿。

“嗯，来。”金凌风轻轻摸了摸她的头，原本只打算在她额头留下轻轻的一吻，但看着她，突然心底涌现一股很强烈的占有欲。

金凌风一把搂过林凡的腰，热烈甚至带有一丝粗暴地吻着她，林凡的脸红红的，害羞而勇敢地回应着这个男人，这个她想要托付一生的男人。

两人的呼吸越发急促，贪婪地攫取着彼此唇内的芬芳。金凌风的手钻进了林凡的衬衣里，在她纤细柔软的腰肢上游移，随着他的手越来越靠上，林凡越发地敏感，脸也越来越滚烫。他的手移到前面几乎要碰到她胸部的时候，林凡迟疑了两秒，但并没有阻止，而是更加热烈地亲吻金凌风。

那一刻，林凡仿佛听到了自己内心的声音，她愿意把她所有的一切，都交给这个男人。

金凌风的手，却在那一瞬间停住了，他控制住了自己的欲望，轻轻地放开林凡。

“接下来的事，等我回来了再做吧。”他在她红透了的耳朵边悄声说。

林凡捂着脸，透过指缝看着金凌风走出了家门。

等这个记者招待会一结束，他们就能一起去国外生活了，虽然自己和家人不知道能不能适应，但只要和金凌风在一起，她什么都不怕。

与此同时，正在记者招待会现场的卷毛老板却是悲伤万分。

毕竟这场金凌风告别娱乐圈的记者招待会一开，他的一切就都完了。

金凌风一出现，等候多时的记者们就按捺不住了，还好保镖及时挡住了他们。

“各位稍少安勿躁，所有问题都会在记者会上一一说明的。”

记者们被保镖们隔离开，无奈退到了一边，静静等候。

一个人将手搭在了卷毛老板的肩膀上，然后凑在耳边说了些什么。卷毛老板突然间惊讶了起来，说：“啥？你是说他，他也亲自到场了？”

“是，金总也有话要对金先生说，您也一起来吧。”这个人是金世雄的助理。

卷毛老板身躯一震，看着走在前面的金凌风，身体都开始发抖了，但还是强装镇定地说道：“知道了，我去。”于是连忙跟上了前面的金凌风。

身后的保镖们和小九不知缘由，还觉得十分奇怪。

“怎么就乖乖地去了？他们父子俩不是三年没说过一句话了吗？”

“金零分……真的决意引退了吗？可惜，其实我还挺喜欢这小伙子的。”

“也许风也明白。”小九看着金凌风的背影，“现在能救他的，只有他父亲了。”

特助把金凌风和卷毛老板带到了金世雄的车前，车门是开着的，金世雄坐在后座，正在和一个女子肆无忌惮地亲热。卷毛老板看到这一幕很吃惊，金凌风却是见怪不怪，冷冷地看着这两个人。

距离记者招待会开始的时间越来越近了，待在家里的林凡也不由得紧张起来。她既担心金凌风宣布退出娱乐圈会引起轩然大波，又担心坠湖女生的亲属会将所有责任推到金凌风头上。

因为这次记者招待会将会在电视和网络上同步直播，从来不看电视的林凡破天荒地守在了电视机旁，忐忑地等待着。

和她一样关注这场记者会的人还有很多，比如谢煜霖，比如青年总裁张臣远，和他最好的搭档狮子。

创作型歌手狮子，当年的人气虽不及如今的金凌风，但也算是红极一时。五年前，在他发展势头最好的时候，他突然宣布不再登台唱歌，惹得一大批粉丝伤心不已。之后金凌风的发展便如破竹之势，迅速取代了狮子的地位，甚至一跃成为国民偶像，就连童桐这样的骨灰级粉丝也慢慢淡忘了狮子，转粉金凌风。

与此同时，转为幕后的狮子也获得了良好的发展，只要是他经手的曲子，必定大红大紫。而且他一向亲和待人，在业界口碑很好，出道以来零绯闻，是娱乐圈少有的毫无黑点的艺人。至于他为什么会在自己事业的巅峰时期退出舞台，一直是一个谜。有人猜测，可能和金凌风有关，毕竟他的退出最大的受益人就是金凌风，甚至有粉丝因为他不再唱歌而化作黑粉，攻击他的性取向。

但这个谣言很快就不攻自破了，毕竟狮子在业界合作过众多歌手，却唯独不和金凌风合作，偶尔出席同一活动，狮子也一改往日亲和态度，和金凌风全程零交流。渐渐的，大家不再把他和金凌风联系在一起，而是转移到了他的长期搭档张臣远身上。

张臣远的娱乐公司虽然还是新秀，但在业界已经小有名气，而且有传言他就是网络上诸多娱乐圈相关账号的持有者，什么“爆料王”“天天扒皮”“周一见”都是由他操控。作为可以掌控舆论的人，他野心勃勃，作风高调。这样一个站在风口浪尖上的人物，竟然和性格安静的狮子是推心置腹的好友，双方粉丝忍不住猜测两人的关系，更有腐女尾随窥视他们的私生活，不过至目前为止，还没有拿出什么实质性的证据。

此时，张臣远已经打开了直播网页，密切关注着这场记者招待会，狮子则坐在钢琴前静静地弹奏。张臣远没有叫他过来一起看，只是默默调大了音量，以便狮子也能听得到内容。

记者招待会终于开始了，金凌风帅气的脸出现在了屏幕上，林凡隔着屏幕看着他，眼神坚定。她知道，一旦金凌风说出要退出的话，将面临来自各个方面的巨大压力，不管怎么样，她都愿意陪着金凌风，和他一起承担。

我等着你，林凡在心里默默地说。

在现场所有人的注视下，金凌风拿起话筒，语气庄重而诚恳。

“各位媒体朋友们，下午好。”他闭上眼睛，深呼吸一口，再睁开眼的时候，眸子里已经是一层阴冷的颜色。

“我与林小姐，并非网络上所流传的那种……恋人关系……”

林凡愣住了，金凌风，他怎么会……

“她只是我在格林大学就读期间的补习老师之一，师生的情分下我对她出手相助。可却有人恶意在网络上散播歪曲事实的言论，对我的声誉造成极其恶劣的影响，让一直支持我的粉丝们觉得不安，为此我深感抱歉。”

金凌风对着镜头，深深地鞠了一躬，慢慢说道：“此外，我希望林小姐能够放过我，好好生活，而不是，趁机炒作我。”

林凡怔怔地看着电视屏幕，感觉大脑一片空白。许久之后，眼泪控制不住地往下流。这一句又一句仿佛是一把把利刃，不断地扎向了林凡的心口。

血流不止。

谢煜霖也在学校电视机上看到了这一切，他愤恨地看着屏幕上的金凌风，又生气又自责，他怎么会让这种人抢走林凡！

镜头扫向台下的记者们，对于金凌风的这段致辞，他们并不怀疑。毕竟那个姓林的女生，真的很普通，说是金凌风的女友，本来就让人难以置信。

“就说了是炒作啊。”

“刚开始否认我还觉得是骗人的，现在我信了。”

“嗯，那个补习老师绝对想红想疯了。”

金凌风继续说道：“我也要为因为我遭受不幸的家庭道歉，我会全额承担后续一切赔偿费用以及女生父母的赡养费用……”

镜头适时地对准了一旁媛媛的父母。

记者将话筒递到媛媛母亲的面前，问道：“请问您对金凌风的赔偿结果满意吗？”

“他一直在道歉，我和我先生看在他很诚恳的份上也决定原谅他了，希望所有的追星族引以为戒。”她斜了金凌风一眼，这才想起还漏了一句台词，赶紧补上，“也期待金凌风先生以后的发展。”

突然有记者提问之后的计划和行程。

“是说复出之后的计划吗？”卷毛老板一脸开心地接过话题，“除了近期正筹划的新专辑，三年内还要尝试拍电影……”

“看微博，粉丝们对这次发布会的结果赞不绝口呢！”一位女记者拿着手机说道。

“清者自清。”卷毛老板一脸正气地说，“金凌风是绝对不会让粉丝失望的！”

这种人，也配称为清者吗？

狮子闭上眼睛，单手在钢琴下落下一个嘲讽的单音节。然后长呼一口气，手指在黑白琴键上游走，倾泻出一段非常优美的曲子。

坐在沙发上的张臣远不由地鼓掌，惊呼：“Bravo……”

发布会结束了，张臣远扣上了笔记本电脑，感叹道：“看样子那老头能获得今天这样的财富和地位，绝非偶然。”

“下一次会让你连翻身的时间都没有。”狮子的语气里带着恨意，“金世雄。”

【4】

门铃声响起。

原本呆滞的林凡一下子从沙发上站了起来，冲过去开门。

他终于回来了吗？林凡恨不得马上就见到金凌风，听他解释在记者招待会上说的一切都不是真的，他只是迫不得已才那么说的。

门开了，站在门口的人却并不是金凌风，林凡的眸子瞬间黯了下去。

这一切就是真的，她没办法再自欺欺人下去了。

小九站在门口，牵着林芝和林平，两个孩子还太小，很多事情不懂。小九只是告诉他们说来见姐姐，并给他们一人买了一盒蛋糕，两个孩子还挺开心的。

“抱歉，林凡。”小九说，“我送你回家吧。”

林凡明白，以她现在的处境，已经不适合待在金凌风家里了，于是点点头。

小九把他们三个带到了一个安全的地方，林芝和林平在一旁吃蛋糕和玩玩具。林凡留在车里，看着夜色发呆。

小九说：“虽然对你很不公平，但是风的这一决定，几乎拯救了所有人。”

他说得没错，如此一来，公司又能继续开下去了，卷毛老板能接着当他的老板，底下的员工，也能保住工作。

“老板，记者招待会一结束又开始有广告商找来了！”运营部的小张激动地汇报。

“这回还以为要失业了呢，都开始投求职简历了，没想到……哈哈哈！”行政部的小李露出了久违的笑容。

道理，林凡都懂。可是她并不在乎这些人，人总是应该有那么一点点的自私吧，她只在乎金凌风而已。

“我也不想他屈才，如果他放弃的话反而会让我自责。”林凡盯着手里的咖啡，“金凌风……应该变得更优秀才行。”

从一开始，他们就不是一路人。林凡安慰自己，就当是用一段时间的伤心，还他一个锦绣前程吧。金凌风，他值得拥有一个光明的前途，不是吗？

没想到在这种情况下，她还能为金凌风着想，小九不禁对这个女孩有了几分佩服。以前他也不理解金凌风为什么会喜欢上一个如此普通的女孩，但现在，他好像有一些明白了。

“创作之路，无边无际，就此止步的话，说不定下半辈子都会用来后悔。”林凡想起跨年晚会上金凌风唱歌的样子，不禁有些沉醉，“表演时燃烧自己爆发出的气势，站在舞台上诚实地面对观众，那才是他最纯真的样子。”

“是啊，很棒吧，舞台上的他。”小九笑了笑，“如果不是真的欣赏他，我也不会如此尽心尽力地跟随他到现在。”

林凡想了想，这几天发生的事太多了，从跨年晚会上无端被辱骂掌掴，到金凌风带她回家相约私奔去国外，再到今天她又变回局外人。因为发生得太快所以才觉得难以接受吧，好在现在已经冷静下来了，其实这么久以来，她对金凌风一点也不了解，或者说，他们互相，都不够了解……本来就算不上是恋人吧？

这么一想，林凡心里便没有了那种被抛弃的感觉，可奇怪的是，心还是在痛。

金凌风，是什么时候占据了她的心呢？她自己也不知道。

“感觉是我瞎担心了，你是个聪明理智的女孩。”小九回过头对林凡说，“所以无论风对你说过什么，请你相信那一定是他的真心话。”

“如果是这样，小九，可不可以让我亲自和他道别？”林凡恳求道。

小九点点头，说：“我会尽量安排的。”

一晃两个月过去了，新的学期也开始了，林凡走在校园里，依然有很多同学对她指指点点，说她就是那个借机炒作想红想疯了的补习老师。

林凡没有理会他们，抱着《神圣手册》独来独往，一如往常。

“林凡。”谢煜霖突然出现在了她的眼前。

两人来到了教学楼顶楼的天台上，视野又好又宽阔，很适合聊天。

“对你说想要退出娱乐圈，最后还是选择继续做艺人啊，你真的能释怀吗？”

林凡没有答话。

“在媒体面前指责你炒作，不惜抹黑你来保住自己的名声，你认为他为什么要这么做？”

是啊，即使是撇清关系，也不一定非要这么说不可，有机会的话，她也想要问问金凌风为什么。

要怎么和霖学长解释呢？林凡思考着，眼神落在了《神圣手册》上。

“还记得吗？这本笔记是你当时送给我的，这是我最珍视的东西，时时刻刻都带在身边。”林凡语气平淡，仿佛在讲述一个他人的故事，“我以此自勉，要和你上同一所大学，暗自发誓考到一百个100分之后就对你表白，很幼稚吧，哈哈……”

谢煜霖知道，能这么洒脱地说出来，便是早已经放下了曾经对他的感情。

而他只能心里默念着，林凡，你对于我来说是更加意义非凡的人，就好像救赎者一般。

他是不会说出来的，因为，他还没有放下，有可能这辈子都放不下吧。

“学长无论在哪方面都非常完美，在我被拒绝之后，自卑就一直缠绕着我。童桐出现后，看到你们般配地站在一起，我更加强烈地否定着那时的自己。”

“怎么会……”谢煜霖很震惊，原来他们之间的误会，比他想象中的还要深得多。

“嗯……如果说那时的我深陷自卑的泥沼之中，把我温柔地拉起来的就是那个人。不过我知道！明星和普通人恋爱几乎是不可能成功的。”

“我早已经看开了。”林凡笑容明媚。

谢煜霖一愣，看着这样的林凡，自己好像也放心了一些。

“今年毕业之后，我会去美国跟着我父亲学习打理公司的事，他的身体需要静养，童桐也一块儿回去。到你状态不错，我就没什么好牵挂的了。”

“霖学长……”突然听到说要离开，林凡有些意外。

不过，能和家人在一起，总是幸福的。

“我还是喜欢着你。”谢煜霖笑着说，“但是，你大可放心，我说过的，不管怎么样，我希望你幸福。”

林凡看着他，不知道该说点什么。

“对了，这是童桐让我转交给你的。”谢煜霖将手里的蛋糕递给她。

林凡有些不解，问道：“这是？”

“是这样的……”

几个小时前，童桐和谢煜霖在餐厅喝下午茶。

“你真的，在跨年晚会那天表白了吗？”童桐忍不住又问了一遍，谢煜霖着实有些尴尬。

“我也想不明白，为什么会这样，是我太鲁莽了。”

“鲁莽，而且无礼！”童桐声音不自主地提高了一个分贝，差点引起旁边桌的注意。

“因为如果换作是我……”她压低声音，“像‘我喜欢你，快告诉我答案’这样的话，我不会在明知道你有喜欢的人这种情况下逼问你的，学长这么做了，才和林凡学姐弄得这么尴尬吧？”

谢煜霖突然起身，他得去做点什么。

“要去哪儿啊？”童桐有些奇怪，话都还没说完呢。

“去道歉。”谢煜霖说。

“要道歉的话算我一份吧。”童桐让服务员打包了一个蛋糕，“上次小费的事，是我不好，就麻烦学长帮我把这个蛋糕送给林凡学姐，希望她可以原谅我的无心之失。”

“只不过是国内外生活习惯的差异罢了，我想，林凡会理解的。”

“那样最好啦，总之一定要把我的礼物带到。”

听了这些，林凡抱着蛋糕很不好意思。

给小费，即使是在国内，也不是对服务员的羞辱，这件事，想想确实是她玻璃心了。

“不……该道歉的是我才对！”林凡说。

“既然这样，你不如再答应我一件事吧。”

“什么？”林凡有些意外谢煜霖会提出要求。

谢煜霖看着她，说道：“在走之前，我想见一面，当年对我有恩的……你的母亲。”

听到这些，林凡的脸色一下子变了。

“为什么说起你父母的时候你总是这个表情？你的档案上也没有他们的名字。”谢煜霖突然有种不好的猜测，“还是说她已经——”

“她还在世。”林凡想了想，“我带你去吧，反正下午没课……不过走之前能陪我去取点钱吗？”

“嗯，我刚好也需要……”

【5】

林凡和谢煜霖一起去取了钱，然后坐车来了医院。

谢煜霖大概也猜到了，如果不是亲人生病住院，林凡也不至于那么辛苦的到处打工挣钱。

一路上林凡看起来心情沉重，什么话都没说，谢煜霖明白她心里难受，也没有多问。

虽然做好了心理准备，但推开病房的那一刻，谢煜霖仍然觉得不可思议。

眼前坐着的这位中年妇女，头发凌乱，面容憔悴，眼神空洞。和他记忆中的形象简直天差地别。

谢煜霖愣了一会儿，才反应过来自己有些失态，赶紧欠身打招呼：“阿姨好，您还——”

“不用打招呼。”林凡蹲在妈妈面前，拉着她的手，“妈妈她已经，谁也不认得了……”

谢煜霖更惊讶了，短短几年，怎么会这样呢？

“是精神方面的疾病。”

谢煜霖看着曾经的恩人，心中感慨万千，同时百思不得其解，究竟是发生了什么事，才让她成了这般模样。

林凡看出了谢煜霖满腹疑惑，既然带他来了，也没打算瞒着这些事。

她开口说道：“是因为我爸爸……”

林凡的爸爸叫林颂，年轻时就读于格林大学中文系，毕业后因为热爱而成为了一名从事歌词创作的词作家。

不知道是从什么时候起，林凡不习惯叫他爸爸了，张口闭口就是“老林”，林颂也不在意，欣然接受这个称呼。

在林凡的记忆里，老林特别热爱他的工作。

“林大哥，那这一辑的曲子还是得麻烦您填词了？”音乐制作人试探性地问。

“当然可以。”

见老林这么爽快，制作人脸上乐开了花。

“那今晚就来开研讨会怎么样？好久没有和您畅快地聊天了。”

“啊，是，不过——”老林不好意思地笑笑，“今天我夫人生日，得提前回家呢！诺！你看。”

制作人瞧过去，一个穿着校服的女孩站在不远处，严肃地盯着他们：“走了啦！老林！”

一看就是老林常提起的那个让他引以为豪的女儿，制作人只好作罢：“夫人生日啊……那就没办法了，下次再聊，下次再聊……”

林凡开心地笑了，老林再怎么热爱他的工作，也是会把家人放在第一位的。

那天她和老林开心地回到家，一进门就看见妈妈在剥虾壳，老林鞋都没脱，立即就激动地冲了上去。

“喂！不是告诉过你剥虾这种事我来就好了，你怎么这么不听话，万一伤着手了可怎么办。”

又撒狗粮，不过林凡早就见怪不怪了。老林啊，就是一个宠妻狂魔。

据说老林当年追求妈妈的时候，不仅写了很多很多肉麻的信，而且还奋不顾身地保护过妈妈。

那是一个春光明媚的午后，他们一边聊天一边散步，突然楼上住户家的盆栽落了下来，眼看就要砸到妈妈了。那一刻妈妈其实是可以躲开的，但是鬼使神差地，她想试探试探老林，所以没有避开。

千钧一发的瞬间，高大的老林将她护住，盆栽砸到了他的肩背上，妈妈身上连一点土都没有沾到。

那次以后，他们才正式在一起。

听说花盆砸到了人，虽然没受什么大伤，楼上的住户仍觉得很不好意思，提了一壶油上门道歉：“实际上是我家老太太养的猫碰倒的……

真是太对不起了！”

“这么说来花盆周围一定要装上护栏才行！”老林没有收那人的油，但是坚持要他家装护栏，“今天就装吧！晚上路过的时候我会再重新检查的！”

他要尽可能地杜绝掉任何可能使妈妈受到伤害的事情。

不过林凡也记得妈妈说过，她喜欢上林颂，倒也不完全是因为他对自己好。还有老林这个人很善良也古道热肠。

那天老林患了重感冒在社区医院打点滴，他对面坐的是一个老大爷，大爷也是一个人来的，而且看起来很累，靠着椅背睡着了。也不知道老大爷隔壁座位那男的是个惯偷还是欺负老人家无依无靠一时起意，拿出一把刀划破老大爷的包偷钱。

老林看到了，不顾自己手上还插着针管，和小偷打了起来，最后小偷被抓住了，他自己也挂了彩。

感冒还没好，又要赶着去包扎，内科外科一块治。林太太得到消息和林凡匆匆赶到医院，免不了有几声责备，但更多的是关心。

其实也只是皮外伤而已，林太太却差点吓哭了。自从她和林颂在一起之后，就越来越依赖林颂，无法接受生活中没有林颂，也不想看到他有任何的危险，像之前那种“试探”，她是绝对绝对不会再做了。至于老林，虽然感冒难受，伤口也疼，可一看到妈妈，就一点也不觉得不舒服了，还笑嘻嘻地逗她开心。

林凡那时候还小，并不懂得爱情，但是老林对妈妈的宠爱，妈妈对老林的依恋，她是看在眼里的。

那时候的他们，是令人艳羡的幸福之家。父母恩爱，工作顺利，女儿聪明懂事，成绩也好，这样的生活已经很美好了，但人总是想要更好吧。林颂，也有他的执着。

周末一家三口在外用餐的时候，电视上音乐频道刚好在播放林颂作词的歌曲，每每这时，林颂总是一手捂着脸一手拿过遥控器换台，嘴里说着：“听到自己写的词在电视里被唱出来简直是一种折磨啊，尤其是公共场合……”

林太太和林凡当然知道他在说反话，所以都故意一脸淡定地吃东西，语气也淡淡的。

“名字那么小，而且都是一闪而过。”言外之意是，其实没必要那么着急换台的，反正也不一定有人注意到。

虽然是这么说的，但林太太心里其实特别骄傲，有这么一个有才华的丈夫。

“老林的词，我们早就习以为常了。”林凡看着老林，其实是在说，你每次一碰到这种情况就又是换台又是说是折磨的，我们早就习以为常了。

“哈哈哈！”老林笑道，“所以还是希望……哪怕写出一首能流传甚广的歌曲就好了。”

做一个名不见经传的词作家，林颂是不甘心的，这就是林颂的执着。

虽然说，随着林平和林芝相继出生，确实加重了家里的经济负担，但是以两人目前的收入，还是可以维持的。所以林颂的执着，求利最多排第二，他最想要的是名，对他才华的广泛认可。

之后有一天，林颂特别开心地回家，分享一个他的好消息。

“嗯，和一个好朋友，正在完成一个很好的计划，我认为是值得一辈子去雕琢的事。”林颂的兴奋溢于言表，“说不定在做的同时还能给我带来名气和财富，到时候就能让你们过上好日子了！”

可是到了后来，林颂忙碌到连踏进家门的次数都变得很少，别说好日子了，几乎连以前的普通的日子都找不回来了。

林平还小，林芝尚在襁褓之中，正是家里事最多的时候，但林太太没有抱怨过，把家里打理得井井有条。

有一天，林颂难得回了趟家，但刚进门就接了个电话：“是，我刚到家……拿到钱了？那就是有希望了！好，我这就去！”

“等等。”林太太叫住了他，走近看了看他刘海下的白色东西，竟然是纱布。

“这是在哪受的伤？”林太太担心极了，“你不会在做什么危险的工作吧？”

林颂笑着说：“我没事，快了，相信我，快了……只欠一点点就好了……”

他说完便离开了，然后，再也没有回来过。

车祸，据警方调查是意外。

林颂生前就是个受人爱戴的正人君子，人缘很好，出殡那天，来送他的人络绎不绝，光是客人就连续接待了五天。

整个丧事期间，林太太还是比较正常的，但葬礼结束后，她就变了。

辞了职，天天待在家里，哪儿也不去，也不和朋友交往了。

不管白天晚上都喜欢把自己蒙在被子里，不做饭，也不怎么吃东西，甚至常常忘记给林芝喂奶。

刚开始，林凡以为妈妈只是因为受到太强烈的打击而情绪低落，慢慢地也许就会好起来，一直到她发现妈妈晚上不开灯，在黑漆漆地屋子里抱着林芝哭，又或者一个人自言自语，好像在和谁对话，说出来的内容还经常是颠倒重复的。那时林凡终于意识到，妈妈已经患上了严重的精神疾病……

谢煜霖听完，心中更觉悲伤。

他怎么也想不到，曾经如阳光一般的恩师，帮助他治好了焦虑症，也帮助过无数学长治疗过各种各样的心理问题，而如今，自己却患上精神疾病，成了现在这个样子。

REC

第六章

我想……进入娱乐圈工作

【1】

“妈妈，我来看您了，还有霖学长，您还记得吗……”

虽然妈妈可能听不懂，林凡还是拉着她的手和她说了好些话。看到妈妈盯着蛋糕盒上的蝴蝶结看，林凡把蛋糕拿出来，喂给妈妈吃。

妈妈吃了一口，笑着说：“甜……”

林凡也开心地笑了，将蛋糕一口一口喂给妈妈吃。

吃完蛋糕天色不早了，按照医院规定，林凡也不方便在这里逗留太久，于是便和谢煜霖一起和妈妈告了别。

离开之前，谢煜霖细心地收拾蛋糕底座和用过的餐盘刀叉。

“霖学长，我来就好了。”林凡说。

“没关系的，你不是还要去楼下缴费吗？快去吧。”

在谢煜霖的坚持下，林凡先下了楼，来到缴费处，递上一叠钞票。

“您好，我是来缴费的。”

护士小姐点了点钱，说道：“嗯，这样下个月的费用也缴清了。”

“麻烦您了。”林凡说。

“啊，你妈妈……”护士小姐突然想起告诉她，“我对她说你今天要来，于是她就自己搬了椅子，一个人从早上开始就坐在那等。”

林凡一听，差点哭了。

“说是不认识人了，大概也还有朦胧的意识吧？”护士小姐说，“能够用人类的本能接收到爱的感觉，一提起你，她知道是非常非常爱的人……”

林凡终于忍不住泪崩。

护士小姐给林凡递了一张纸巾，林凡一边擦眼泪一边了解妈妈这段时间的状况，生活饮食有没有什么异常。

这时谢煜霖已经收拾完毕走了过来，看着眼前林凡瘦弱的身影，满眼都是心疼。一个如此年轻的女孩，为了不让弟弟妹妹失学而扮起父母的角色。升上大学以来，为了免除学费和奖学金拼命地学习，休息的时候也没有任何娱乐活动，而是去各种地方打工……

护士小姐很耐心地和林凡说了很多，林凡感激地道了谢，心情也好了不少，见谢煜霖过来了，两人一起走出精神康复中心。

“霖学长，谢谢你。”林凡说，“第一次有能聊这些的人，觉得很畅快。”

谢煜霖把蛋糕盒子递给林凡，林凡有些讶异，蛋糕不是都吃完了吗？虽然觉得有些奇怪，她还是接过了盒子。

“欠我的人情，我可是会等你今后连本带利还给我的。”谢煜霖说道。

林凡有些不明白，“哈？”

“就是说，不要再为了生计去打那些粗累的杂工了，也不要再为了钱……去做别人的补习老师了。”谢煜霖说，“去做你真正想做的事情吧！”

“可是……”

谢煜霖明白她在担心什么。

“放心吧，”谢煜霖指了指自己的脑袋，“这里聪明的孩子无论做什么都不会差的。”

林凡明白了，霖学长是希望她去做一些更有价值更有意义的事。

她笑着看向远方，自信地说：“嗯，我不会再自卑了。”

这天，林凡刚回到家就接到了小九的电话，之前拜托他安排和金凌风当面告别的事，小九一直放在心上，现在终于有机会了。

跨年晚会上的演出，格林大学帮了不少忙，所以这次格林大学拍摄宣传片，卷毛老板想让金凌风帮他们拍几个镜头。

小九一听，立马通知了林凡，然后便去找金凌风。

金凌风坐在录音棚里，看起来十分疲惫。

“这段 DEMO 我录完了，水平相当不错。”金凌风拿下耳机，对旁边的两个工作人员说，“你们下班吧。”

“你不会又通宵？别太拼命了喔。”

工作人员边说着边收拾东西便离开，刚拉开门，就看到小九急匆匆地跑了进来。

金凌风起身活动了一下筋骨，顺便问道：“你怎么来了？”

小九泡了两杯咖啡，简单地讲了一下关于格林大学宣传片的事，没想到，金凌风一口回绝了。

小九有些意外：“风最近都没离开过录音棚，用这个户外日程稍作调剂不是很好吗？”

“不不……”金凌风连连摆手，“你根本不知道那些女大学生的恐怖！我曾经被她们疯狂追击，万不得已躲进女厕所过……”

“噗……”小九一口咖啡喷了出来，“哈哈哈哈哈怎么会有这么惨的事！风你怎么现在才说啊？”

金凌风怒道：“这种丢脸的事谁会拿出来到处说啊？”

“哈哈哈……”小九笑得肚子痛，“这次你就别担心了，我会一直跟着你的！上厕所也陪你一起去。”

金凌风傲娇脸：“最好是这样。”

一周后，天朗气清，拍摄正式开始。

“很好，非常帅！”导演对金凌风的表现非常满意，毕竟他只是一个毫无名气的小导演，金凌风作为大牌明星，能如此配合真是令他喜出望外。

难得和巨星合作，当然是能多拍点就多拍点了。

“接下来有一个比较长的镜头，休息一下再继续吧。”导演笑着说，旁边的工作人员赶紧给金凌风搬好凳子，请他坐下休息，然后端茶递水，好不殷勤。

“喂，小九。”金凌风说，“带我去趟洗手间……”

小九收到指令，“嗖”的一下便窜了过来，熟练地给金凌风戴上墨镜：“OK。出发！”脑子里却在想着，不知道林凡她来了没有。

林凡很早就来了，按照约定在洗手间外面的走廊里等着，想着很快就能见到金凌风了，不由得五味杂陈，忍不住又掉了泪。

她不想让金凌风看到自己这个样子，便进了洗手间洗了把脸，顺手对着镜子理了理头发。

此时，金凌风如厕完毕，轻轻地打开厕所门，探出一颗脑袋四处张望，一个人也没有。他把墨镜摘下架到头上，仔细地看了一圈，还是没看到人。

该死，小九人跑哪儿去了？他到底在搞什么鬼！金凌风很是烦闷，看来得一个人回拍摄现场了，可是一想起上次在格林大学被围追堵截的画面，他的脚就挪不开步子。

正犹豫不决的时候，突然传来一阵脚步声，还有女生说话的声音。

脚步声越来越近，声音也逐渐清晰起来。

“你说我们真的能偶遇凌风欧巴吗？”

“嘻嘻，好期待啊！我要先去厕所补个妆！”

“嗯，我也要补，喜欢金凌风好久了！如果这次能见到他，我一定要……扑上去强吻他！”

真是要命！金凌风此刻简直想把小九拖过来暴打一顿。

为了避开这两个女生，金凌风果断逃离了厕所，走到走廊上，准备下楼梯。

偏偏在这时，又出现了两个女生。

这两个女生边走边聊的是课堂内容，看样子是两个爱学习的女生课间出来活动活动。

“咦？”一个女生突然停住了脚步。

糟糕，被发现了，金凌风长吸了一口气，准备逃跑。

不过很快，他发现是虚惊一场。

这两个女生只是恰好碰到了之前那两个金凌风的粉丝。

“喂，翘课了，你们，刚才老师点名了哦。”女生善意地提醒道。

"啥？不妙啊！我们只是想溜去拍摄现场看看的！"两位粉丝对视了一眼，有些担忧。

"老师就是怕有些同学为了看金凌风翘课，所以才点名的，下节课也快开始了，走了，拜拜。"两个爱学习的女生提醒完便继续往前走，眼看就要走到金凌风这边了。

这时候，林凡已经擦干了脸，也整理好了，便从洗手间出来，刚走上走廊，就看到金凌风一脸茫然无措的样子。

金凌风也看到了她，有些意外。但此时已经顾不了那么多了，金凌风冲过来拉住她的手，趁着四下没人，两人躲进了一间女厕所里。

林凡紧贴着金凌风站着，她的头发轻触金凌风的下巴，肩膀倚着他坚实的胸膛，林凡感觉自己的手心微微沁出汗来。

两个粉丝走了进来，站在镜子前补妆。

"没想到老师会点名啊，我这学期的学分本来就不够，唉……"

"要不补完妆还是去上课吧，等这节课上完了再去拍摄场地碰碰运气。"

"好。"

金凌风和林凡躲在厕所隔间里，一点声音都不敢发出，直到门外的声音越来越弱，渐渐什么也听不到了，想必那两位粉丝已经赶去上课了。

金凌风轻轻放开林凡的手。

"抱歉，事出紧急……"他说话的时候扭头看向一边，不知道该怎么面对林凡。

在记者招待会上说了那种话，她应该恨死我了吧，金凌风暗暗想着，已经做好了林凡狠狠打他一巴掌的准备。

但林凡没有打他，也没有责怪他，而是毫不犹豫地，扑进了他的怀里。

【2】

金凌风愣住了，没想到这次相见，林凡会是这样的举动。一时间有些手足无措，待在那一动不动，任林凡紧紧地抱着他。

静静地拥抱，久久的沉默。

林凡闻到金凌风身上好闻的味道，是换了一种香水吧，又或者，是他的味道本来就很好闻。

不知道为什么，感觉到很强烈的幸福感，林凡恨不得一辈子都这么抱着他，永远都不松手。

“喂，这里可是女厕所哦。”金凌风出声道。

虽然很不舍，但林凡还是放开了他，低低地说：“对不起……”

两人去了一个能好好交谈且暂时不会被人发现的地方，保安开着车停在路边，谈完话就要赶过去继续拍摄了。

“那个……请不要责怪小九。”林凡说，“是我坚持要见你一面的，我有话想要……”

林凡明亮的眸子越来越黯淡，从洗手间出来到现在，金凌风虽然和她一起走，但不是在打电话就是看手机，连看都不看她一眼。现在，也只是给她一个清冷的背影。

金凌风，怎么会突然变成这样子？ 连看一眼都不愿意吗？我的出现对于他，说不定是人生污点吧，所以才会……林凡紧紧握拳，不，我不能这么想，我已经答应过自己，不会再自卑了，所以，不要再胡思乱想了，就问清楚吧！

“到底是为什么……”林凡扯了扯金凌风的衣袖，“之前说带我离开的话都是骗我的吗？为什么要对着媒体那样说呢？听了那些话，我真的感到……”

“非常抱歉。”金凌风没有回头，语气礼貌而疏离，“说那样的承诺，是我太不负责任了，可以请你忘掉吗？”

“这……怎么可能忘得掉？”对她来说，初恋，是很珍贵的回忆啊！

“拜托了……我希望你能忘记。”

听到这样的请求，林凡心痛不已。她捂住胸口强颜欢笑，尽可能地让自己的语气听起来轻松一些：“你可以忘记哦，但不用管我了，好吗？”

金凌风没有出声，算是默认答应了。

“那么以后，就让我们像普通朋友一样？你做什么我都会支持你的，要是有什么难过的事，也可以向我倾诉啊！还有今后……虽然不用补习了，但记得要继续学英语。”

林凡也不知怎的，变得像个话痨一样，即使对方没有半点回应。

“写不出歌的时候也不要随便摔那么贵的吉他，还有，小九人真的很好，平时多理解他吧。”林凡吸了一口气，“最后——衷心祝愿金凌风先生事业顺利，前程似锦。”

说完最后一句话，林凡感觉自己已经忍到极限了，眼泪在眼里打转，随时就要坠落的样子，她努力地睁大眼睛不让眼泪掉下来，毕竟，已经下定决心不能再那么软弱了。

“谢谢。”金凌风把手机揣在口袋里，回头看向林凡，“今后也欢迎来看我的演唱会，不过应该不会私下再见面了，毕竟不是每一个粉丝，我都能照顾得到的。”

他说完便上了车，车门“砰”的一声被关上，豪车绝尘而去，没有丝毫眷恋。

那一刻，林凡终于还是没忍住，蹲在路边，大滴大滴的泪珠肆意滑落，她已然泣不成声。

为什么心像撕裂了一样那么痛？这种疼痛，比被学长拒绝时的那种疼痛，还要强烈一百倍。

林凡心如刀绞，金凌风也没好到哪儿去。

拍摄一结束，他就怒气冲冲地闯进了金世雄的豪宅，小九拦都拦不住，只能站在门外焦急地等待。

“金世雄，混蛋！这样你满意了吧！”金凌风吼道。

金世雄惬意地坐在沙发上，旁边的金发女郎正在给他手里的高脚杯添酒，见金凌风进来，只是淡淡地看了一眼，完全没有影响倒酒的动作。

“像个混混一样闯进来，我可不记得有你这种没教养的儿子。”金世雄摇晃着杯中红色的液体，笑道，“我说何必呢？只不过抛弃了一个无关紧要的女人而已，况且我看了那女人的照片——哎，那身材，那打扮……真是一言难尽，明明是父子，品味怎么能相差那么多呢？”

他说着，眼神轻佻地瞄向金发女郎，细腰长腿，傲人的事业线，穿着打扮更是性感热辣。

“闭嘴，从那次以后我真是彻底看清你了，本来决定再也不和你说一句话，但是……”金凌风压抑着心中的怒火，冷冷地说，“听好了，我与你的合约只剩下三年，三年之后，我做不做艺人，和谁谈恋爱，都由我自己决定。”

金世雄一脸无所谓的样子，慢悠悠说道：“哎？随你好了。”

“到那时候，你不再是我的上司。”金凌风漠然地看着他，“也不再是我的父亲。”

“别忘了当初是谁救了你，是谁培养了你，是谁捧红了你。”金世雄喝了一口红酒，“这三年里，你最好拼尽全力当好你的偶像明星，否则过了气之后，可是会过得很凄惨的哦？”

末了，他不忘补一句：“就像你的母亲一样——”

话未说完，金凌风已经忍无可忍，夺过金世雄手里的红酒泼在了他的身上，然后摔门而出。

金世雄胸口处的白衬衫已经被染透，殷红一片，宛如血色的液体还在往下低落。

“这该死的兔崽子！”金世雄生气地看着自己的衬衫，又忍不住感叹一声，“除了长得帅这点像我之外，可真是一无是处啊。”

“呵呵……谁让他是小三的孩子呢。”金发女郎拿纸巾给在金世雄胸口擦拭，“既没有名分，也没有地位，其实相当可怜的啊？”

“什么呀，在我所有儿子之中最疼爱的就是他了啊。”金世雄挠着头，“哎，怎么一点也都不懂我这个做父亲的心呢？”

“啊……”金发女郎意识到自己失言，赶紧转移话题，“可是这件衬衫怎么办？已经擦不掉了……”

金世雄起身把她搂在怀里，顺势含住了她的唇。

“那就脱了吧。”

“嘻嘻……”

显然，金凌风的突然闯入，说的话以及做的事，并没有影响到金世雄的心情和兴致，反倒是把他自己气得不轻。

回去的路上，金凌风暗暗发誓，他要在这三年里赚到足够的钱，摆脱金世雄的控制之后，带着林凡远走高飞，给她幸福。

可是，世上哪有那么容易的事呢？

这个时候的金凌风，还丝毫没有意识到，危险一直在向他逼近。前路已经慢慢变得十分的未知了。

奢华大气的房间里，张臣远盯着电脑屏幕，问道：“狮子，有没有什么更好的想法？把金凌风推入谷底的想法。”

狮子躺在沙发上，睡得很香，豆豆趴在他身上，也在熟睡中。

“妈的，算了，问你也是白搭。”张臣远看着眼前的一人一猫，忍不住骂了一句，继续伏案工作。

也不知过了多久，狮子睡醒了，豆豆也醒了，但它好像没睡饱，打了个长长的哈欠。

狮子趁它打哈欠的时候把食指伸进了它嘴里，豆豆轻轻地咬着，玩得不亦乐乎。

张臣远分析道：“回想一下这一年所做的努力，仅凭我们公司下属的力量，从挖出零分考卷的爆料，再到金凌风和平民谈恋爱的新闻，然后借着女学生因为金凌风发生意外的丑闻大肆打击一通，还以为他已经走到尽头了呢！”

狮子依然在逗猫，画面好不温馨。

“没想到……开了个记者招待会就彻底获得了原谅。”张臣远又气愤又无奈，“公众的想法还真是难揣摩啊！”

“所以说，金鱼的记忆有七秒，公众的记忆可只有六秒啊。”狮子把豆豆抱在怀里，给它顺毛。

“但无论如何，为了狮子你，这一切都是值得的。”张臣远看着他，坚定地说，“狮子的仇人就是我的仇人。”

狮子看向他，说道：“臣远，收集金世雄和金凌风剽窃曲子的证据并不是一件容易的事，毕竟已经过去五年了。”

“我知道，这次我们在日本见到的那位律师就是处理此类案件的高手，怎么样，要以当红作曲家狮子的名义起诉他们吗？”张臣远问。

“当然。”狮子说，“就算失败被赶出娱乐圈，就算再也不创作了，这口气，一定得出。”

张臣远没再接话，虽然他想帮狮子出这口气，但却不愿弄得鱼死网破，毕竟，狮子是如此有才华的人，如果不再创作，实在太可惜了。

“时间过得太快了。”狮子看着手机屏幕上的合照感叹着，“离林颂大哥去世已经五年了，没有大哥在的日子，真寂寞啊……”

【3】

二〇一六年六月，又一年的毕业季。

林凡坐在校园的长椅上，看着不远处穿着学士服和同学拍照的谢煜霖，感触良多。

从精神康复中心回来的第二天，接到校长打来的电话才知道，原来霖学长悄悄拜托拥有广阔人脉的父亲，帮林平和林芝安排好了新的学校，并把之后三年的学费全部交完了。

电话挂断后，她想起那个蛋糕盒，打开一看，里面装了满满一盒子的钱，难怪当时感觉到沉了很多，还以为是自己太累了。

原来学长说的“人情”是这个意思。

“不要再为了生计去打那些粗累的杂工了，也不要再为了钱去做别人的补习老师了，去做你真正想做的事情吧！”

“放心吧，这里聪明的孩子无论做什么都不会差的。”

想起谢煜霖的这些话，林凡更是思绪万千。

学长希望她能毫无顾忌地去追求自己的生活，还不停地鼓励着她，这份人情，她永远也不会忘记。

霖学长很快就要出发去美国了，这份人情，她恐怕是没办法报答了吧。想到这里，她不禁叹了一口气。

“林凡学姐，为什么叹气呀？”童桐不知道什么时候走到了她旁边，笑着说，“总是叹气的话，幸运就都会溜走的哦。”

“啊，是吗……”林凡抬起头，“也许是看到霖学长毕业，太感慨了吧。”

“好了啦，我们也去和学长合照吧！”

童桐笑嘻嘻地拉着林凡走过去，三人拍了很多照片。

毕业典礼之后，谢煜霖便匆忙地离开了，据说在美国那边的父亲身体越来越差，他想过去帮父亲打理家族企业。

尽管相距万水千山，而且事务繁忙，谢煜霖还是偶尔会和林凡发个消息或者打越洋电话，互相聊聊近况。

就如同霖学长安慰过她的一样，还不到半年的时间，她的生活已经完全恢复平静了，就像一切从未发生过。再也没有人对她指指点点，谈论那些过了时的花边新闻了。

谢煜霖离开后，林凡接任了学生会主席一职，但她没能像谢煜霖那样工作到毕业前一周。大四下学期伊始，因为忙于毕设和求职，便从学生会请辞了。

和其他的准毕业生一样，大部分时间林凡都在图书馆写毕业论文和准备答辩，作为学霸的她自然是没什么压力的，一切进展顺利。

生活如湖水一般平静地流淌着，但偶尔也会荡漾起一丝涟漪。比如，她此刻正在听的音乐节目。

“接下来为大家带来到是金凌风创作的全新单曲，据说也是他主演的第一部电影里面的插曲，已经蝉联华语音乐榜冠军五周了，完全是屠榜的状态，真是太厉害了啊……”

耳机里响起金凌风的歌声，很好听，他这两年发展得越来越好了，林凡想着，果然，当初的选择是明智的吧。

虽然能理解金凌风对娱乐圈的眷恋，但他在告别之际决绝的话语、冷漠的背影，还有那抗拒的眼神，现在回想起来还是很悲伤。

他究竟为何而改变，林凡至今仍无从知晓，但不知道为什么，她始终希望，有一天能真正走近他，触碰到他的内心。

那么，就从加入这个圈子开始吧！

林凡深吸了一口气，在心中默默做出了决定。

毕业论文顺利地通过了，毕业答辩也得到了一致好评，除此之外，林凡还获得了格林大学保研名额，有全额奖学金。另外读研期间跟着导师做一些项目，也会有不少的报酬的。

但她拒绝了读研，这样的举动，连院长都觉得十分惊讶。林凡一直是他看中的学生，他也特别了解林凡的情况，继续读书应该是她最好的选择。

“以你的能力，如果继续深造，一定会很有前途的。”院长语重心长地说。

“谢谢您的好意。”林凡说，“我想去做一些我真正想做的事。”

“嗯。”校长点点头，“既然你决定了早点出去工作我也不勉强，工作方面我也可以帮你推荐，都是专业对口的。”

“院长，谢谢您，但是不用了。”

院长有些疑惑地反问：“为什么？”

“我想……进入娱乐圈工作！”

“什么？”院长觉得不可思议，但很快镇定下来，“每个人都有自己适合的领域，毕业之后的第一份工作，对你以后的发展有莫大的影响，你可要考虑好。”

“我已经考虑清楚了。”

见林凡语气坚定，院长没有再多劝说，虽然他打心眼里觉得林凡并不适合待在娱乐圈。但毕竟，每个人都有自己要走的路。

接下来的时间里，林凡做好了求职简历，然后在网上看招聘信息，筛筛选选，投了四五家。

虽然已经做了心理准备，但实际情况和预想的还是有很大的差距。

那些投出去的简历不是石沉大海，就是系统提示不匹配，也就是说，她连一个面试邀约的机会都没有得到过。

林凡明白了，她现在这样的情况，根本没有资格挑选公司，只能让公司来选她，于是她果断选择了批量投递简历。

断断续续的，有一些面试邀约，林凡大概去了十来家，除了一家疑似诈骗的中介公司和一家皮包公司以外，基本上都是刚开没多久的小公司，即使这样，也都拒绝了林凡。

因为她除了专业不对口，没有经验以外，整个人几乎一点娱乐感都没有，圈里的明星就知道那么几个，其他的更是一无所知，这种情况，当实习生也没有人愿意带。

半个月下来，林凡原本的信心已经被打击得所剩无几了。

想想老林在世的时候，对他的工作完全不感兴趣，张嘴闭嘴总是一句话——“不好意思，在我的心中，只有费玉清一个明星！”那时候林颂忍不住哈哈大笑，开玩笑地揶揄她“我女儿这个倔强劲，说到底还是像妈妈啊，没有丝毫情趣”。

如果当时能多问问他该多好！林凡无奈地叹了一口气，只可惜，现在已经后悔莫及了。

她看着邮箱里最后一封面试邀约信，这恐怕，是最后的机会了吧。

第二天，林凡按照约定时间了来到了这家公司。

长相和打扮都相差无几的面试官，说的话问的问题也是大同小异，林凡知道，这次肯定又是凶多吉少了。

“听到我说的了吗？林凡小姐？”

“啊？”林凡一脸抱歉，越是紧张越是容易走神。

“是这样。”面试官重复一遍说道，“我们看了您的简历，虽然说是毕业于名牌大学，但专业方向和传媒完全无关，所以我想请问，您有什么让我们非雇佣你不可的理由吗？”

呃，理由？这种问题该怎么答好呢……林凡整个脑子都是乱的，面试这种事真的比考试难一百倍！不，是难一万倍！

就在林凡答不出来急得脸开始泛红的时候，“叩叩”的敲门声打破了尴尬。

“打扰一下。”门口出现了一个英气挺拔的男人，一头红色的头发，穿着精致挺拔的西装。

是张臣远。

“诶，您怎么来了？”面试官起身，客气地问。

看来是大人物啊，林凡想。

张臣远走了过来，问道：“这姑娘应聘的是什么职位？”

“是艺人经纪人。”面试官答道。

张臣远随手拿起桌上林凡的简历看了看，然后回头打量林凡。

一身干练而不失甜美的OL风套装，披肩长发，气质脱俗，虽然不施粉黛，却也秀气可人，有几分“清水出芙蓉，天然去雕饰”的意思。

“你……变了不少呢。”张臣远玩味地说道。

看不出来，当年那个穿衣服土得掉渣还戴着老派近视眼镜的女生，只是稍加打扮，就能有如此姿色。

林凡听了这话，有些疑惑，他们以前并没有见过，是不是认错人了？

张臣远弯下腰凑近她，戏谑地问：“和金凌风发生了什么吗？”

他是怎么知道的？林凡不由得警惕起来。

她思索着，当年的绯闻事件闹得沸沸扬扬，这是一家娱乐公司，见过她的照片倒也正常。不过这种八卦事件，过了热度之后肯定得想半天才能记起来，更何况新闻里大家的注意力都在金凌风身上，他们更在乎的是“金凌风绯闻女友”这个标签，而不是林凡本身，而这个人，怎么会对她的长相记得这么清楚呢？一眼就能看出她有不小的变化。

“录用你了，明天来上班吧。”张臣远说。

林凡很惊讶，但更惊讶的是面试官。

“臣远——哦不，张总，我们并不认为她具备专业的技能……”

“当然没资格上经纪人部，从总裁助理做起吧。”

听这口气，他应该就是总裁了吧？林凡心里打鼓，怎么办，要不要接受这份工作，当他的助理呢？

【4】

林凡最终还是答应了下来。

虽然老板是个莫名其妙的人，虽然一眼瞧过去，清一色的男职员，透露着一丝古怪。虽然，原本是想当艺人经纪人的……但是，这毕竟是这么多天以来第一个录取了自己的娱乐公司，接二连三地被拒绝，林凡已经心力交瘁了，不管怎么说，至少是个入行的机会吧。

“所以，我什么时候开始上班呢，老板？”

“平时叫我臣远就可以了，重要场合可以叫我总裁或者张总。”张臣远纠正她。

叫老板有什么不好，林凡在心里默默吐槽，不过还是很配合地叫了一声：“臣远。”

“今天就可以开始了。”张臣远说。

“什么？”林凡很吃惊，“今天就开始上班？”

“有问题吗？”

“没，没有问题。”林凡说着，又弱弱地问了一句，“那请问，我应该做些什么？”

“办完入职手续，来我办公室找我。”

张臣远说完就离开了，HR和林凡讲了一下公司情况和薪酬体系，签署好合同和保密协议后，她便来到了总裁办公室。

张臣远把平板电脑推到她面前：“今天需要见这五名经纪人客户，他们的合约即将到期，你的任务就是用最小的成本说服他们续约。”

林凡看着平板上的资料，手有些颤抖，第一天上班，就安排这么专业的工作内容吗？

“原来，助理的工作……”林凡小声嘟囔着，“我还以为只要泡泡咖啡打打电话什么的，果然是我想多了。”

“呵呵，你竟然想着做那些安逸的工作？”张臣远的眼神里充满鄙视，“亏你还是格林大学毕业的。”

“呃……刚才是开玩笑的，这种工作我当然没问题啦！”林凡硬着头皮说道，不能给母校丢脸啊！更何况，连这些都做不到的话，怎么够资格接近那个人。

“OK，我安排了公关部的小张和小李配合你，去忙吧。”

林凡拿着平板回到自己的工位上，研究了半个小时资料，又找小张和小李讨论续约合同的细节，觉得一切妥当之后便开始和第一位经纪人洽谈。

经纪人和他带的小明星一起来的会客厅，看到那小明星的时候，林凡有一种说不出来的感觉。同款发型，同款耳钉，穿着打扮也十分相似，看样子是有意把自己打造成一个低配版金凌风。

估计是想长期蹭热度吧，林凡在心里翻了个白眼。

没办法，总不能明面上得罪，林凡耐着性子，礼貌地和山寨版金凌风以及他的经纪人乔伊打了招呼，请他们入座。小张和小李也很客气地倒了茶水，聊了几句，然后便进入了主题。

林凡把合同递给乔伊，微笑着说道：“这是续约的合同，您看一下，有问题的话我们还可以再商量。”

乔伊拿过合同，匆匆扫了两眼，眉毛便皱得拧成一团，手里的合同很快变成了碎纸屑。

一言不合就撕合同，林凡惊呆了，还有这种操作？不是说了有问题可以商量的吗，要不要这么暴躁。

纸屑撒了一地，乔伊气愤地站起身，大声叫嚷着：“你有没有搞错啊，小姐？你们这种霸王条款简直是欺人太甚嘛！”

林凡看向小张和小李，两人的表情都还比较淡定，俨然已经习惯了，看来这个乔伊是个难对付的主啊，不知道这位山寨版金凌风是什么情况。

“够了 Joe！”山寨版金凌风开口，“去年就是信任了他们公司，说帮我宣传，结果唱片卖得一点也不好！”

还以为他要制止经纪人的无理取闹，没想到是两人唱双簧，试图以退为进。

虽然心里有一万头羊驼奔腾而过，林凡依然面带微笑，解释道：“不，不是这样的，请听我说——”

“SHUT UP！”山寨版金凌风打断林凡的话，端起面前的一杯水倒在了林凡的头上，“张臣远找了个新人来和我们沟通，摆明了就是看我不够红，没继续合作的诚意。”

真是太过分了！而且还是这么一副恶心的嘴脸，林凡感觉自己要忍不了了。

“Joe 我们走！”山寨版金凌风起身离开，等着林凡卑躬屈膝地挽留他并主动提出增加报酬。

万万没想到，林凡端起一杯茶毫不客气地泼在了他的背上，整个动作一气呵成，小张和小李惊得目瞪口呆。

“你这个——连外表都在模仿金凌风的家伙。”林凡愤然说道，“自己的歌不好听，再怎么宣传也没用的吧？”

林凡并不是信口胡诌，之前研究资料的时候她听了这个小明星的专辑，和金凌风差得不是一星半点。

林凡的话狠狠击中了山寨版金凌风的内心，若不是张臣远及时出现，场面可能会无法控制。

“出去。”张臣远冷冷地说。

林凡低着头走出会客厅，心中一阵懊恼，都怪自己太冲动了，瞎说什么大实话！

回到工位上，林凡茫然地坐了一会，午休时间就到了。

公司提供自助餐食，林凡便和大家一样去用餐区取食，据同事介绍，餐区那边站着一名做饭阿姨，对食物有什么意见建议或者自己想吃什么，都可以和她说。看到做饭阿姨那一瞬间，林凡倍感亲切，毕竟是目前为止在公司见到的第一个同性别的人。

“这个公司，该不会只有我一个女员工吧……”林凡取食的时候小声嘀咕着。

旁边的同事听见了，友好地给她解了疑，“没那么夸张，记者部有两个女生，不过平时都在外面跑新闻，不常待在办公室。”

“哦，谢谢啊。”林凡笑道，“公司的伙食不错啊，福利真好！”

同事笑得意味深长：“你以后就知道了。”

林凡也懒得刨根问底，在这个公司待的第一天，就惹出事了，估计很快就会直接去办离职手续吧。

此时的会客厅里，山寨版金凌风消沉地蹲在一边，乔伊仍然在大声咆哮着。

“现今时代的艺人难道不都是从同一个生产线出来的吗？Why？Why一定要在他面前提金凌风呢？太伤自尊了，为什么一定要戳男人的死穴呢？”

张臣远满腹疑惑，林凡究竟干了什么，让这两人崩溃成这样？

小张耳语说了一下当时的情况，张臣远听了并无愠色，反倒是一副若有所思的样子。原来当年并没有调查得水落石出，这么看来，他们之间果然有暧昧不清的关系，妙极了，这颗棋子比当初想的还有用……

下午三点左右的时候，林凡正在看电脑里面关于公司的资料，突然发现一个女孩站在她旁边，直勾勾地盯着她。

“你就是新来的总裁助理？”她开门见山。

这个女孩身材娇小玲珑，五官精致，眼睛又大又亮，看起来萌萌的，不过眼神中没有太多青涩，所以具体年纪不好估摸。

“嗯。”林凡说，“你是记者部的同事吧？”

“你怎么知道！”她激动得跳起来，“是不是臣远哥有提起过我？”

“呃……”林凡有点尴尬，还好她已经自嗨了。

“听说你叫林凡是吗？凡你好，叫我雪就可以了！”

林凡点点头，说：“你好，雪。”

雪一脸八卦地看着林凡，问道：“我听说臣远哥以前从来不用女助理的，你是不是跟他有什么特别的关系……”

“没有没有。”林凡连连摆手，“我跟他一点关系都没有！”

雪嘿嘿地笑了几声，说道：“不好意思啊，职业习惯……”

“对了！”雪一拍大腿，“差点忘了，臣远哥让你去他办公室，我就是过来通知你的！”

“啊？你，怎么不早说啊！”林凡匆忙地奔向总裁办公室。

鼓起勇气敲了敲门，里面传来一个字——“进”，林凡推门而入，就看到张臣远抱胸斜靠在办公桌上。

“知道我叫你过来做什么吗？”张臣远问。

林凡轻轻把门关好，走到张臣远面前，说“知道，您是要解雇我吧。”

虽然这么说，但心里还是有点不服气，林凡解释道：“可这件事是有原因的，是那个艺人先用水泼的我。”

张臣远面不改色，淡淡地说：“你乖乖让他泼不就好了？”

“哈？”林凡惊得眼珠子都快掉下来了。

“你知不知道，因为你的意气用事，让我们多花费了3个小时进行劝慰，才把他们留住。”

林凡不吭声，心里却暗暗顶嘴，这种蛮不讲理的客户，何必还要挽留！

“我不会解雇你的，但是按照公司规矩，你要接受惩罚。”张臣远边说边扯开了领带，像盯着猎物一样盯着她。

林凡有些紧张，咽了一口口水，颤抖地问：“什么？”

一分钟后。

林凡的双手被领带绑在一起，打了个活结。

“手， 伸出来！”张臣远命令道。

林凡懵懵懂懂地把手伸出去，正要摊平，却发现张臣远的手上，拿着一根教鞭！

这就是他所谓的“惩罚”吗？林凡顿时吓得把手缩了回去，“我不要，走开！这样会很疼的！”

“不许顶嘴！”张臣远起身过去，霸道地抓住林凡的手腕，另一只手扬起教鞭，“我们的初创公司之所以能够存活，全是因为受到客户们的照顾，你却如此对待他们，令我蒙羞，这次说什么也不会放过你。”

教鞭狠狠地落了下来，手心瞬间被打得通红一片。

“哇啊！好疼！”林凡忍不住喊了出来。

“收起你的学生气，这是给你上的社会第一课，呵呵，你应该感激我才对。”

林凡还没来得及说话，教鞭又抽了过来，“啪！啪！啪！啪！啪……”一下又一下地打在她的手心上。

这到底是个什么鬼公司啊！林凡忍不住在心里呐喊，上这么多年学都没被老师打过手心，还说什么收起学生气，是不是有病啊，受不了了，我要辞职！

只可惜，辞职的话梗在喉咙里，林凡始终还是没勇气说出来。

【5】

挨完了打，继续去和其他经纪人谈续约，一直谈到了下班时间，才勉强搞定了两位。

做饭阿姨推着餐车又来了，美食的香味飘了过来，林凡却不再那么兴奋了，也终于明白了之前那位同事说的话是什么意思。

这个公司，加班是家常便饭。

下班时间不确定，手心还在隐隐作痛。

啊，辞职的欲望真是越来越压制不住了。

加了两个多小时的班，总算把今天的任务搞定了。

林凡收拾好东西，准备回去，结果，又被叫到办公室了。

“助理的工作比较特殊，需要随时待命，所以——你需要住在我家，离公司很近，步行只需要十分钟。”张臣远说道。

“什，什么？”林凡眨了眨眼睛，住在他家，那不就是——同居？

“为了方便工作而已，别想太多。”张臣远淡淡地说，“是一栋小别墅，你有自己的卧室和洗手间，虽然我以前的助理住过一段时间，但有找保洁大姐打扫和消毒，你可以放心使用。”

这么听起来似乎也挺正常的，林凡便默认同意了。

他说着把地址和钥匙给了林凡：“对了，还有一件事。”

“嗯？”

“还有一个室友，是位作曲家，没有我的命令，不许随意接近他，别让我看到你和他搭话，也不准好奇。”

“我才没有兴趣呢！”林凡想着，作曲家？我只认识聂耳而已。

林凡收好钥匙，匆匆回到出租房收拾好自己的东西，和房东讲好不再续租，然后拖着行李箱来到了张臣远家的别墅。

这么大，还叫“小别墅”啊，林凡感叹着。

装修风格也很有品位，里面打扫得一尘不染。最神奇的是房间里各种生活用品都有，从洗发水沐浴露，到纸巾、拖鞋等等。用得上用不上的一应俱全，林凡不禁有些感动，张臣远看起来那么冷血严厉，没想到还挺细心的嘛。

细想一下，这个公司虽然加班多，但是薪资尚可，又包吃又包住宿，工资基本上都能存下来，弟弟妹妹刚升上小学，虽然学费霖学长帮忙交了三年，但生活上也得花钱，还得攒下之后的学费，想到这些，就没有办法果断辞职了。

忍一段时间再说吧，毕竟也算是一只脚踏入了娱乐圈，说起来，也没有偏离自己的初衷，林凡给自己打气，工作上手之后应该就不会再被打了吧！

疲惫了一天，林凡感觉自己已经累疯了，洗完澡，换上舒适的睡衣，她瘫倒在床上，看着天花板发呆。

为什么学业上如鱼得水，开始工作了反而不行了呢？

想着想着，一阵困意席卷而来，眼皮便不由自主地合上了，灯也忘了关。

也不知道过了多久，林凡迷迷糊糊地睁开眼睛，眼前出现一张男人的脸，是……

“睡相……真难看，嘴还张得那么大……”

林凡一惊，睁大了双眼，这才发现床上不知道什么时候躺着一个陌生男人，一只手支撑着脑袋，冷冷地盯着她。

“你你你你谁啊！怎么会在我的床上？”林凡吓得裹紧了被子，瞬间困意全无。

“是我该说的话吧。”他姿势都懒得动，只是用另一只手指指床，“这……可是我的床啊。”

不是吧！林凡眼睛瞪得比铜铃还大，难道是，认错房间了吗？

真是糗大了，林凡真想使劲捶一下自己的脑袋，骂自己是不是傻，怎么会觉得张臣远那种人会细心到给她准备好生活用品呢，这一看就是有人住的房间好吧！

“在人家浴室里洗澡，完了还大摇大摆地上人家的床上睡觉，我应该说你什么好呢？”这个男人笑了起来，眼睛弯弯的，竟然透着一股孩童般的纯真，和之前的冰块脸判若两人。

“对……对不起！”林凡羞得满脸通红，而且这人越是看起来这么纯真的笑容，越是让她觉得心里发毛，“我现在就回自己的房间去！”

慌忙地逃走，却被抓住了胳膊，稍一用力，林凡便被“扑通”一声摔在了床上。

“诶？怎么了？”林凡弱弱地问，同时试图拽开他的手。

“没怎么，就是想和你玩玩而已。”他的话原本是有一丝轻浮，但语气却又一本正经，一点也不会让人觉得有危险性，可是……孤男寡女的，在床上玩什么玩啊！

林凡惊恐地问：“为，为什么？”

“不为什么。”他一脸理所当然的样子，“因为你就在我眼前啊。”

林凡还没来得及消化这奇怪的理由，这人突然从后面一把抱住她，还发出感觉很舒服的声音，“很久没有和女人一起睡觉了，你的身体……好温暖。”

这到底是怎么一回事？林凡感觉自己的内心如同火山喷发，疯狂地挣扎着，也不知道张臣远有没有从公司回来，她还是抱着一丝希望，大喊着道：“救命啊——有没有人啊——”

毫无回应，整栋房子里只有她无力的求救声。

张臣远今天应该是留宿公司了吧，林凡最后的希望破灭，拼命地挣扎着，可这个男人把她箍得太紧了，怎么也挣脱不开。

“啊，不要挣扎，这样我很累啊……”

他倒是还抱怨起来了？林凡简直欲哭无泪。

虽然最后发现，这个男人对她没有任何侵犯的意思，只是单纯地把她当做一个温暖有手感的抱枕而已，可是，第一次和一个男人这么紧紧抱在一起躺在一张床上，就算再怎么困，她也是绝对不可能睡得着的。

仔细想想，连和金凌风都没有这么过呢，唉。

奇怪，怎么会突然想这些，羞死了……

就这么胡思乱想地，睁着眼睛充当了一夜的人肉抱枕。

一直到第二天，晨曦透过窗帘洒在两人身上，那奇怪的男人渐渐苏醒，很自然地放开了她。

“谢谢啦，睡得真好。”他笑了笑，突然一惊，“你怎么黑眼圈这么重？”

林凡嘴角抽了抽：“你说呢？”

“我不知道。”他一脸无辜地说，然后便起床去了洗手间。

林凡看了看时钟，回到自己的房间，洗了把脸，整理了一下，准备去公司。

奇怪的男人出现在房门口。

“喂，你想吃早餐吗？”

还算有点良心，林凡点了点头：“嗯。”

一夜没睡，得多吃点补充体力才行。

“太好了。”他说，“今天臣远不在家，你做早餐的时候也捎上我的一份吧。”

林凡僵住，简直不敢相信自己的耳朵。

“哦？你不会做？”他倒也一副无所谓的样子，“那就我来好了。”

十分钟后，两盘很精致的意大利肉酱面端上了餐桌，搭配了火候正好的溏心鸡蛋和两块西蓝花。

林凡尝了尝，味道很好，很快便吃完了。

不过相对于一份不错的早餐，她更想要的是一晚上的好睡眠，所以，她并没有道谢，放下叉子就匆匆赶到了公司。

刚见到张臣远，还没来得及报告昨天晚上遭到的“暴行”，张臣远就将一大堆资料丢给她。

“这些，这些，还有这个，都是今天要做的，另外在工作开始之前请帮我把行程整理成一张清晰的计划表，然后放在我桌上就可以了——MD，别一脸呆滞的样子！”

“啊？”林凡一抬头，脑门就被张臣远重重地弹了一下。

“听到没？”

林凡揉着脑袋，连忙回答："听到了……"

公司一个施虐狂，家里一个怪咖，老天爷一定是在玩我！林凡抱着资料走出总裁办公室，整个人超级丧。

"林凡小姐！"突然听到有人叫她，林凡木讷地回头，是小张，还有他们公关部的几个同事。

小张递给她一支包装精美的新鲜玫瑰花，说："这是我们几个的心意！"

林凡呆呆地接过花，有些不解。

"是这样的，因为你替我们收拾了那家伙！就是那个小明星啦，其实在你之前，我们都被他欺辱过……因为他知道我们不敢反抗所以气焰一直很嚣张。"

"太好了，感觉出了一口恶气。"另一个同事接腔道，"林凡姐你简直是偶像！女神啊！"

"不过，我们也只能私底下感谢你。"小张笑了笑，"千万别告诉老板哦！拜拜！"

公关部的人都走远了，林凡还愣在原地。

不知道为什么，看着手里漂亮的玫瑰，心里有点高兴。

以前上学的时候，虽然一直是名列前茅，受到褒奖无数，但从来没有被男生主动搭讪过，送花就更不敢想了。

突然觉得这家公司的人还挺不错的，但是！这也改变不了和两个变态住在同一个屋檐下的事实。

真是要疯了啊，林凡也搞不明白，究竟是什么在支撑她还继续留在这家公司的，难道就是"为五斗米折腰"？

真是羞耻，而且瞬间觉得自己辜负了霖学长的期望，说好的要无所顾忌地去追求自己想要的生活呢？难道这就是她想要的生活？

当然不是啊！

林凡在心里大声否认着，可又有什么用呢，任务这么多，再这么消极下去，搞不好就不是加班那么简单了，说不定还要通宵工作。

想到这里，林凡脚步都不由得加快了。

REC

第七章
他是帮凶

【1】

林凡上了几天班之后，工作慢慢顺手了，所以没再挨张臣远的教鞭处罚和弹脑门了，正常相处的话 ，觉得这个人其实也还可以，至少，可以做朋友，比起那个怪咖真的好多了。

虽然没再被强行充当抱枕了，但那件事想起来，林凡始终心有余悸。

上了几天班真的好累，好在公司还有点良心，虽然平时加班加点，但节假日是照常休息的。

工作以来的第一个双休日，真是幸福啊，林凡睡到了日上三竿，整个人都感觉神清气爽。林凡将换下来的衣服装进篓子里，悠哉悠哉地下楼，听说洗衣机在楼下阳台，还得找找呢，住了好几天，都是早出晚归的，对房子里的一切还不熟悉。

走到楼梯口的时候，林凡突然听到一阵音乐声，好像是有人在弹钢琴，她好奇地往四周看了看，声音应该是从楼梯旁边的这间屋子里传来的。

这是什么房间啊？关得严严实实的，很神秘的样子。

在好奇心地驱使下，林凡轻轻走了过去，试图透过门缝一窥究竟，然而，还什么都没看清的时候，头发就被人揪住了。

“啊啊——臣远，你干什么啊？”林凡吃痛地回头。

“抓到一只偷窥的老鼠。”

这个张臣远，怎么那么喜欢带给别人痛感呢？林凡开拨他的手，揉着可怜的头皮。

“想看明白的话，干吗不进去啊？”张臣远问道。

进去……万一里面是那个怪咖怎么办？

“怎么？一副害怕的表情。”张臣远看着林凡，说起了风凉话，“说了让你别随意接近他的吧。”

“所以……他到底是个怎样的人？”林凡问。

“呵呵。”张臣远意味深长地说道，“你那晚，不是已经亲身体会过了吗？”

“呃……”林凡涨红了脸，扭过身去。

他怎么会知道的啊？那个怪咖怎么会连这种事都跟他讲？他们到底是什么关系啊？

“唰”的一声，张臣远推开了门。

“这间是狮子的琴房。”

原来他叫狮子，好奇怪的名字，不过倒也很适合他。

“我经常一边办公一边听狮子练琴。”张臣远继续说道，“很享受。”

张臣远痴迷地看着狮子弹钢琴，眼神温柔得一塌糊涂。

只有这个时候，才能在狮子紧绷的脸上看到一丝的轻松和愉快，张臣远想着，不由自主地勾起唇，自顾自笑了。

在一旁目睹这一切的林凡傻眼了，张臣远为什么要这样盯着狮子看，而且好像很深情的样子？

“喂。”她忍不住问道，“你干吗一直盯着别人的脸看啊？”

张臣远反应过来，有些尴尬地收回了眼神。

林凡笑嘻嘻，终于抓到机会嘲笑老板了，这下抽手心、弹脑门、揪头发，什么仇都报了。

“真受不了。”林凡故意一脸嫌弃的表情，“好恶心，你果然是个变态。”

张臣远黑着脸瞪向她，反讽道：“光说别人不看看自己啊？”

林凡这才意识到自己刚刚也是一直在盯着张臣远的脸看，不好意思地挠挠头，转过身去。

“叩叩”传来敲门声。

一个男人走了进来，看穿着打扮，像管家的样子。

“张先生，司机已经把车开到楼下了。”

“嗯，正事可不能耽误。”张臣远说着便走了出去，露出一丝不易察觉的微笑，这颗棋子，终于快派上用场了。

“等一下，臣远……我不想和这个人独处啊……”当然，后半句没有说出来，只是在心里嘀咕。

而且张臣远已经走远了，就算说出来了也是白说。

林凡站在那里，直接走掉感觉有些奇怪，待在这又不知道应该说点什么。她的目光渐渐落在钢琴的黑白键上，看着那双秀气的手在上面跳动着，空气中便流淌着动听的音乐。感觉很神奇诶，她脑海里不禁闪现出金凌风弹吉他的样子。

“怎么样，要试试吗？”狮子停下来，问道。

“不，不用了！”林凡说，“我没弹过钢琴，而且我也不懂……”

“试试看吧……我可以教你啊。”狮子很友好的样子。

“真的吗？”林凡想了想，机会难得，这样能多多少少接近一点他们这种音乐创作人的世界吧。

“那，好吧，麻烦你了……”林凡好奇地走近。

狮子起身给林凡让位子，林凡坐在钢琴前，轻轻地抚摸琴键。

“来，首先教你弹奏的正确姿势，身子坐端正，腰要直起来，重心稍微往前放一点。”

林凡按照他说的直腰挺身，并微微前倾：“是这样吗？”

“不对哦。”狮子看着她的胸，非常正经地说，“胸口贴得太近了。”

“呃……”林凡尴尬地往后挪了一点。

“然后，手肘和键盘保持在一条线上。”狮子从后面环住她，手把手地帮她调整了一下，“对，是这样……你太紧张了啊，身体再放松一点。”

“啊……”林凡不由得闭眼，“你，别在我耳边说话啦！”

“怎么了？不喜欢这样吗？”狮子丝毫没有听她的，反而变本加厉地对着她的耳朵吹了一口气，“不喜欢的话，为什么一脸神魂颠倒的样子？”

“才没有！”林凡否认道。

“噗……别掩饰了，脸都红透了。”狮子眨了眨左眼说道。

“还不是因为你靠太近了！”

“好了，别浪费时间了。手腕伸直，脚放在踏板附近，姿势不掌握的话，是没办法开始下一步的。”

“知道了！”林凡有些生气，这个人根本就是抱着好玩的心态在教她，甚至还有意无意地调戏她，而且也不知道到底算不算调戏！啊真是……早知道那时就和臣远一起出去了！哎，好好地干嘛这个时间下楼洗衣服啊……啊对了，衣服还没洗！

好好一个周末，怎么会变成这样？

而这个周末，金凌风仍然在进行全国巡回演唱会，他已经很久都没有给自己放假了。

舞台上，主持人浮夸地调动观众情绪。

“各位久等了，想要看我们的凌风欧巴吗？”

“想！”台下声如雷鸣。

“那么，请大声呼唤他吧！”

“金凌风！金凌风！金凌风……”呼喊之声，一浪盖过一浪，在后台都觉得非常震撼。

“金凌风先生。”工作人员来到后台，做了一个 OK 的手势，“您可以准备出场了。”

“好的。”金凌风戴上耳麦，在工作人员地指引下走上了舞台。

他和主持人礼貌地问好，且十分配合地回答了主持人的一些问题，全程都很有礼貌。

主持人安排了粉丝代表上台和偶像亲密接触的环节，粉丝代表十分激动，和金凌风后援会的会长一起给金凌风送了礼物，并羞涩地求拥抱。

金凌风大方地和她们拥抱，引得台下尖叫连连。粉丝代表和后援会会长下台后，金凌风还向大家展示了一幅他亲手画的画。

“哇哇，这就是我们风风的画技吗，真的非常棒呢！”

金凌风表示是送给自己所有粉丝的礼物，感谢他们对自己的支持。台下粉丝感动不已，有一些甚至哭了，纷纷感叹自己没有选错爱豆。

看着台上和所有人互动愉快的金凌风，小九却叹了一口气。

“现在的风，无论走到哪里都是这副彬彬有礼的样子。”

“有什么奇怪的吗？”卷毛老板笑道，“毛头小子也有变得成熟的一天。”

“虽说是好事，可为什么总觉得，这样的风……一点也不快乐。”小九觉得还是以前的风更真实，更有血有肉。而现在的他，笑容和快乐，仿佛不再有联系一样。

卷毛老板则不以为然，咧着嘴笑道：“噗哈哈……不快乐？这哪是你能体会得到的！两年来这小子也算是赚了个盆满钵满，代言费也水涨船高，如此一帆风顺，快乐得很呐！”

“不管怎么说，您最近为风接下来的商业活动实在是太多点。”

“有钱不赚那不是傻瓜吗？”卷毛老板甚至觉得他应该再多接一点，“话说回来，这小子赚这么多，也没见他花过一分钱，倒是我马尔代夫的临海别墅，也该配一艘游艇了吧，哈哈哈！”

小九看着他，虽然不爽却也无可奈何，只能在心里默默祈祷金凌风的三年合约早点结束。

【2】

“哈，下班了！”林凡打了个哈欠，真困啊。

果然是周一到周五，没有一天是不加班的。不过看着张臣远几乎每天都比自己还晚回一两个小时，林凡心里默默平衡了很多。

老板比员工更辛苦劳累，还能说什么。

照例是踏着月光回家，一推开门，就看到狮子躺在沙发上，脑袋埋在手臂里。

啊……这个人又躺在沙发上睡着了，真是怪胎，明明床又大又软，真是搞不懂。

林凡放轻脚步，慢慢绕过沙发上楼。不要打招呼，千万不要打招呼，离他远点就好。

但走了几步，她突然停了下来，现在天气慢慢凉下来了，他就那样睡，也不盖被子，会不会冷啊？

林凡忍不住看了狮子一眼，怎么看他的样子有点奇怪？好像有点发抖。

“喂，你没事吧？”林凡走到沙发前，问道。

“身体，很冷……”狮子虚弱地发出声音。

林凡一惊，赶紧摸摸他的额头：“你额头怎么这么烫！你……发烧了啊？”

狮子一声不吭。

“呃，家里的药放在哪？”

还是一声不吭。

林凡匆匆忙忙地找了一圈，没找到。

“打电话问一下张臣远！”林凡拿起茶几上的手机，“你手机里应该有他的电话吧。”

狮子坐了起来，一把抢过了自己的手机，冷着脸说道：“别管我……回你自己的房间睡觉去。”

明明就需要帮助，还非要逞强。

“真是的，一个病号在我面前怎么可能不管？”

狮子正要叫她别多事，但一张嘴，就控制不住地咳嗽了起来。

“你不仅发烧，还咳嗽啊。”林凡关切地看着他。

狮子并不领情，重新躺在沙发上，还故意脸冲着沙发靠背那一面，摆明了就是不想理睬她。

“切，我还懒得管呢！”

狮子闭着眼睛睡觉，倒是睡着了段时间，但又被自己咳醒了。

奇怪，这屋子里除了咳嗽声，怎么还有一个声音……他循声看过去，林凡靠着沙发睡着了，还发出微微的鼾声。

茶几上，放着一杯水，一瓶止咳糖浆，还有一张纸巾，纸巾上放着退烧药和消炎药。

这个家伙，也不知道是找到了药箱还是大晚上跑出去买的。

狮子不明白，他们好像没什么交情吧，而且，都警告过了不要和他这种人扯上关系，这个女人，怎么这么不听话？

林凡醒来的时候，已经是第二天早上了。

朦朦胧胧地睁开眼，看到的竟然是狮子的侧脸，看起来比昨天精神了很多嘛，而且还在看书，难道已经退烧了？病好了？

等等，林凡突然意识到有些不对，按照她看到的角度推测，她应该躺在……狮子的大腿上！

可是昨天，明明是靠着沙发睡的啊？

“你呀……”狮子的目光依然盯着书，但另一只手却捏住了她的下巴，淡淡地说，“最好别总让男人看到你这张睡脸，否则就算是被我脱光了，也是你先引诱我的。”

“什么……”林凡吓得不轻，直接从狮子大腿上滚了下去。

脸先着地……真疼啊。

林凡气呼呼地揉着脸，这性骚扰混蛋！

“哈哈！”狮子笑着起身，将书扛在肩膀上，走到窗台前拉开了窗帘。

林凡的目光落在茶几上，水杯里的水空了，纸巾上的药也没了。

“切……”还不是吃了，装什么酷。

脸还在隐隐作痛，刷牙的时候又是一阵蹂躏，林凡都不想吃早餐了，虽然是张臣远亲自下厨，色香味俱全。

这两个男人，还真是精致的生活家啊。

吃完早餐，一向敬业的张臣远竟然没有去公司的意思。

“今天不去上班吗？”林凡好奇地问，“那我呢？”

“你也放一天假。”

放假，竟然有这么好的事，林凡顿时感觉身上的每一个细胞都舒畅起来了，脸也不疼了。

“准备一下，下周要出差。”张臣远说道，“游轮 party.”

“游轮 party……你是说，可以带上我？”林凡很向往的样子，顿时激动了起来。

“是的，不用太紧张，只是明星富商们交际玩乐的聚会而已。”张臣远看向她，“这段时间工作做得不错，可以当做是对你的奖励。”

林凡有些不好意思地低下头，心中暗喜，看来，我的职场状态也不是那么糟糕嘛！

正想说两句客气的话，张臣远又补了一句："顺便带你这个乡下女人见见世面，免得你总是在外面给我丢脸。"

林凡激动的心情顿时就恢复正常了，虽然被夸了很开心，但是后面那句就不用了。

"对了狮子。"张臣远继续说，"有几位大佬特别指定说想要见见你，希望在晚宴上听到你的演奏。"

狮子躺在沙发上看书，闻言抬头看向张臣远，但没说话，似乎是在靠眼神交流。

"知道你不喜欢这种场合，但我实在难以推脱，这次怎么样？可以吗？"

林凡在心里默默祈祷，不要答应，不要答应，不要答应啊，难得出差去参加游轮 party，实在不想和这个性骚扰混蛋同行。

狮子接着看书了，并淡淡地说了句："嗯……好啊。"

竟然……就这么同意了，林凡默默倒了杯水喝，她需要冷静一下。

"那么林凡。"张臣远淡淡地说，"麻烦你在这次晚宴上担任狮子的女伴。"

林凡差点一口水喷出来。

"哈？不要！"林凡疯狂摇头，"我才不要当这个性骚扰狂魔的什么女伴！"

张臣远悠悠地说道："想要跟我去，就按照我说的办，我时间宝贵，很少答应出席这种 party。所以，机会没有下次了，你自己想想吧。"

就知道老板不会突然这么好心，林凡暗暗腹诽着。

张臣远的这个决定，不仅林凡不乐意，狮子也有些不理解。

"为什么？为什么非要这样？"

两人这个时候倒是达成一致了，只可惜，这样也并不会让张臣远改变决定。他做这些，只是因为刚好能确认金凌风也会出席而已。

林凡丝毫不知张臣远的筹谋，此时正为去还是不去而纠结不安。

虽然不想当那个怪咖的女伴，但这是一个拓展人脉的好机会……长这么大还没有见过游轮，而且参加这种活动，确实能长不少见识，反正已经为五斗米折腰了，干脆再折得狠一点吧。

“我，决定要去！”林凡说。

“很好。”张臣远颔首笑道，狮子，让我们一路畅通无阻下去吧！

Party 当天，张臣远的耳朵受了很多苦，虽然早就预料到林凡看到游轮会大惊小怪，但没想到她能激动成那个样子。

“哇啊！这，这这这是泰坦尼克吗！”林凡捂脸，“好大好漂亮啊！情不自禁想起了杰克和露丝，好感人啊！”

“喂，别吵了。”张臣远拍了拍林凡的脑袋，“听好了，今天一定不要做出让我丢脸的举动。在这里，要比在公司更注意自己的一言一行。”

“知道了。”林凡没再尖叫，但还是忍不住激动，眼睛里直冒红心，答应来真是正确的决定啊！

张臣远嘱咐完毕就和其他人攀谈去了，看着周围来来往往地陌生人，林凡有些不自在，怯生生地不敢主动和他们打招呼。

怎么一碰上大场面就怂了呢，一想到晚宴上还要跳舞，林凡更是紧张兮兮。临时抱佛脚学的舞步，也不知道能不能混过去，估计到时候要靠狮子了，对了，那个怪咖人呢？林凡四处张望，刚刚还在的，怎么突然就不见了？

“凡。”有人叫她。

很有辨识度的声音，一听就是那个怪咖性骚扰狂魔。

“别这么叫我啦！”林凡回头说道。

狮子笑着说：“怎么样，场面很大吧？”

林凡有些微微愣住，很少看到他这样温暖的笑容，也是第一次看到他穿正装的样子。不知道是不是服装对气质有影响，总感觉这个男人今天看起来很正派，和平时那骚扰狂魔的样子完全不一样，加上英俊帅气的外表，他此刻已经成为了焦点。

怎么突然就变了呢？林凡看着他心下思量，到底哪个才是真实的他？而且，穿正装的他真的和谢煜霖学长更像了，以前只是觉得五官和身材相似，今天看起来，举止和气质也特别像。

“怎么了，是不是太累了？”狮子问。

林凡定了定神，说道：“没，没什么……”

“凡，不用害怕。”狮子说，“跟着我就好了。”

“唔……”虽然感觉很不习惯，但林凡还是乖巧地跟在狮子后面走。

已经很久很久，没有人像这样如同呵护孩子一样呵护她了，林凡看着狮子，不知道为什么，突然有点想念老林。

【3】

豪华套间，落地窗，超级无敌海景房。

林凡有些迷醉，双眼冒星星问道：“这是……今晚我住的地方？”

“嗯，这就是凡的房间。”狮子说着走出房门，“凡，快点换好晚宴用的礼服吧，我在外面等你。”

搞不懂为什么突然间称呼就变得这么亲昵了，刚开始时林凡起一身鸡皮疙瘩，现在听多了倒是觉得还好。林凡轻轻关好门，现在可没空纠结称呼这种东西。

“哇，这景致！”林凡一下子跳到沙发上，痴痴地看着窗外。

一望无际的海平线，波澜壮阔，海天相接，蔚蓝的海水清澈透明，在阳光的照射下愈发显得纯净，微风轻拂，海面波光粼粼，美不胜收。

要不是做这份工作，应该很难有机会看到这些吧！而且臣远说他很少同意参加这种活动，也不知道有没有下次，今天一定要看个够才行。

林凡趴在那陶醉地看了十几分钟，终于想起来狮子是让她进来换衣服的，于是恋恋不舍地从沙发上下来，走到衣帽间。

衣帽间很大，挂满了各式各样的礼服，还有不同款式的鞋子和包包。

最显眼的是一件红色礼服，来的路上听狮子说，是特意给她定制的。

林凡将礼服拿下来，小心翼翼地换上。

刚拉好拉链，突然房门“咚”的一声被推开了。林凡吓了一跳，一抬头，狮子走了进来。

“你不会敲门吗？”林凡有些火大，她居然忘记反锁门了。

狮子盯着林凡，神情专注，根本没在意她说的话。

剪裁得体的红色礼服，很衬林凡的肤色，身材线条也勾勒得恰到好处。

“看来我的眼光没错呢。”狮子说。

“呃……”林凡说出了自己的担忧，“可是，这件礼服很昂贵吧？”

可能她一个月的工资也不够吧？如果是这样，再好看再喜欢，她也不能选。

“是的，不过这是公司给你的出差福利，只要你喜欢就好，还有，这衣帽间的一切，凡都可以随意使用。”狮子双手抱胸靠在一边。

这个公司的福利也太好了吧，林凡反倒觉得有些不踏实，自己明明只是勉强能完成手头上的工作，怎么又是奖励参加 party 又是赠送价值不菲的礼服？

“凡曾经……习惯留马尾辫？”狮子的话打断了她的思绪。

“诶？你怎么知道……”难道像狮子这样性格的人，也会关注当年金凌风和她的花边新闻吗？

狮子没有回答，而是走到衣帽间旁边的梳妆台前。

梳妆台上有各类瓶瓶罐罐的护肤品以及化妆品，还有做发型用的全套工具。狮子拿了一支梳子，走到林凡面前，轻轻地撩起了她的长发。

“你的颈部线条很美，藏起来太可惜了。”狮子说。

除了这两年，以前都很少披发，可从来都没有人这么夸过她。而且，颈部线条美，到底是怎样一种美？林凡想，作曲家的思维还真是与众不同。

“我是留过马尾。”林凡说，“而且戴了很多年的眼镜。”

“原来如此。”狮子笑了笑，“看似再平凡的女性，也会因为某个人细微的一句话，做出脱胎换骨的改变。”

是从什么时候开始决定改戴隐形眼镜的呢？林凡回想着，脑海里出现金凌风的样子。

“已经很好了，拿掉眼镜的话，其实还挺不错的。”

或许，就是从那一刻吧。

“所以呢……”狮子一边给她梳理头发，一边问道，“到底是怎样特别的人，有这等荣幸？”

林凡垂下眼眸：“不，那个人……那个人对所有人来说，都是特别的人。”

狮子没再继续这个话题，细心地给她把头发盘了起来。

林凡照了照镜子，很简洁的盘发，整体看上去很精致，但细节上的处理却显得随性，没有使用任何定型的东西，让刘海和碎发自然地下垂，有一种凌乱的美感。

“没想到，你居然会弄头发？”

林凡看着这个男人，觉得他简直太神奇了。

“凡喜欢就好。”狮子神色淡淡地说，“凡美得很自然，妆都不用化了，不过，好像还是缺点什么。”

“嗯？是什么？”林凡问。

狮子思忖着，突然灵光一闪：“是缺点首饰吧……”

“首饰吗？”林凡说道，“梳妆台上好像有一些耳环，但是我没打过耳洞。”

“我是觉得你的脖子上缺了点东西。”狮子看着她，“现买是来不及了，你介意戴我的吗？”

“你的？”林凡有些疑惑。

狮子翻开衬衣的衣领，露出一条细细双层项链，款式很特别，偏中性。

项链被解下，套在了林凡的脖子上。

“这样就完美了。鞋子你就按照自己的喜好搭配吧，在这慢慢试，我先出去了，一会儿来甲板上找我。”

林凡点点头，说：“好。”

狮子离开套房，在甲板上找到了张臣远。

“狮子，接下来你清楚的吧？”张臣远问。

“一切按剧本进行。”狮子撑着下巴说，“谢谢你，臣远。”

“你又来了。”张臣远有些无奈，“成功了再道谢吧。”

一阵话筒声响起：“主人邀请各位在主甲板的嘉宾移步宴会厅，晚宴将在十分钟之后开始。”

甲板上的先生女士陆陆续续离开，走向宴会厅方向。

宴会厅外面，金凌风在悠闲地吹海风，虽然他坐在那里没怎么说话，但身边已经围了好几位年轻漂亮的女士。有一搭没一搭地和他聊两句，随着甲板上下来大批人，围在他身边的美女越来越多了。

张臣远和狮子站在甲板上的位置，刚好能看到他。

就是这位吗？让她破茧羽化的那个男人，狮子看着金凌风，唇角勾起一抹笑容，上一次见到的时候还是蛹吧？那么，这一次，就让你看看美丽蝴蝶的身姿。

“狮子。”一袭红裙的林凡走了过来，步履轻盈，摇曳生姿。

狮子绅士地迎了上去，握住她的手放在嘴边轻轻一吻，说:“这边请，我美丽的女伴。”

走向宴会厅的时候，两人的手变成了十指相扣的状态，虽然感觉有些奇怪，但林凡也没有太在意。

宴会的人很多，食物也很是丰盛，是自助餐的模式，这样大家可以一边用餐一边增进交流。林凡看着这些美味佳肴就把扩展人脉那些事抛到了脑后，反正她刚入公司不久，娱乐圈好多人的脸她都还比较陌生，这里又大部分是有头有脸的人，万一和哪个明星聊起来人家发现自己不认识他，搞不好结交不成还得罪人。

想到这里，林凡果断开始大快朵颐。

大部分人都只是象征性地吃了一些食物，就去舞池跳舞了。林凡则是把好吃的吃了个遍，才和狮子象征性地跳了一支舞。

林凡跳舞并不好，整个过程中还踩了狮子好几下。不过狮子并没有介意，反倒耐心地教她。

舞会过后，宴会的主人上台致辞，最后一句，是邀请著名作曲家狮子为大家演奏钢琴。

在众人的期待下，狮子走到钢琴前坐下，认真地弹奏了起来。

他灵活的手指在黑白键上跳跃着，美妙动听的音乐从指尖流泻下来，林凡站在他的旁边，安静地看着他，听着他拨人心弦的演奏，还有现场其他听众的褒奖之声。

“真是高超的琴技啊，不愧是音乐世家。”

“这就是狮子先生的魅力，无论在什么场合，都一定能让听众沉浸其中。”

“太好听了，感觉耳朵会怀孕……”

当然现场也不是所有人都是音乐发烧友，总有一些对音乐没太大兴趣的人，比如金凌风旁边的这个女人。

比起在这里听什么钢琴演奏，她更想找个机会和金凌风单独相处。

“今晚星光这么美，海风也很舒服，趁着大家都在听演奏，陪我去甲板散会步吧。”她对金凌风说，“可以吗？今晚我也是你的女伴呢。”

小九一直都跟在金凌风身旁，听到这个女人的话不禁出了一身冷汗。糟糕，富商刘先生家的千金，风可千万不能得罪啊。

“姐姐一开始就坐在靠阳台的位置，现在出去的话怕你吹太多海风。”金凌风脱下西装外套披在她身上裹住，“可能会着凉的哦。”

“嗯，嗯……”刘千金顿时受宠若惊，都有点说不出话来。

金凌风不仅没有得罪这位千金小姐，反而将她哄得那么开心，小九看在眼里，却没有感到一丝高兴。

风到底是什么时候学会这种公关技巧的，小九问自己，像这样逐渐戴上了刀枪不入的面具，对风来说，算是好事吗？

【4】

一曲弹奏完，观众们自发地鼓掌，赞叹之声不绝于耳。

狮子走到钢琴前，对观众鞠躬致意，林凡乖巧地站在他旁边。

一位女歌手走到了狮子面前，她的长相气质很甜美，声音也很软糯。

“狮子，请一定要为我新专辑的歌空出档期啊！”她恳求道，不过听起来又有几分撒娇的味道。

林凡则后知后觉才想起，这个女人是著名的歌手。

狮子微微颔首：“感谢您的厚爱。”

此时宴会的主人也笑着走了过来，眼神里充满了欣赏。

“真不错，扣人心弦的演奏，我全程都非常投入。”宴会主人说。

“谢谢您喜欢。我也很高兴能受到如此德高望重的您的邀请，让我能与重要之人在海上度过美好的夜晚。”

“哦？狮子所说的重要之人……”宴会主人的目光移向了站在狮子旁边的女伴林凡。

狮子温柔地捏住林凡的肩，顺势将她揽入怀中，说道："没错，是我的恋人。"

什么？林凡顿时有些慌，明明不是事实啊，为什么狮子会当众宣布这种事？

"狮子先生的恋人？"大家也开始议论纷纷，几乎所有人的目光都落在了林凡身上，让林凡感觉很不自在。

连狮子的经纪人都有些懵逼，那个女孩不是新来的总裁助理吗？怎么会……他担心地问张臣远："臣远，这样没关系吗？在娱乐圈算是大新闻了吧？"

"不用紧张，狮子本来就不算是偶像艺人。就算公布恋情，粉丝大多都会送上祝福，身为行家我能如此保证。"张臣远自信地说道，然后便扭头看向了金凌风的方向，他想要看看，那张因为惊讶混合着愤怒的、扭曲的脸。

"风！能确认吧……虽然样子变了但那绝对是……"小九神情激动，但还是控制了自己没说出那个名字。

虽然张臣远那个角度，只能看到金凌风的背影，但他猜得一点没错，此时的金凌风脸上确实是那样的表情。

刘千金看看金凌风，又看看小九，完全不知道他们在说什么。

或许这就是一场男人之间的博弈吧，连身为事件女主角的林凡都是懵的，更何况她这个 NPC 呢。

不过林凡始终是个聪明的姑娘，很快，她就察觉出了端倪。

甲板上——

"张臣远，你们果然有什么事请在瞒着我吧？"林凡怒气冲冲地质问，"进公司起我就在观察了，你给我一个外行这样的工作机会，还'好心'收留我在别墅住，今天又把我带到这艘游轮上演这一出……"

林凡揪住张臣远的衣领，问道："说吧，你做这些到底是为了什么？"

张臣远皱着眉，愠怒地将揪住他衣领的手拿开，冷冷地说道："臭丫头，我就是平时对你太好了，让你都敢这么蹬鼻子上脸了。"

他捏住林凡手腕的手开始使劲往下掰，林凡吃痛地喊了出来，脸上也流露出痛苦的神色。看起来楚楚可怜，狮子都忍不住动了恻隐之心。

张臣远则没有一点怜香惜玉的意思，他一向都是以施虐为乐的，他凑近林凡的脸，使的手劲又增大了一分。

“老实说我们比你更加心急啊……这一刻我早就等得不耐烦了。”张臣远说道。

林凡不解这话的意思，正琢磨着，一个男人走过来，甩开张臣远的手，将她护在怀里，简单地说了三个字：“跟我走。”

好熟悉的声音，林凡错愕地回头，竟然真的是他。

金……凌风。

他的样子基本没变，但是眼神里，明显没了曾经未脱的稚气。

那一瞬间，心突然乱了。

两年未见，这个男人的身影时常在她脑海里徘徊，是爱，还是恨？是难以遏制的思念，还是无法愈合的伤口在作祟……她费尽心思进入娱乐圈工作，就是期望能走进他的世界，但没想到，再次的相遇会是在这样的场景……一定不会是偶遇这么简单吧，张臣远和狮子的谋划，那个她想不通的理由，难道是和金凌风有关吗？

复杂的情绪交织，压得林凡快喘不过气，她甚至说不出话来，但她的脚却条件反射般跟着他走，

终究还是没办法拒绝这个男人吧。

金凌风的出现，以及他目前这样的举动，都在张臣远和狮子的意料之中，按照剧本的进展，现在该狮子上场了。

但不知道为什么，看着金凌风要带走林凡，即使不是为了这场筹划，他也有冲上去阻止金凌风的冲动。

“怎么了，大明星。”狮子双手抱胸说道，“想带走我的女友，不先问问我吗？”

在他们的预想里，金凌风可能会愤怒，会痛苦，甚至会失控。

但金凌风，他此刻的状态，却是如此的沉着冷静，甚至对狮子这个“情敌”有些不屑，他的目光里，看不出有任何受到威胁的感觉。

没想到，还是有些成长的嘛，张臣远在一旁静静地看戏。

“好好看清楚啊，呵呵……”金凌风强势地把身旁的林凡拉入怀中，

睥睨狮子，“这个女人，早就迷恋我到死了，你以为，她有能够背叛我的理由吗？”

金凌风！林凡的脸又不自觉地红了，他怎么总是这个样子，是吃“自信”长大的人吗？

看着林凡被金凌风拉走，张臣远突然大笑了起来。

“噗……哈哈哈！真是上演了精彩的一幕啊，忍得我好辛苦。”张臣远说，“狮子，这个林凡啊……哈，实在是很有趣啊，你觉得呢？”

狮子没说话，眼睁睁地看着林凡被金凌风带走。虽然是计划中的事，但他还是感觉很不开心。

喜欢谁不好……为什么偏偏是金凌风呢？

金凌风把林凡拉进一个房子里，另一只手关上了门。

“好了，在这里不会有人看到。”

林凡环视四周，问：“这里是……”

金凌风没有回答她，悠悠地说道：“我说……你还真是个随便的女人啊。”

他的语气很奇怪，像是嘲弄又像是吃醋。

但不管怎么样，“随便”这样的字眼，是不可以轻易用在女人身上的。之前被霖学长误会，这么说过她，她哭得有多凶金凌风是知道的，没想到有一天他也会说出这样的话。

“什么？”林凡很是火大，且不说她和狮子并没有什么恋爱关系，就算是有，那也很正常的，他凭什么这么说自己。

“随便谁给你点好处，你就立刻跟他走了。”金凌风说道，似乎很是不爽。

“真可笑……”林凡冷笑了一声，“金零分，你究竟有什么资格说这些？”

金凌风自知从前的事是他理亏，默默转过身去避开林凡的眼神。

“不是说要我忘了吗？如果当时还喜欢着的话，那你对我说的那些……仅仅是为了甩开我吗？我……到现在想起来还是没办法接受。”林凡泪盈于睫，大声地说道，“请你向我道歉！”

原以为林凡抱怨几句就算了，没想到她会提出这样的要求，金凌风觉得不可思议：“哈？居然说要风大爷向你道歉？”

“公然否认我们的关系，冷漠地推开我，这两年也从来没想过找我……如果你觉得和我已经毫无瓜葛，那么请不要对陌生女性做这些无礼举动！”林凡狠狠地甩开金凌风始终握住他的那只手，态度坚决，“否则的话，请向我道歉！”

“我很好奇，你为什么会变成现在这个样子，怎么会觉得……”金凌风突然扣住林凡的两只手，“哐”的一声把她反向压在落地窗的玻璃上。

“你怎么会觉得我是讲礼的人呢？”

“啊！”林凡被迫趴在玻璃上，惊得大叫起来，但金凌风丝毫没有要放手的意思。

他是疯了吗？窗帘是拉开的，对面的人有可能会看到的。

“金零分！你简直无可救药！”林凡挣扎着，但她和金凌风的力量相比，简直相差过于悬殊，被金凌风死死抓住，根本没法动弹。

“那你知道，这两年来我在干什么吗？”金凌风说。

林凡咬了咬唇，说：“我只知道，你更出名了，演唱会也越来越多，和我的距离……越来越远了……”

“说过要带你离开，那不是骗人的。这两年来，我只有一个念头，就是拼命地工作，直到再也不用像这样挣钱了。到那时，我们就能像普通人一样生活了。”金凌风放开了林凡，“不用再被这个偶像的身份束缚着，不用再……演戏给那个臭老头看了。”

说得这么情深义重，可刚刚还在欺负她不是吗？

林凡摸着自己被捏痛的手，转过身来看着金凌风，绝情地说道：“就算你这么说，我也不会……”

【5】

“我又找到你了，林凡，我很开心。”金凌风温柔地看着她，之前的嚣张气焰已经消失得一干二净。

再怎么高傲不可一世的人，面对自己心爱的人，也一样会变得卑微，或许，这就是爱情的魔力吧。

“你说得对，我是个无可救药的蠢货。胆小，而且自私，害怕自己的前途被破坏，首先想到的居然是抛下你……代价就是，我的心一直被这件事折磨着，每天，都过得很痛苦。”金凌风低着头说，“但当我看到你和别的男人亲密的样子，却只想着要把你夺过来，甚至还不顾你的感受……”

金凌风愈发沮丧了，喃喃地说：“我知道，这样的我真的很没用。”

“我……”林凡看着他的样子很心疼，却也不知道该说点什么。

“所以这次，我绝对不会再放开你了。”金凌风情不自禁地吻住了林凡。

林凡下意识地想要推开他，可手一碰到他的身体，就不知怎的使不上力。

难道在她内心里，其实并不排斥吗？林凡尝到了他嘴里的酒味，他是喝多了才这样吗？会不会酒醒之后会忘记这一切，又变回冷漠的金凌风呢？就像之前那样……

林凡觉得自己真没用，即使想到了这些，她还是留恋眼前这个男人的味道，无法将他推开。

“这个女人，早就迷恋我到死了……”现在想来，他当时对狮子说的话根本就是事实，她呀，就是被这个男人吃定了所以才会一次次受到伤害。

“怎么这样……”林凡转过脸，“你太狡猾了，明明知道我……”

金凌风从她的脸一直亲到脖子，然后往上含住她的耳垂，还轻轻地咬了一下，林凡的脸越来越红了。

“不要再抗拒了。”金凌风看着林凡的眼睛，“你喜欢这样，对吧……”

林凡心乱如麻。

眼前这个男人曾反复伤害她，她本应该对他恨之入骨的，可现在，她的大脑却在迎接着他，沉溺在他的甜言蜜语之中……

金凌风轻轻捧着林凡的脸，说：“林凡，你，变了很多呢，刚才差点认不出你的样子了。”

“刚才那个……”林凡解释道，“我和狮子其实并不是那种关系，而且我总觉得，他们这样做是另有所图。”

想到狮子把林凡搂在怀中那一幕，金凌风怒不可遏。

“真令人不快，那个男人碰了你哪里？”

“没有，我……”林凡嗫嚅着。

“是这里，没错吧？”金凌风突然抱住她，在她细嫩光滑的肩上咬了一口。

“啊，好痛，金凌风。”

“这是让别的男人随意触摸你的惩罚。”金凌风说道，随即粗暴地扯掉了林凡脖子上的项链，“也不要随便戴别的男人送你的东西。”

“呜……”项链在肌肤上留下勒痕，林凡忍不住泪流满面。

还是这样强势不讲理，这就是普通人和大明星谈恋爱必须要承受的吗？但好像也不单单是身份悬殊的原因，即使是两个普通人在一起，也不一定有绝对的平等吧。即使是像老林那样的宠妻狂魔，也因为追求事业忽略过妈妈的感受……

感受到爱情现实的一面，林凡抑制不住悲伤，金凌风有些慌，一边给她擦眼泪，一边笨拙地道歉。

“对不起，是我错了……对不起，林凡。”金凌风说，“我……喜欢你。”

金凌风并不擅长哄女孩子，于是抱着她，轻轻地吻了上去。

林凡没有抗拒，情不自禁地闭上了双眼，晶莹的泪珠从眼角滴了下来。

昂贵的礼服被弄乱了，项链被随意丢弃在地上。

再次的相遇让林凡彻底看清了自己，为什么她会如此没有原则？即使被伤得体无完肤，她，还是无法离开金凌风。

次日，清晨的阳光温暖明媚，金凌风躺在床上熟睡，许是感觉到温度升高了，他不自觉地掀开了一角被子，健康色的肌肤暴露在空气中，很有光泽感。他的外衣外裤，放置在床边的柜子上。

林凡穿戴整齐准备出门，既然决定了要留在他身边，那么，是时候为他做点事了。

“大小姐，总算舍得来上班啊？”张臣远端着一杯咖啡，漫不经心地说。

林凡盯着他，说道：“别这么说话，你知道我来的目的。”

“十分钟。”张臣远看了看表，“来吧，有什么想问的？”

林凡便跟着他来了办公室。

“你放心。”林凡说，“问完我想知道的，我会辞职离开。”

看来这丫头是吃了秤砣铁了心，跟定金凌风了，张臣远倒也不算意外。

“哦，且不追究你为什么会在那晚跟去了金凌风的房间。”张臣远看向她，表情认真，“我问你，你知道金凌风的底细吗？”

林凡一阵紧张，问道：“什么底细？”

张臣远有些无语，看她的眼神里明显有了几分鄙夷之色。

“连他的过去都不了解，就敢和这种身份的人谈情说爱，你还真是愚蠢女人的典范啊。”

张臣远的话说得很难听，但林凡却没有立场生气，甚至无法反驳。

金凌风的过去，她的确是一无所知，虽然她一直想要知道关于金凌风的一切，可是他，却什么都没有说过，甚至连自己的家人也极少提起。

真的如同一颗星星一样，明亮闪耀，却又如此遥远。

“直说了吧，和他有仇的不是我，是狮子。”张臣远说，“金凌风曾经盗用狮子创作的曲子，而且还害死过狮子的朋友。”

“害死……”林凡震惊万分，“这不可能……”

明明两年前，还是一副小孩的样子，那样的他，绝对不会……

“当然，这件事有它的幕后操控者，也就是金凌风的父亲。但这件事发生的全部过程，金凌风都看在眼里，然而他却并没有出手阻止。”张臣远凑近林凡，说道，“我们可以认为，他是帮凶。”

虽然信息量大得惊人，林凡一时之间难以消化。但此刻面对的，毕竟是金凌风的敌人，所以她不能慌。

林凡逼迫自己镇定下来，说道：“我会找时间请你将完整的经过告诉我，在此之前，你想让我怎么做？”

“一周。”张臣远伸出食指，“给你一周的时间，让金凌风亲自出面向狮子道歉。”

“只要道歉就好了？这不像你的作风。”林凡不由得警惕起来，他会不会又有什么别的谋划？

林凡问道：“你完全有封杀他的能力，为什么？”

“切，我当然没有那么善良。”张臣远的口气变得有些无奈，“只是，这都是狮子是意愿。”

狮子的意愿？他为什么会……林凡想不明白。

张臣远看了看表，说道：“十分钟已经到了，我这两天比较忙，马上要出差，下次我会告诉你关于金凌风是帮凶这件事的详细经过。”

“好。”林凡说着，便转身离开了。

张臣远不由得想起在游轮上，她被金凌风带走的那一幕，也是这样的一个背影。

“狮子，这个林凡啊……哈，实在是很有趣啊，你觉得呢？”

过了良久，狮子才开口。

“臣远，我改变主意了。”

“什么？”张臣远很不解，怀疑狮子是不是吃错药了头脑不清醒。

“不用再想怎么置金凌风于死地了。”狮子说，“七年前那件事，只要他道歉，我便不再追究。”

“狮子，你要知道，我们上上下下为此努力了这么久，现在说放弃的理由是……”

狮子没有答话，默默扭过头去。

张臣远恍然道：“难道……你对那个臭丫头心软了？”

REC

第八章

我愿意和你一起赎罪

【1】

离开公司之后，张臣远的话一直在林凡的脑海里盘旋。

“盗用狮子创作的曲子，而且还害死过狮子的朋友。”

“幕后操控者，也就是金凌风的父亲，但这件事发生的全部过程，金凌风都看在眼里，然而他却并没有出手阻止。”

“他是帮凶。”

她整个人非常混乱，本来是去提辞职的，万万没想到，会听到这样的事情。

张臣远的这些话虽然和他们的所作所为相符，但也仅仅是他的一面之词，总觉得冒然地去找金凌风要求他道歉不太好。

在搞清楚真相之前，还不能辞职……林凡暗暗下定了决心，就算是为了金凌风，她也必须暂时留下。

林凡打电话给同事小张，说自己有重要的事情和张臣远谈，麻烦他在张臣远回公司后，第一时间通知自己。

小张很靠谱，在第三天发来了情报短信。

林凡匆匆来到公司，在众人的诧异下，径直冲进了张臣远的办公室。

刚进去就后悔了，应该要敲门的。

雪一身猫耳娘的打扮，脖子上还挂着铃铛项圈，但奇怪的是，她蹲在张臣远的面前，发出的声音却是“汪、汪汪汪……”

这是什么恶趣味啊，林凡不由得出了一身冷汗。

“那个，我……对不起打扰了，我……”林凡很抱歉地低着头。

张臣远和雪反倒是没觉得有那么尴尬，都十分淡定。

“凡！你来上班啦！”雪的话痨属性开启，“我们上次见过一面，你还记得我吗？我是记者部的雪。我听公司同事说，你出差之后就休假了。怎么样？是去哪里玩了？玩得很开心吧！怎么玩了几天就赶回来上班了呀，真是中国好员工！对了，你来找臣远有事吧？”

“是啊，有事。”林凡终于找到机会插一句话。

“那你们聊吧，”雪笑了笑说道，“我也要去忙了哦，刚刚采访的那单新闻，稿件还没写完呢！”

雪说完便蹦跶哒地离开了，林凡关好门。

“你也真是够着急的。”张臣远知道她的来意，直接进入主题。“就从我第一次认识狮子的时候开始讲吧。”

张臣远回忆起之前的事情，慢慢说道：“七年前……”

七年前，后台。

狮子演奏完毕，正和他的朋友在收拾东西准备离开，这时候，一个助理模样的人走了过来。

“请问您是刚才音乐会上的钢琴演奏者吗？”助理礼貌地问。

狮子冷冷地看着他，算是默认。

“太好了，张先生正在找您。”

在助理的引领下，狮子和他最好的朋友见到了张臣远。

张臣远友好地打招呼：“你好啊，我是张臣远，这个音乐会的主办者是我的父亲。”

狮子无动于衷，对张臣远以及他的身份都漠不关心。反倒是他旁边的那个朋友，惊叹道：“贵族高中的大少爷啊。”

张臣远友好地伸出右手，眼里闪烁着欣赏的神色，兴奋地说道：“不仅拥有作曲才能，还拥有如此成熟的琴技。你的弹奏，是我在同龄人中听过的，最特别的。”

狮子没有和他握手，而是后退了几步，一边戴上耳机准备听歌，一边对他的朋友说：“大哥，你去说吧。”

“大哥”很热情地说道：“没错没错，狮子他很快就会作为创作歌手出道了！就是这种动人心弦的音乐，我希望有更多的人能听到！”

“没别的意思。”张臣远说，“稍微想和狮子认识一下，聊一聊音乐，可以吗？”

狮子自顾自听着音乐，没有任何反应。

“啊，狮子这孩子……还是太依赖我了，对其他人总是不喜欢敞开心扉呢。”狮子的大哥解释道，“但毕竟，我们不仅是搭档，还是多年的好友，彼此绝对是无条件信任着对方的。”

张臣远笑道：“真令人羡慕啊，看得出，你们很有默契。”

“哈哈哈哈，谢谢啦……”他和张臣远道了别，便和狮子离开了。

之后没多久，狮子作为作曲者和歌手推出了第一张专辑，他的朋友作为作词者站在幕后，两个人才华出众，越来越受欢迎。

这样两个大放异彩的乐坛新人，自然免不了受到大公司的青睐。

第一个联系他们谈合作的，就是国王娱乐的金世雄。

狮子不喜欢这些场合，所以每次约谈都是他的这个朋友出面。

“签下合约后，你们就都是我旗下的艺人了。”金世雄说，“很辛苦吧，林先生，听说您要抚养三个孩子？”

“是啊，如果能顺利走红那真的是再好不过了！我和狮子，会努力创作的！”他的眼里充满了对未来的期许。

“呵呵……”金世雄笑道，“钱的方面，也绝对不会亏待你们的。”

狮子的朋友多年都名不见经传，挣的钱也不够多，所以签约之后很开心。同时也暗暗下决心，把这次当成是最后的机会，一定要写出大火的歌曲。

历经艰苦的创作，他们向公司提交了歌曲，期待着正式录制的那一天。

那时的他，内心充满了快乐和希望，一直到有一天，他经过广场，看到广场的 LED 巨幕上，显示着“金凌风个人单曲发布”。

看到荧幕上循环播放的歌曲，他的身体好像瞬间被抽空一样，动弹不得。

这是他们的歌曲，被人去掉了歌词，改编了旋律的部分，然后换上了新的歌词——作为某个新星出道曲使用，大张旗鼓地宣传着，街头巷尾开始频繁地出现这首歌，以及一个名字。

金凌风。

“这是什么？为什么……没人告诉我？”他百思不得其解，来到国王娱乐，质问道，“金凌风，到底是谁？”

“金凌风是金总最珍惜的儿子，所以说，放弃吧，大叔。”公司的某个负责人鄙夷地说道。

他当然不能放弃，这首歌曲是狮子的心血之作，他无法眼睁睁地看着它被人剽窃，可是，他却毫无办法。

合同被摆在他的眼前。

“您的创作成果公司有权随意使用，合同上可是写得清清楚楚。”

“可是……”

负责人拿了一大箱钞票给他，说：“因为歌曲大热，金总愿意支付你们二十倍报酬！这可是别的歌手都羡慕不来的，请您知足吧！”

他就这样拿到了一大笔钱，但他最不敢面对的人，是狮子。

“大哥，你是怎么了？他骗了我们的曲子，这钱不要也得拿回来啊！”

他握着箱子的手不由得颤抖，低着头发出细微的声音：“二十倍……”

狮子难以想象，自己敬重的大哥会这么容易在金钱面前屈服。

“大哥……”

“我的家庭正是需要钱的时候，违约的话，我恐怕……”

他的话还没有说话，狮子已经愤怒了，拳头狠狠砸在了他的额头上。他“哐”地摔倒在地上，手里仍然死死抱着箱子。

看起来，真的很需要这笔钱的样子，甚至已经超过了原则、尊严，以及他们多年的友情吧，狮子的心，彻底寒了。

“我究竟是瞎了，还是傻了？居然会把你当做我最尊敬的人。”狮子痛心地说道，“钱，你自己留着吧，从今以后，我们分道扬镳。”

听到这里，林凡不禁感触万分，娱乐圈，真复杂啊。

“难道说，他们就这样决裂了吗？”林凡问道。

“没错，后来那位先生独自登门拜访，向我借钱。可能觉得愧对狮子吧，他想用钱赎回他们的曲子。”

“你借给他了吗？”林凡问道。

“借了。”

“那，接下来呢？”

“没有接下来的事了，就在那几天，我听到了那位先生意外身亡的消息，是车祸。”

“车祸……”林凡不由得想起了老林，神情变得悲伤起来。

不行，现在不是想起这个的时候，林凡默默劝解自己。

“你哪不舒服吗？”张臣远问。

林凡定了定神：“没事。”

“现在你都明白了吧？”张臣远说，“我也不瞒你，当初我破格录取你进入公司，确实是为了利用你对付金凌风。不过现在既然狮子都不想追究了，我做这些也没什么意义，你想辞职的话，直接去办手续吧。”

“我不打算辞职了。”

“嗯？”张臣远有些意外。

“我会留在公司。”林凡说，“并且会帮助你们拿回狮子先生的曲子。”

当然，她也没忘记，首先要做的，是完成狮子的意愿，让金凌风出面道歉。

【2】

金凌风最近的工作依然安排得满满当当，见一面并不容易，不过也好，反正林凡一时之间也不知道怎么开口说这件事。

“金零分，你出道的那首单曲剽窃了狮子先生的作品，你可以去向狮子先生道歉吗？”

林凡摇摇头，不行，这么说太直白了。以他的性格一定不会同意的，还是应该委婉一点。

“金凌风，你应该知道，人做错了事情并不可怕，只要承认错误以后改正就好了，但在那之前必须为做错的事担起责任……”

这样也不行，像小学老师说教一样，金凌风一定会炸掉的。

到底该怎么说才好呢？林凡坐在副驾驶上，头皮都快挠破了。

“林凡小姐，你没事吧？”坐在旁边的小九关切地问道。

“呃……没事的啦。”林凡整了整头发，“我在思考一些事情而已。”

“风的工作结束了就来找你。”小九说，“没什么事的话我就先告辞了。”

“就要走了吗？”林凡问。

小九笑道：“我只是负责把车子开来这里，倒是林凡小姐，看到你和风能够和好如初，我真的很开心，希望你能负起责任。”

“责任？”林凡有些疑惑。

“摘下他面具的责任。”小九说完这一句便离开了，留下林凡在车里发呆。

小九这话的意思她懂，现在的金凌风学会了公关技巧，深谙处理人际关系的手段，甚至能够喜怒不形于色，仿佛给自己戴上了一个面具。工作的时候就换做另外一副面孔，只怕时间长了，他也会渐渐迷失自己。所以小九才会这么担心，希望自己可以帮助金凌风摘下面具，可是，她真的有能力担起这样的责任吗？

小九觉得她可以，但林凡完全没有办法建立起这种自信，虽说和金凌风是男女朋友的关系，可却连和他说事都要纠结用什么样的方式表达。他的心里在想什么，自己一无所知。两年来日渐上升的事业，让金凌风变得越来越谨慎，两人见面，也仅限制在他日程宽松的时间里，而且都是在车上。

他是在这段时间里逐渐戴上面具的，但偏偏，这两年多的时间里，她是缺席的……林凡忍不住胡思乱想起来，两年来，发生了这么多事，两个人也都有了很大的改变，虽然很冲动地在一起了，但是见面却还是得偷偷摸摸的……哎，好慢啊，等了这么久都还没来。

想着想着，林凡眼皮越来越沉，靠着椅背睡着了。

“明明是来见男友的，自己却先睡着了吗？”

一个声音传来，林凡被惊醒，一睁眼，就看到金凌风不知道什么时候已经坐上了驾驶座，正在取下口罩。

“金零分……”林凡揉了揉眼睛，“你忙完啦。”

金凌风摸了摸她的脑袋：“每次见面都让你在车里等，辛苦了吧？”

林凡笑了笑：“还好啦。”

“其实也可以不用这么麻烦的。”金凌风摘下墨镜。

“诶？”林凡看向他。

金凌风很自然地搂着她，说道：“怎么样，今天就来和我住吧？”

林凡瞬间红了脸：“哎……不要总轻描淡写地说这些话啦！”

“想什么呢？脸这么红。”金凌风笑笑，“我又没说住一个房间。”

“我……我也没说住一个房间啊。”林凡捂住脸，“是车里太暖和了，我有点热而已，再说我现在有地方住，暂时还不能辞职。”

“做风大爷的女友就不需要上班了吧？”金凌风说道。

“我也是普通人啊，我和你一样需要一份能证明自己价值的工作，你不能理解吗？”

金凌风想了想，觉得有点道理：“好吧，姑且放你一马。”

他说着回到驾驶座上坐好，吐露出了真心话：“我，只是很在意你身边的那些人罢了。”

身边的人，说的就是张臣远和狮子吧，一个是虐狂一个怪咖，林凡想，别说是你了，我都差点忍不了。

“呃，他们的话，确实……不过熟悉了之后已经好多了。”

金凌风握住方向盘看向前方，准备开车。

“看你的样子，之前不认识狮子吗？”林凡问道。

金凌风的语气明显带有嫌弃和不屑：“谁要认识那种家伙。”

果然，他不知情，和林凡猜的一样。

金凌风并不想聊这个人，换了个话题：“差不多该出发了，逗留太久的话被拍到就不好了。”

“被、被拍到的话……你会不会还像两年前那样？”林凡低着头，轻轻地问。

“就算被拍到也无所谓了。”

“哎？”她对金凌风的回答有些意外。

“原谅我，变得贪婪了。”金凌风说，“就算可能被拍到，我也控制不住地想见你。”

林凡的头更低了，脸上又开始发烫：“我……我也是……”

“林凡，不介意的话陪我随便转转吧。”金凌风说，“今天的夜色看起来不错。”

“可以吗？”林凡有些意外，但更多的是喜悦。

“当然，我希望和你多待一会儿。”

两人说话间，前方出现了一堆人，看起来是记者在采访，隐约能听见“请问您对那件事的看法是……”

金凌风戴上帽子墨镜口罩，说：“趁被人发现之前我们快走吧，呵呵呵！”他笑得像个玩捉迷藏的孩子一样。

“嗯。”林凡的笑容也很纯真。

车顺利开出停车场，行驶在宽阔的车道上。

不管怎么样，金凌风，现在是我的恋人，林凡在心里默念着，像迷妹一样看着旁边认真驾驶的金凌风。怎么办，好像越来越喜欢他了。

这一刻，林凡感觉自己总算能够坚定下来，不管张臣远说的那些是不是真的，也不管真相是什么，她都应该亲自问问他才对。因为，她想保护对自己重要的人。

林凡开口道：“金凌风，我想问你……你还记不记得那件事？”

“哪件事？”他淡淡地问，眼睛始终直视前方，专心驾驶，但语气很温柔，让人听着安心。

林凡鼓起勇气，说道：“张臣远跟我说，你出道的那首单曲，作曲人其实是狮子，是你的父亲用了一些手段骗走了曲子，因为这件事，狮子最好的朋友甚至出车祸去世了，关于剽窃曲子和间接害死他朋友的事，狮子先生希望你能亲自出面道歉。”

车停靠在路边。

“所以呢，你想和我说什么？”金凌风看向她。

"所以只要道歉……"

"不可能！"金凌风斩钉截铁地拒绝道，看起来没有任何商量的余地。

林凡不解："为什么？"做错了事，道歉是最基本的吧。

"哈？"金凌风不以为然，"不需要理由吧，讨厌那个叫狮子的家伙，就是这样。"

说了这么多，结果是这个态度，林凡有些生气。

"你……不认为自己有错吗？"

"那是当然的吧，归根结底是那老头子做出来的事，我根本不承认他是我父亲。"金凌风觉得可笑，从他出生起，金世雄就不停地带给他痛苦，现在却让他为金世雄做的事道歉？

林凡惊讶道："你……和家人关系不好吗？"

金凌风半天无语，岂止是关系不好这几个简单的字可以概括的。

林凡却不由得难过起来，觉得他还是不愿意告诉自己这些事。

"不管怎么样。只要道歉，狮子先生就答应不再追究了，虽然你们素不相识，但是狮子其实不是你想象的那样……"

林凡话还没说完，金凌风突然扑了过来，将林凡推倒压在身下。

"火大。"他盯着林凡，生气地说道。

"什……什么？"林凡不明白。

金凌风说道："一直提那个名字，火大。"

"对……对不起……"林凡嗫嚅着，金凌风突然吻了上去，林凡愣了一下，随即情不自禁地闭上了眼睛。

很深的一个吻，很享受。林凡甚至在和他的唇分离的时候，还有几分不舍。

林凡看着金凌风好看的眉眼，沉醉在他温柔而深情的眼神里，一时之间仿佛把所有事情全忘记了，只想永远停留在这一刻。

"看，不是能好好闭嘴吗？"

原来他是这个意思吗，林凡不由得有一丝失望。

金凌风，他到底在想什么呢？林凡看着他，似乎想在他的眼神里寻找答案。

“就是这样，林凡，不要有那么多的疑问，不要总做多余的事。”金凌风轻轻地说道，“就这样，只看着我一个人就好了。”

金凌风抚摸着林凡地脸，凝视了片刻，嘴唇又忍不住贴了上去，林凡的手也不由得环住了他的腰，两人动情地拥吻，抚摸着彼此。

林凡闻着金凌风身上好闻的味道，沉溺在他的柔情里，她实在太贪恋这份欢愉和美好，但越是这般亲密，她越是失落。

金凌风，他的事，他的想法，他一切的一切，从来都不肯和她倾诉，尽管她那么地想知道。

林凡睁开眼睛，看着这个男人，心里既欢喜，又落寞。

【3】

“我……我想……我……”

她刚一开口，就被金凌风的唇堵住了，每次都这样。

总这样逃避也不是办法吧，这种事情一定要说清楚才行。

林凡扭过头，说：“对不起……”

金凌风停了下来。

“不喜欢吗？”

“不是……我喜欢……但是我真的有话跟你说。”

“好吧。”金凌风拉她起来坐好。

“说吧。”

林凡认真地看着他，说：“对不起，我还是……希望能好好地陪你去道歉。”

“你说什么？”金凌风觉得不可思议，无奈地扯了扯嘴角。

“虽然那个事件，不是你的错，但金凌风，使用那首曲子的人是你，你心里还是很介意的吧？”

金凌风沉默不语，林凡握住他的手，继续说道：“两年前，你的粉丝因为意外事故落水，当时的你受到牵连，用力抱紧我的时候，我没有注意到你内心的不安，让你一个人承受那种孤独和压力。我一直都很后悔，所以如果这次还是这种情况，我绝对不要重犯上次的错误。”

“别说漂亮话了。”金凌风淡淡地说。

“哎？”林凡迷惑地看着金凌风，她说的话句句都是发自真心实意的，为什么他就不明白呢？

“你还不知道吧？”金凌风说，“那次的事故，是因为我在记者招待会上及时否认了我们的关系，你才能在接下去的时间里免去骚扰。”

原来……是这样，得知真相的林凡很懊恼。当时还傻傻地以为自己受到了伤害。现在想想，如果金凌风真的那么不顾及自己的感受，会肆意伤害自己，那么当初，又何必在跨年晚会上，冒着那么大的风险出手相救。

“之前以为可以和那个老头彻底断绝关系，坚持了三年。”金凌风继续说道，“但那一次卑躬屈膝地求他了，买通媒体和渠道，只报道我正面的新闻。那之后，无力，悔恨，自我厌恶，痛苦得无法入睡，第二天却还有新的工作，停不下来地循环着，那种痛苦你了解吗？”

“我不知道……”林凡喃喃地说，那之后的两年多，她午夜梦回，总是以为自己承受了太多痛苦，心里总是怨他，恨他，却不曾想，他比自己难受一万倍。

“不了解的话，就别一个劲义正辞严地要我道歉。”金凌风的语气突然变得激烈起来。

林凡咬着唇，不住地在心里臭骂自己，总是说金凌风自以为是，其实自己又何尝不是呢？凭什么认为金凌风就应该为父亲的过错去道歉？他其实……和狮子他们一样，也是受害者吧，他那么傲气的人，却被逼着在别人的曲子上署自己的名字，还要背负着剽窃的罪名。

“剽窃别人曲子？是啊，这么肮脏的事情，做了至少应该承认，然后去道歉……这么想的你真的懂吗？我是偶像，所以每一面都必须是光明的，创作不好歌就会被抛弃，考零分就会被所有人当成笑话，哪怕沾上一点丑闻，靠着我工作的人也会跟着我一起完蛋！那就保持现在完美的样子吧，哪怕虚伪一点点，所有人都喜欢我不就好了，你呢？现在要我承认丑闻，让我道歉？那我做的这些都是为了什么啊？”

金凌风说的每一个字，都像巨石一般打在林凡的心里，她很疼，为这样金凌风感到心疼。

“真可笑，明明就无所谓了吧，反正我能成为偶像也是因为‘父亲’的权利，我再清楚不过了。就连现在，身为普通人的你，和身为偶像的我恋爱，反而需要我庇护着吧？说什么陪着我……你能为我做什么？啊？”他的语气越来越激烈，“哐”的一声，拳头砸在了她身后的车门上。“告诉我吧！”

林凡的眼里盛满了泪水：“我不知道……能为你做什么……”

“但是我愿意和你一起赎罪。”林凡坚定地说，“无论是不是无意犯下的罪过，无论谁才是真正的始作俑者，我都会……在你身边，和你一起接受惩罚，不会逃避……”

“……什么赎罪！我不需要！”金凌风咆哮道。

“没问题的，我会好好在你身边。”林凡摸着他的脸，轻轻说道，“现在的你，不是什么偶像，不是什么完美的人，是个普通的男孩子而已……对我来说，就是这样。认识你之前，我连偶像是什么都不知道，更不是因为你的偶像光环才喜欢上你，是因为……明明是个普通的男孩子，性格糟糕，学习一塌糊涂，考试考零分，可是在舞台上施展才华，唱着歌，自信地表演时候，我的心却一下子被你抓住了。如果你问我喜欢你什么，我不知道……我喜欢的，可能是你舞台上漂亮的身姿吧，这样的喜欢和粉丝有什么区别呢？有的吧，因为除了你完美的样子，我还知道，你平时的样子，和普通人是一样的。”

她一口气说完了心里话，金凌风早已忍不住泪流满面。

林凡把他抱在怀里，声音柔和：“弹吉他的时候，你告诉我你很喜欢音乐，很喜欢偶像的工作，是撒谎吗？”

“不是撒谎。”金凌风说。

“那么你的那些埋怨，其实根本不需要答案吧，倾诉出来就好了，哭出来就好了。”

“怎么会……”金凌风忍不住叹气，“本来不想让你看到的，我是男人啊，我……”

“我希望看到，我希望知道，作为恋人的你的全部。”林凡说，“所以，以后都要告诉我。”

“林凡，你的话，让我很高兴。但是让你安慰我，这是最后一次了。”金凌风擦干了泪水，“一定，都能得到解决的。”

林凡有些无奈，真爱逞强啊。

“金凌风，让我帮你好吗？”林凡说。

“嗯？”

“你说的没错，身为普通人的我，和身为偶像的你恋爱，反而需要你的庇护……”林凡看着他，“平凡如我，一直没有能力为你做什么，每一次陷入危险中的时候都是你来保护我，在你最需要支持的时候也没能安慰到你。但这一次，我想要凭借我自己的能力，帮助你解决这个问题。”

“你想怎么做？”金凌风有些好奇，“以我女友的身份，代替我去道歉吗？”

“当然不是这样啦！”林凡翻了个大白眼。

“那你跟我说说，你想了什么办法。”

“哼。”林凡有些得意，“保密！”

金凌风不爽地盯着她：“你刚刚在那深情款款地非要为我做点什么，所以你为我做的事就是吊我胃口吗？”

“真是怕了你了。”林凡凑到金凌风耳边，和他耳语了几句。

“这就是我的计划，你觉得怎么样？”

金凌风想了想，说道：“不怎么样。”

“什么……”林凡可怜兮兮地看着金凌风，“这已经是我能想到的最好的办法了，而且还不知道臣远和狮子会不会同意，如果连你都不支持我的话，我……”

林凡扯着金凌风的袖子，说：“求你了，风大爷，跟我站在同一阵线好不好？我特别需要你的支持！”

“可是……不是你吵着要支持我，帮助我吗？”金凌风故意逗她，“现在怎么反过来了？”

“我做这些确实是为了能帮你啊，虽然也想帮狮子，但主要还是为了帮你！”

“哦哦……原来还有帮助别的男人的成分。”金凌风佯装生气，“我吃醋了，不同意！”

“金零分！你这是吃的哪门子的醋啊！”林凡扭过头，“我不管，谈判的时候你一定要配合我！”

金凌风忍住偷笑，问道：“为什么？”

林凡认真地分析道：“谈判桌上四个人，张臣远和狮子肯定是一伙的呀，所以你必须跟我一伙，这样即使出现分歧，场面上也不会太难看。”

“你到底是谈判还是要拉帮结派？”

“如果连你都不支持我的话我还怎么说服他们……”林凡有些丧气，“我做这些也只是想帮你啊！”

“好啦。”金凌风亲昵地捏了捏林凡的脸，“如果你讨好我的话，我保证，一定支持和配合你。”

“真的？”林凡瞬间燃起斗志。

金凌风点点头，说：“嗯。”

“太好了，但是……我要怎么讨好你啊？”

金凌风翘着二郎腿，慢悠悠地吐出四个字：“自由发挥。”

林凡想了想，挪到他旁边，在他脸上轻轻地啄了一口。

“就这样？”金凌风不为所动，“起码也得十下八下的吧。”

“想得美！”林凡回到自己的座位上，“换别的。”

“行啊。”金凌风很大方的样子。

林凡做比心状，一脸痴迷地看着他，说：“凌风哥哥，你实在太帅了，你是我心中，最棒、最特别的偶像！你是——”

“停停停！”金凌风有些受不了了，“太假了太套路了吧。”

“哪里假了，我跟你的粉丝学的，她们不是天天都这么跟你表达爱意的吗？”

“吃醋了？”

“切，那么多醋，我吃得过来吗？”林凡没好气地说，“我批发卖好不好！”

金凌风笑道：“好了，卖醋的小女孩，时候不早了，我送你回去吧。”

“那谈判的事……”

“你约时间吧，提前通知我。”

“这么说你……同意了？”

金凌风看着她宠溺地笑道：“同意了，大不了做不成偶像，跟着你一起卖醋。”

“噗……你要真当不了偶像，还能有那么多醋给我卖吗？”

“什么意思，你是觉得你男朋友只有偶像光环，而实际上并没有那么帅吗？”

“我不是这个意思啦……啊啊你不要过来啊，刚不是说要回去了吗，去开车啊……”

【4】

“今天见面的情况呢？请向我汇报一下。”金凌风刚下车，小九就堵在了他的前面，表情严肃。

金凌风摘下口罩，开口道：“怎么说……我竟然在她面前哭了。”

“哭了？”小九一听，开心地笑了，并在心里为林凡默默喝彩，干得好，林凡小姐，风的面具终于被你拿下来了吗？

金凌风继续说道：“但是因为想让闭嘴，我还是忍不住在车里推倒了她。”

“推……”小九愤然握拳，毫无进步！

谈判日期定在了三天后，金凌风、小九、狮子、张臣远都准时出席了，林凡暂时充当主持人。

“诸位都是公众人物，所以今天约定好了任何一方都不使用录音摄像设备。”林凡说，“那么开始吧，让我们友好地谈判。”

张臣远有些不耐烦：“别装模作样了，你究竟想说什么？”

林凡一阵尴尬，差点没站稳。

“我知道……狮子先生是抱着退出娱乐圈也要拿回曲子的决心的。在这件事情上，金凌风答应公开归还曲子，并表达歉意。”林凡接着说，“直接向大家公布那首出道单曲的作曲者是狮子，必然会引发争议，双方粉丝不和，再加上‘剽窃’的罪名，不论是金凌风，还是狮子，哪边都会招来很多骂声。所以，我有一个更两全其美的办法。”

闻言，所有人都看向了她。

林凡有点紧张，试探性地说道：“金凌风公布狮子是那首曲子的真正作曲者，同时两个人合作，同台演出这首歌，归还曲子的同时，又粉碎了两人不和的传言，造成一种双方达成共识，为粉丝筹划惊喜的表象？”

“嗯，的确……”张臣远颔首，“看来你也不止是个笨蛋啊。”

得到臣远的赞许，林凡松了一口气。

“不过场地的问题，还有……”

“演出场地以及费用的事不用担心。”张臣远说，“家父所做的便是这个行业，但既然你提了这个建议，那么林凡……就由你来担任这次演出的策划人。”

“策划人……”林凡一阵激动，“所以，这是我入职以来，第一次被安排到策划人的工作吧？”

“你可不要让我失望。”张臣远说。

终于，可以做总裁助理以外的工作了！林凡开心得差点跳了起来。虽然刚刚偷偷瞟了一眼狮子的脸色，他似乎不是太愿意……但是臣远同意了，这件事就算成功了一大半，相信臣远一定有办法说服狮子的。

“我会努力让它顺利进行的！”林凡对张臣远举了举拳。

“那我们就先告辞了。”张臣远对金凌风礼貌地说道，然后便和狮子一起离开了。

林凡问小九说：“金凌风这边 OK 吧？”

“我先询问一下老板的意见。” 小九拿出手机拨号。

老板的电话很快就接通了，小九把手机放在桌上，按了免提键，简单地说了一下情况，卷毛老板还没听完就炸了。

“这种蠢事，任何想在娱乐圈混下去的艺人都是不会做的！别说道歉，任何丑闻都要第一时间否认，听清楚了没！”

小九有些犹豫，不知道该如何接话。

“不行。”金凌风说。

“什么不行？你小子究竟在想什么？”

“想比赚钱更重要的事。”

“你这个臭小子，好不容易安分了两年，现在怎么又变成这样了？”

金凌风懒得听他废话，直接把电话挂了。

“那个，风。”小九说，“我现在回公司和老板仔细汇报一下吧，突然加一个演唱会的话，你近期的行程也需要调整。”

“好。”

看着小九离开的背影，林凡不由得一阵感触，看似两全其美的方法，操作起来却还是会造成很多的麻烦。

“谢谢你，金凌风。”林凡说。

“谢什么啊？”

“虽然我的提议你的老板不同意，虽然会增加你的工作量和很多麻烦事，但你还是这么支持我。”

“傻瓜，我早就答应过你会支持你的啊。”金凌风说，“言而有信，遵守承诺，是应该的，所以不需要道谢。”

“那就……谢谢你对我这么好。”林凡背过身去，轻轻地说道。

金凌风从后面圈住她，声音无比的温柔：“这也是应该的。”

林凡幸福地靠在金凌风怀里。

“这样也好。”金凌风说，“毕竟我也一直想获得真正意义上的解脱……如此一来，不依靠那个老头也能走下去，如此一来，就能让你安心地待在我身边。”

“其实，我已经觉得很安心了。”

有人把帽子口罩递给金凌风，他戴好后两人走出包间，坐到车上。

“第一次做策划人，会有压力吧？”金凌风问。

“压力当然会有啦。”

“好吧，虽然很想帮你，不过我这段时间拍摄工作在国外，所以我必须离开一段时间。” 金凌风不舍地看着她。

“放心吧！”林凡笑着说，“这是我一直都很期待做的工作，你不用担心我。”

“真棒。”金凌风笑着摸了摸她的头，“不过，要好好照顾自己，不要太辛苦，如果有需要我帮忙的地方，随时给我打电话。”

这次分别之后没多久，金凌风就和小九一起出国了，林凡也正式回到公司，负责演唱会的策划工作。

策划人的工作比总裁助理更复杂更专业，完全是菜鸟的林凡做起来相当吃力。比当总裁助理的时候，更加地忙碌，连周末也没有休息。

加班也更晚了，但早上仍然要按时起床。长期睡眠不够，精神本来就不好，加上和金凌风也好久没见到面了，林凡感觉自己更没劲了。

“阿嚏！”林凡打了个喷嚏，最近天气是越来越冷了，寒风中，林凡紧了紧衣服。

虽然林凡上下班只有十分钟的路程，但都是经过繁华的街区，不管早上晚上都有很多人。自然也不乏情侣，林凡看着他们相互依偎，说不羡慕是假的。

林凡和金凌风交往以来，见面大部分都是在车里。他们不能像其他情侣一样可以一起约会，吃饭、逛街、看电影，就已经够惨了，结果现在金凌风还身处异国他乡，想见面都不能。

啊，林凡捶了捶自己的脑袋，工作那么繁重，怎么偏偏还总想着这些事呢，不要再想了！

可惜并没有什么用，还是忍不住想金凌风，林凡忍不住伤感。

就这样伤感地走到了公司，林凡提醒自己打起精神来，现在最要紧的就是做好工作，虽然一大早的会议上，就让她遇到了困难。

“乐曲要重新编排？”

“没错。”编曲组的阿甲说，“如果您想让风格如此迥异的两人一同演出，必须将曲子改成适合他们的方式才行。”

“可是，对于乐理知识我仅仅知道一点而已。”林凡很为难的样子。

阿甲笑笑，说：“不用担心，我们会协助你的。”

林凡正要说谢谢，话到嘴边却变了：“暂时不用，我会处理好的。”

虽说需要帮助，不过还是让金凌风来帮我比较好吧。林凡想，有一个音乐才子兼歌星的男友，怎么能不好好依靠一下呢。

会后，林凡回到座位上，开心地拨号，但不到三秒，她又赶紧按了挂断键。

不行，现在他应该在忙，这个点，和国外也有时差……而且虽然都是创作歌手，但金凌风擅长的是吉他，也不了解狮子钢琴的曲风。

“阿嚏！”林凡忍不住又打了个喷嚏。

怎么回事，头也昏昏沉沉的。想事情总是慢半拍，林凡叹了一口气，先弄别的吧，明天再去编曲组问问好了，总之，还是靠自己比较好。

不知道为什么，林凡看着资料总觉得头晕脑胀的，喝了咖啡也不见效，工作效率也越来越低，给自己计划的工作量直到凌晨才完成一半。

这段时间为了合作演唱的事，公司不少同事都在加班，自己可不能拖后腿，林凡决定，即使通宵也要完成今天的工作量。

随着时间的流逝，加班的同事一个个关机回家了，到凌晨两点半的时候，就剩下林凡和公关部的小张和小李了，他俩正在收拾东西，看样子也要走了。

“喂，你看，林凡女神这么拼命地加班，肯定是因为没有男朋友吧。”小张和小李闲聊起来。

小李笑了起来，说：“据说以前是格林大学的学霸，这样的女生怎么会有……”

“嘘！”小张示意他小点声。

“有什么关系。”小李不以为意。

“所以说，如果是我女朋友，绝对不会让她那么辛苦的。”小张看着林凡说道。

“呦呦呦，你不是想追林凡女神吧？”

“别瞎说了，赶紧走吧……”

小张和小李走后，偌大的办公室里，就剩下林凡一个人了。

她的手在键盘上噼里啪啦地敲，敲着敲着，觉得脑袋越来越沉，一头栽在键盘上睡着了，文档上不停地增加乱码。

次日清晨，邻座的同事轻轻地摇醒了她。

"林凡，编曲组要开会了哦。"

"哦……"林凡迷迷糊糊睁开眼，阳光明媚，公司已经在忙碌地运作了，"已经到上班时间了吗？"

林凡"嗖"的起身，"我就来！"

啊……怎么突然眼前一花，林凡感觉一阵眩晕，身体站不稳，慢慢倒了下去……

【5】

林凡倒在了一个男人怀里。

这个男人把自己包裹得严严实实，根本看不清脸。走进来的时候显得格外扎眼，虽然大家都很忙碌，但大部分人都忍不住看了他一眼。

"那人谁啊？"

"不知道啊……好像是找人？"

林凡在哪呢？他边走边搜寻着她的身影，找了半天却不见人。

"林凡，编曲组要开会了哦。"

听到这句话的时候他看了过去，不由得一阵心疼。

趴在键盘上竟然也能睡着，到底是困成什么样子了，看她那憔悴的样子，多半是熬通宵加班吧。

都说了不要太辛苦，好好照顾自己，真是不听话。

林凡倒下的那一刹那，他快速冲上前抱住了她。

金凌风，林凡一下便认出了他。

小张见一个陌生男人抱住了林凡，本想上前询问，但见他怀里的林凡没有反抗，虽然虚弱但还是开心地对他笑了，想必是相熟的人，便停住了脚步。

"林凡她，没事吧？"小张问。

金凌风说道："今天请假，帮她转达一下。"

林凡吃力地发出声音："开……开会。"

“都这样了还想着开会。”金凌风很无奈，轻轻吻了一下林凡的额头，“我不在的时候，你到底是怎么照顾自己的？”

众目睽睽之下，金凌风拦腰抱起了林凡，径直走出了公司。

办公室顿时炸了。

“那是谁，男朋友？”

“没听说过林凡女神有男友啊？”

“虽然看不清脸，但从体格上来看是个帅哥，你没机会了……”小李也跟着凑热闹。

小张摆摆手：“别胡说，林凡是我女神，我对女神根本就没有非分之想！”

几个小时后，林凡迷迷糊糊醒来，发现自己躺在沙发上，还盖着被子。

“这是过去多久了？”林凡“嗖”地一下坐了起来，“开会！”

“你醒了啊？”金凌风扭头看她，“不用开会了。”

“嗯？我还要……”

“曲子已经改好了。”金凌风说，“你过来听一下吧。”

林凡看着坐在钢琴前的金凌风，感觉不可思议。

“你居然会弹钢琴……我都不知道。”

金凌风有些无语，敲了一下她的额头：“你到底是怎么想我的啊？我好歹也是专业的创作歌手吧。”

林凡“嘿嘿”笑了笑，走到金凌风旁边坐下。

“倒是什么都不懂的你，一个人在那里瞎逞强是怎么回事啊。”金凌风看着她，“都说了有需要帮助的时候给我打电话，没事的时候也要给我打电话报平安，想我了要打电话告诉我，你怎么这么久了一个电话都没给我打？”

“我……”林凡舔了舔嘴唇，“我刚睡醒，有点渴了。”

“真是败给你了。”金凌风倒了一杯温水递给她，林凡咕噜咕噜地喝。

“慢点喝，别呛着。”

“其实我是想给你打电话的，但是怕打扰到你。”林凡喝完了将水杯放在一边。

“任何时候都可以给我打电话，只要是你的电话，对我来说都不算打扰。”金凌风说道，“记住了吗？”

“记住了。”

金凌风笑着点了一下她的鼻子，说：“真乖，早就该这样了。”

林凡戴上耳机，静静地聆听金凌风改编过的曲子。

“很好听。”林凡觉得很神奇，“你到底是怎么改成这样的？

“说了你也不懂。”金凌风说道，“过来吧，我教你。”

金凌风很有耐心地，一个一个音符地讲解，但林凡感觉自己像在听天书，完全搞不懂，听着听着就开始走神了。

这样的情景，让我想到补习的时候。没想到，会有他来教我的一天。

“好了，还有哪里不明白？”金凌风的话打断了她的思绪。

“啊？”

林凡赶紧凑近看，脑袋都要贴到 ipad 上了，但上面的五线谱，不明白还是不明白。

“怎么，还是不明白吗？”

“还要更深入地学下去吗？”林凡忍不住感叹，“好难哦！”

“怎么，难道下次还想像这样手足无措吗？今天，就好好把这首谱子搞懂吧。”

没办法，林凡握着电容触控笔，硬着头皮填谱子。

“那个……”林凡犹豫了一下，还是说了出来，“谱子填出来的话，能不能抽一天时间……和我约会？”

金凌风笑道：“用这个做赌注的话，搞不好会失败吧？”

“只是这样学习起来更有动力啦！”

但是有动力还得有实力才行。

握着电容触控笔，一小时，iPad 上还是一片空白，脑子里倒是乱成了一团浆糊。

“哈啊……完全没有乐感。”林凡弱弱地说，“填不出来。”

“已经简化到这个程度了，看来你还真是个音乐白痴啊。”

林凡一脸颓丧地说：“大概我真的没有这方面的才能，我当不了经纪人。”

“好了。”金凌风从后面环住她，拿过她手里的笔，在屏幕上填写一个个的音符。

“既然你提出来了，说吧，想去哪里约会？”他淡淡地说着，填音符的手没有停下。

林凡有惊喜地问：“我没做到……也可以吗？”

“看样子你不想啊，那算了。”

“哪有……我想！”林凡赶紧否认。

“想什么？”

林凡红着脸：“唔……约会……”

“原来你是这样的girl，我还当你不知道约会的含义呢。”金凌风故意一副很意外的样子。

“呃，不是那种含义吧。”

金凌风偷笑地问道：“哪种含义啊？”

“你是故意的！”林凡反应过来，狠狠拽着金凌风的衣服，快把他的衣服拽掉了，一半肩膀和胳膊都露了出来。

“砰”的一声，门被打开了，小九目瞪口呆地看着眼前的一幕，林凡正粗暴地脱金凌风的衣服。

林凡看到小九，手不由得僵住：“我忘了问，这里是哪里？”

金凌风淡定地回答：“我自己公司的……录音棚。”

“什么！”林凡瞪大了双眼。

小九一边把门关好，一边数落道：“风——你也太任性了吧！万一被人看到怎么办？”

林凡赶紧松开拽着金凌风衣服的手，胡乱地帮他整理了一下。

“那个……我们不是……”林凡有点语无伦次，“就是……我在这休息一下，然后……”

金凌风说道：“不用那么紧张，拿着编好的曲子回公司吧。”

“嗯。”林凡点点头。

“我开车送你吧，林凡小姐。”小九说。

“不用客气了小九，我自己打车就可以了。”

“路上小心。”金凌风嘱咐道，“还有，工作不要太辛苦了。”

“知道啦！拜拜。”

林凡拿好东西，以最快的速度赶回了公司。

阿甲急匆匆跑过来：“林凡，你回来就好了，时间不多了，我们要赶紧开会讨论重新编曲的事。”

“放心啦。”林凡笑着说，“编曲已经搞定了。”

虽然觉得不可思议，阿甲还是通知了编曲组的同事开会，一起过来听一下新编的曲子，张臣远也出席了会议。

金凌风的改编受到了编曲组的一致好评，大家正讨论的时候，狮子很意外地出现在了公司，得知原委，看起来有些失望。

“听说凡在编曲方面遇到了困难，本来想过来帮你，现在看来，是用不着了。”

“谢谢你，狮子，不过既然来了——”林凡笑笑，“你要不要也听一下？”

狮子原本是拒绝的，但架不住林凡软磨硬泡，还是认真地听完了。

“怎么样？”林凡托着腮问。

狮子淡淡地说道：“还可以。”

像狮子这么高要求的作曲家，能说出“还可以”三个字，已经是很高的评价了，林凡有些得意：“怎么样臣远，我任务完成得不错吧？”

“真会邀功，说得好像是你自己编的曲一样。”

“那也算是我完成的任务。”林凡说道，“我已经很久都没有休息了，我要休假！”

张臣远摆出问号脸，说：“这么忙的时候你要休假？”

“一天，就一天而已。”林凡抗议，“再怎么忙也要劳逸结合啊，总之我一定要休假。”

“行吧。”张臣远松了口，“就给你放一天假，按时上班。”

“没问题！”

林凡开心极了，回到自己的工位上，第一时间给金凌风发消息。

“我明天休假哦，之前说好的约会……”

邻座的同事戳了戳她，说："林凡，今天把你抱走那个人是谁啊？"

"是——我朋友。"

"是男朋友吧？"

"是个男性的朋友没错啦。"林凡正说着，手机"叮"了一声。

金凌风回复了信息："那就明天见。"

林凡盯着手机屏幕痴痴地笑，终于……可以约会了！

这天下班，林凡的脚步尤其地轻快，看着旁边亲昵幸福的情侣，也丝毫不觉得伤感了。

REC

第九章
至高无上的幸福

【1】

第一次约会，原本应该更加重视的，但时间太紧，连买件新衣服的空都没有。

林凡看着柜子里的衣服发愁，清一色的 OL 风，即使挑了最鲜艳的颜色，也像是去上班或者开会。

同住的又是张臣远和狮子两个大男人，想临时借件衣服都借不到。无奈之下，林凡在包包上系了条偏甜美的丝巾，便匆匆出了门。

到了约定地点，一看时间，竟然早到了半个小时。

噗……太紧张了，林凡忍不住嘲笑自己，哪有人约会早到这么久的。

说起来这里是最繁华的商业中心，商铺也很集中，林凡想着，四处逛逛也好。

林凡便随性地走走看看，突然被前方巨幅广告牌上的熟悉的面孔吓了一跳，看来还是没有完全习惯有一个明星男友。

“这是什么时候拍的广告啊？”林凡忍不住走近细看。

这个是金凌风和一个女孩一起拍的口红广告，金凌风一如既往的帅气。那女孩穿着黑色紧身裙，更显得肌肤白皙娇嫩，她化着精致的妆容，发型也很时尚，看起来性感迷人又不失甜美娇羞。和素面朝天穿得普普通通的她简直天差地别。林凡看着照片里她乖巧地站在金凌风旁边，笑容明艳动人，心里不由得产生一丝异样的感觉。

以前从来不为这种事觉得自卑的，今天是怎么了？

有几个女生路过，也被着广告吸引，纷纷围了过来。

“哇，凌风欧巴代言这个牌子了吗？好帅啊！”

“应该只是拍个广告吧，他旁边那个女的是谁啊？干嘛靠凌风哥哥那么近？”

“不认识诶，哇，好羡慕她哦！”

“我知道她，一个小明星，叫什么惠子，好像参加过那个《偶像淘金》，这种小咖凭什么跟金凌风一起拍广告啊！”

“我觉得还不错啊，长得很漂亮诶，啊种草了种草了，我要去买她涂的这个色号的口红！”

几个女生说着便走进店了，林凡怔了怔，也鬼使神差地往那个方向走。

才刚进门，导购小姐就热情地迎了上来。

“欢迎光临！”导购小姐拉着她的手，“这位女士需要我为您介绍点什么吗？”

“不，我只是随便看看。”林凡有些不习惯地抽回自己的手。

“好的，如果有需要请随时叫我。”导购小姐虽然这么说，但并没有离开，而是有意无意地跟在她旁边。

“您的气色看起来不是很好啊？”导购小姐突然说。

林凡下意识地摸了摸脸：“诶？大概是加班过度了吧，最近真的太累了。”

“有可能哦。”导购小姐随手拿起了一支试用品，“要不要试试我们这款口红呢？”

林凡木讷地摇摇头，说：“太红了。”

“那换这一款好了。”导购小姐换了一支，介绍道，“这一款斩男色，非常受欢迎，是惠子小姐用的同款哦，你看到外面的广告了吗？我们这款口红就是请了万千少女的偶像金凌风和惠子小姐一同拍摄的，有了这支斩男色口红，你也可以和惠子小姐一样斩获像金凌风这样优秀男人的心！”

“呃……”林凡感觉有点尴尬，欲转身离开，“不用了，我还是……”

“真的很不错，你可以先试试看嘛！喜欢就买，不喜欢再走也不迟。”导购小姐说着打开了口红要往她嘴上涂。

“等一下！”林凡本能地往后缩。

“不用担心，是一次性笔刷。”导购小姐说道，“试一下有什么关系。”

笔刷已经碰到嘴了，林凡便没再动，任导购小姐给她化好了唇妆。

镜子被移向她的方向：“请看，气色是不是看起来好多了呢？”

林凡看着镜中的自己，好像是好多了，又好像没什么太大区别。

“您似乎没有化妆的习惯？”导购小姐说道，“女孩子善用化妆品，能增强自己的魅力值哦。”

我，缺少女性魅力吗？林凡想，也许是的吧。

她看着这一排排的口红，确实觉得有些诱人，忍不住拿了一支仔细看。

“怎么样？现在购入套装的话，还有优惠哦。”

林凡犹豫了一下，还是把手上的口红放回了回去，说：“不用了，谢谢。”

单支六百六十元！别说套装了，单支她也舍不得。

看了看手机上显示的时钟，估计金凌风也快到了，林凡离了专卖店，回到约定的地点。

等了半天还是不见人影。

第一次约会就迟到吗？也太不重视了吧……林凡有些不开心，正要给金凌风打电话，手机就响了起来。

显示的陌生号码，林凡有些疑惑的接通了：“喂？”

电话里传来一个声音：“林凡小姐！”

“小九？”

“是的林凡小姐。”小九说，“抱歉，是风让我告诉你，他今天突然接到了工作的邀约，所以不能来了。”

“我知道了。”突然接到这样的通知，林凡更不开心了，好不容易休一天假，好不容易约一次会，他说不来就不来。

虽然对金凌风有一些埋怨，但林凡还是特别想见他。

“他今天在哪工作？既然他不能来，那我过去看他吧。”

小九有些为难地说道：“很抱歉哦，今天的拍摄工作不方便探班。”

林凡不死心，说：“那吃饭呢？他中午总要吃饭的吧。”

“那好吧。”见她执意如此，小九说道，“我安排你们中午见面，一起吃午餐，一会儿我就把地址发给你。”

“那麻烦你了，小九。”

“没关系的，这是一家商务会所，平时也有很多圈内人在这边谈合作，我带风过去很方便。”

挂了电话，林凡很快收到了小九发的地址。

好好的约会泡汤了，心情本来就不太好。没想到到了会所包间见到金凌风，会让她的心情变得更差。

“怎么会突然有工作邀约啊？”林凡忍不住吐槽，“这个客户可真是会挑时间。”

金凌风也不想瞒着她，诚实地说：“其实，工作是小九故意安排的，原本我已经安排好了档期，今天是空出来的。”

“故意安排？为什么？”林凡很不解地看向小九。

小九解释道：“风擅自决定演出的事已经传到了他父亲那里，现在他的一举一动恐怕都在被监视着。”

见林凡一脸迷惑，金凌风补充了一句说：“如果被他知道我们在交往，一定会给你带来麻烦。”

就因为这个原因吗？林凡想不明白，跟金凌风交往，本来就意味着会有很多麻烦，可是她并不介意啊。

金凌风接着说：“那老头的事我不想牵连上你。”

“我不懂。”林凡想，如果金凌风的父亲那么反对这场演唱会，完全动用他的力量来阻止，又何必鬼鬼祟祟监视这么麻烦。

“一句两句是解释不清楚的，总之，我们现在的见面很有可能也在被监视。”

“你是在赶我走吗？”林凡皱了皱眉头。

“林凡小姐，你不要误会风，风是为了你的安全着想。”小九说道。

林凡扭过头，并不想听。

“我也很想和你多待一会儿，但是你留在这里确实很危险。”金凌风习惯性地伸手想摸摸林凡的脑袋，林凡却意外地躲开了。

“我不怕什么危险。”林凡说。

“但是我怕，我不想让你处于危险之中。”金凌风说，“吃完饭你就先回去，有事给我打电话。”

“打电话你就能出现在我身边吗？”林凡看着金凌风，“不想光明正大和我约会你就直说，没必要答应了我又失约。”

“我没有。”金凌风的语气也不太好，“原来你是这么想我的吗？”

“我还能怎么想？”林凡反问道。

金凌风一时语塞，不知道说什么，胸口有些堵。

“反正都是我一个人在主动……每次都是这样！和你在一起，就算像普通情侣一样也办不到。”林凡气呼呼地，把忍了很久的心里话说了出来。

“那就先别总想着约会。”金凌风说，“把你策划人的工作先做好如何？”

小九点点头：“我也建议二位，在这段时期最好不要见面了。”

“都是我的错！是我连工作都做不好就想着约会，那就，直到演出结束，让我们先只维持这种艺人和工作人员之间的关系吧！”

林凡背起包，头也不回地走了包间。

“林凡……”

“林凡小姐……”

两人追了几步，见门外有不少人，便停下了脚步。金凌风叹了一口气，小九看得出，他心里不好受。

林凡心里更不好受，她哭丧着脸，低着头往前走，越想越难过。

怎么会搞成这个样子，真是个傻瓜，林凡很是后悔，早知道就不提什么约会了。

不远处，狮子正和音乐制作人告别。

“您的新曲我们这就收下了。”

“好，那我先告辞了。”

狮子刚一转身，就被林凡撞了个了满怀。

“对不起……”林凡一抬头，“狮子？”

狮子看到她也很意外：“凡，你在这里做什么呢？”

林凡低下头，没有说话。

狮子看了看不远处的金凌风，问道：“有谁惹你生气了吗？”

“你要回去了吗？回去的话那就一起走。”

林凡点点头。

看着林凡和狮子一起离开，金凌风心中一阵烦躁，这个时候，偏偏不能追过去，他紧紧握着拳，压抑自己的情绪。

小九拉住他的袖子，劝道：“再忍耐一下，合约很快就要结束了。”

【2】

林凡站在图书馆，迷惑不解地问：“不是说回家吗？怎么来这里了？”

狮子说：“家里空荡荡的屋子有什么意思，来这看看书不好吗。”

林凡提不起兴趣：“看书是很好，但我想回家。”

“不行，既然来了，陪我好好看书如何？”

林凡叹了一口气，问道：“我看起来像是有心情看书的样子吗？”

“无论遇到多么困惑的事，只要投入到书的世界里，心情就一定会好起来。”狮子看着她，“起码我是这样。”

原来是在担心我……林凡想着，不禁有些感动。

“谢谢你，狮子。”她由衷地说道。

狮子挑起了眉，“谢？”

林凡认真地说：“无论是你今天带我来这里，还是因为你我才能再次见到金凌风，这一切我都要向你道谢。所以今后，如果你遇到困难我也一定会帮忙的，我想，能好好和你成为朋友。”

狮子看着她，合上书本。

“既然是朋友，我也就不瞒你了。”林凡失落地说，“今天其实是约会，但已经取消了，所以，我想先回去了。”

虽然回去也不知道干什么，但就想一个人静静地待着。

林凡转身离开的时候，狮子抓住她的手臂，轻轻一拽，就把她拽到了怀里。

“怎，怎么了？”

“既然想约会，我可以陪着着你继续约会。”狮子说。

“这怎么可以！”林凡急忙拒绝。

“怎么不可以，放心吧，他那么忙，不会发觉的。”

林凡没想到狮子会突然做出这样的举动，还说出这么奇怪的话，不由得有些慌乱。

“不，朋友之间是不会这样做的吧？”林凡挣脱狮子的怀抱，往后退了几步。

“朋友之间，只要不接吻就没关系。”狮子说着，再次将林凡搂住，这一次他搂得更紧了，任凭林凡怎么挣扎，都是徒劳。

“你怎么可以这个样子！”林凡有些生气了，亏她刚刚还为他担心自己而感动。

“这样有什么关系。”狮子在她在耳边轻轻说道，“你只要当作是我代替你男友疼爱你就行了。”

说的什么话啊，简直……

林凡使了最大力气，终于挣脱开了，同时整个人摔倒在了地上。

“你也太任性了！”林凡几乎是吼出来的。

“任性的不是凡吗？”狮子握住林凡的手想她拉起来，但林凡拒绝了他的帮助，冷漠地甩开了他的手。狮子蹲了下来，盯着她看，眼神深不见底，寂静得如同一潭湖水，“哪里来的自信让你觉得你能和我成为朋友？”

“我……”林凡不明白狮子的意思，只是下意识地抗拒着他。

“啊……”狮子恍然大悟的样子，突然笑了起来，“如果是成为那种朋友，我无所谓。”

“什么？”林凡没明白他的意思。

狮子凑近她，呼出来的气息充斥在她脖颈间，语气暧昧不明：“……能做排除寂寞的事情那种朋友。”

林凡吓得不轻，几乎是逃走一般地跑开了，她搞不懂狮子的想法，明明说着轻浮的话，眼神却是那么冰冷，就好像，是希望她不要靠近自己才那么说的一样。

他就这么不愿意和我做朋友？林凡思索着，为什么呢？明明，他对我很好啊，看他的样子，总觉得他的心里装了很多事，即使是这样他也不愿意和我说的吧……啊，难道比起金凌风，我现在更加担心狮子吗？

不可能啊！林凡边走边想。我更关心的当然是金凌风，虽然这家伙第一次约会就不来，我去找他，他还扯一堆理由把我赶走。不过现在想想，他说的好像也有一点道理，确实是为了我好，当时怎么就想不到呢？一定是那时候他和小九两个人一唱一和的，让我觉得好像被他们俩联合起来欺负一样。哎，我到底是怎么了啊，难道爱情真的会冲昏头脑，让人丧失理智吗？

林凡回到了别墅，一头栽在床上。

不能再想了，林凡对自己说，这些暂时放到一边，现在最重要的是完成好工作。

林凡闭上眼睛，强迫自己放空，这段时间确实很累，没一会儿，她就沉沉地睡着了。

好久没睡得这么充足了。

第二天一觉醒来，林凡感觉特别满足，充满了力量和斗志。将金凌风和狮子的事全都抛之脑后，只想着尽自己最大的努力，做好策划人的工作。

“早该这样了。”张臣远看着她任劳任怨地专注模样，笑着说，“现在效率提高了不止一倍啊。”

林凡一边整理资料，一边反驳道：“我以前也很认真地在工作，只是现在慢慢顺手了。”

一切都在有条不紊地推进着，和张臣远预想的一样，果然只要是金凌风的演唱会门票，很快就销售一空，公司同事都非常开心。

尽管如此，林凡心里还是有些忐忑。

“臣远，向大众公布这件事，结果会是好的还是坏的呢？”林凡偶尔也会质疑自己，举办这个合作演出究竟是不是好事，会不会搞出反效果，让金凌风真的当不成偶像了。

“没必要害怕。”张臣远说，“如果观众能够享受演出，那就一定没有问题。”

“那媒体方面呢？明天就要公布一切了……”因为以前的那些事，林凡对媒体舆论的影响力始终心有余悸，稍不注意，都可能会引起轩然大波。

“这个你更不用担心了。”张臣远自信满满，“相信我就可以了。”

“嗯？”林凡看向他，传说张臣远在圈内被称为“舆论掌控者”，在公司这么久，她也算是有所耳闻。可问题就在于，张臣远真的会真心帮助金凌风吗？

小张刚好过来找张臣远汇报：“媒体这快已经全都联系好了，沟通得也很顺利，接下来就是安排招待了。”

“好。”张臣远说，“去忙吧。”

小张出去后，林凡还杵在那儿，张臣远看向她，“怎么，你不去忙吗？”

“我……”林凡欲言又止。

张臣远知道她在想什么，解释道：“放心吧，我是不会拿公司的前途当去赌的，倒是你，第一次当策划人就碰上这么大的项目，也不知道会出多少大大小小的状况，我多半还得帮你善后。”

吃了张臣远的这颗定心丸，林凡果然感觉好多了，对演出也充满了期待。虽然金零分那家伙，自从上次说了直到演出结束都只维持艺人和工作人员之间的关系。他就真的一点情分都不讲，不是吹毛求疵就是找茬，找各种机会给她惹麻烦，更气人的人，还故意对其他工作人员十分友好。

亏她的初衷还是想保护这家伙，亏她天天为了这场演唱会忙得焦头烂额，林凡在心里默默吐槽着，还故意和她对着干，以为她会生气，然后可怜兮兮地向他求和吗？幼稚！

演出当天，金凌风在后台补妆，化妆师、造型师都是大美女。他们三个聊得很愉快，不时传来欢声笑语。林凡则像个灰姑娘一样忙着打扫卫生，而且地上的垃圾有不少都是金凌风丢的，林凡怀疑他是不是故意的。

“金先生，请把你的脚抬起来好吗！”林凡蹲在地上，拽着金凌风脚下踩着的一张纸，不爽地看着他！

金凌风抬了脚，林凡冷着脸将纸拽走：“谢谢！”

虽然说的是礼貌用语，但语气一点也不让人觉得礼貌。

造型师不由得感叹了一句：“哇，好凶啊。”

“风，那女孩是你新的助理吗？”化妆师好奇地问。

“不是哦……”小九正好走了过来，向她们介绍道，“那是我们演唱会的策划人林凡小姐。”

“啊原来是策划人小姐。”造型师笑嘻嘻地说，“我不知道啦！”

“毕竟太默默无闻了，而且，做的不也是保姆的工作吗？”化妆师笑着说道。

林凡没理她，继续拖地。

“喂，土鳖女！”金凌风叫她。

听到“土鳖女”三个字，三个女孩都忍不住笑了起来。

“什么事？”林凡没好气地说。

“我要喝水！”

林凡忙不迭地将拖把放在一边，找地方洗手，然后以最快速度将不烫不凉的温水递给他：“金先生，您要的水。”

“话筒找不到了。”

林凡从他身后的椅子上找到了话筒：“金先生，请不要再将话筒乱丢了。”

“手机快没电了，有没有充电器？”

林凡将一排充电器呈上：“各个型号，各种长度，任金先生您选择。”

“胳膊疼。” 摆明了故意找茬。

“那请金先生随我去那边宽敞的地方活动一下吧。”

金凌风拿起外套，随林凡走到旁边不远处。

“帮我穿衣服。”金凌风随手将外套扔在了林凡脸上。

“穿衣服您也不会吗？”

“都说了胳膊疼。”金凌风理直气壮。

林凡耐着性子给他穿好。

“金零分，想整我是不可能的！打工还有照顾弟弟妹妹，这些事我都做过。”林凡小声地说道。

“白痴，我干吗要整你？”

林凡扭头看了一眼造型师和化妆师，说道：“因为那两女孩啊。”

“我只喜欢你。” 金凌风说。

画风变得太快，林凡有点反应不过来：“怎么突然……”

“没办法了，林凡小姐。”金凌风给林凡的手上套了一只手镯，“戴好它，今天的视线都不要离开我，我很快就会让你得到，你想要的，至高无上的幸福。”

林凡看着他，慢慢地爱意呼之欲出，真想扑进他的怀里。

“林凡小姐！”一个工作人员的声音传来，“您说的北面的灯光我们已经调整好了，请您来确认一下。”

“好。”林凡答应着，往那边跑了过去，摸着手腕上的镯子，心里一阵欢喜。

金凌风回到座位上，差不多要准备上台了。

“风，你回来了。”造型师笑道，“哈哈，那个土鳖女真的是叫她做什么都会做诶！”

“风也觉得整那个土鳖女很有趣吧？”化妆师也笑得很开心。

“是啊，很有趣哦。”金凌风的脸秒沉，“比你们这些俗气的女人有趣一百倍呢！”

两个女孩愣住，仿佛遭到莫名雷击，不知道究竟是哪句话说错了惹到了金凌风。

“土鳖女”这三个字，也是你们能叫的吗？金凌风冷漠地转过身去。

【3】

破冰演出马上要开始了，整个娱乐公司的人几乎都在忙碌着，各司其职，同时，各怀心事。

摄像机前，记者部的晴和雪在播报消息。

“距演唱会开场还有十分钟！跟拍金凌风已经很久了，最近他的绯闻好像越来越少了。这样下去收视率快保不住了！不过，听说今天会有重大消息发布，会是什么呢？让我们拭目以待吧！为了收视率一定要挖点他的猛料出来！记得锁定我们哦！”

雪在心里默默琢磨着，绝对要拿到金凌风的第一手爆料，到时候臣远一定会大力称赞她，想想就好激动。

“师姐。你怎么突然笑得那么奇怪？”晴问道。

“我有吗？没有吧。”雪四处张望，“对了，臣远在哪里啊？”

张臣远在监视器后掌控全局，一切有条不紊。

“可以开始倒数了。”

“是。”

张臣远看着舞台，在心里默默地说，狮子，我能为你做的，也只有这么多了。

狮子在后台，看着自己和大哥的合照发呆，大哥，这样……您就能安息了吗？

“五、四、三……”

马上就要开始了，林凡的心扑通扑通地跳。

“二、一！”现场超级火爆，在众人的欢呼声中，金凌风闪亮登场。

他一开口，就点燃了所有人的热情。

林凡看着舞台上闪闪发光的他，很欣慰自己最终的决定没有选错。之前一直在犹豫，是把狮子的曲子放在第一首还是最后一首，果然，全面部分交给金凌风是对的，因为他绝对有牵引粉丝情绪的实力，让观众保持着高昂的情绪，然后用狮子这首缓慢的抒情曲来收尾。

“接下来向各位献上的，是我歌手生涯的第一首曲子。”金凌风说，“这首歌到现在为止作曲者写着的还是金凌风，但现在我想为大家介绍这首曲子真正的作者，今天的特别来宾，狮子。”

这话瞬间引起了台下的骚动：“什么？作曲者是狮子？”

“虽然这首歌我唱了无数遍，但他才是这首曲子真正的创作者，所以今天演唱的，会是你们从来都没有听过的，我和狮子带给你们的，全新的版本！”

金凌风坐在钢琴前，熟练地弹奏，熟悉而又充满新鲜感地前奏音乐娓娓动听。

“凌风哥哥的钢琴 show！啊啊啊啊！”现场尖叫连连，粉丝们激动不已。

尖叫声中，狮子走上舞台，开始了演唱。

“师姐，我没有看错吧？”晴觉得不可思议，“狮子居然……唱歌了！唱歌了！狮子真的唱歌了！”

林凡其实也一直没搞懂，为什么那时候，狮子会答应得那么爽快。

提出合作演出的那天，林凡一回到别墅就定在狮子的面前，发誓不论用什么办法也要说服狮子同意。

张臣远并不看好她：“盗曲事件后，狮子就已经宣布不会再唱歌了，你死心吧。”

林凡忍不住瞪了她一眼，什么啊，之前还觉得我的提议好，现在怎么净说风凉话。

“张臣远！我们不是拴在同一条绳上的蚂蚱吗？”

“谁和你是蚂蚱，你有点神志不清啊。”张臣远同情地看着她，“熬夜熬傻了吗？”

林凡将张臣远推到一边，然后双手合十趴在狮子坐着的沙发沿上。

即使是万分之一的机会也不能放弃啊。

“相信我，效果一定会非常好的。”林凡真诚地说，“我，我只是想尽力帮助你和金凌风。”

“好啊。”林凡的话还没说完，狮子就淡淡地吐出了这两个字。

幸福也来得太快了吧，林凡反应了好几秒才反应过来。

“这……就同意了？太好了我要马上去告诉金凌风！”林凡激动地跑上楼拿手机。

“如果不是游轮晚宴的前一天，我刚好查清楚她的底细，你也不会为她做到今天这一步吧？”张臣远问。

“是，我不忍心看她失望的样子。”

“看样子，真的是要对你大哥的女儿负责到底啊。”

狮子没再说什么，独自去了录音棚。挺长时间没唱歌了，突然要上台演唱，还有些不习惯，而且这首歌被金凌风重新编曲，他也需要熟悉。

不愧是狮子，练习了短短几天，就已经表现得近乎完美，这天的演出，比林凡想象中还要成功。

金凌风的钢琴，狮子阔别五年的再次演唱，两大男神强强合作，着实给了粉丝们一个巨大的惊喜。

记者招待会也开得很成功，大家很默契地规避了“剽窃”“盗用”等字眼，关于版权问题也是一笔带过，纷纷把话题放在今天的合作演出上。

结束后，作为主办方的“快看娱乐”举办庆功宴，林凡毫无质疑成为主角和关注的焦点。

“真是精彩的演出，最后那首曲子的视频已经在网络上传开了呢！点击超高！”

“说实话，张先生让您带队，开始还有点担心啊，现在反而有点期待下次再合作了！”

“林凡女神真是太棒了，现在咱们公司也因为这次演出在业界名声大噪了！”

“谢谢大家。”林凡被夸得都有些不好意思了，“请大家入座吧。”

小张站大声说道：“今天张先生请客，请各位吃好喝好。”

“好！”

小李悄悄问道：“张总人呢？”

“听说还有点事要处理，过会才能过来，我们吃我们的。”

张臣远此时正在办公室里，皱着眉看着面前的人。

办公室的电脑开着，文档上显示着新鲜出炉的娱乐新闻稿，标题——《有内幕？质疑：金凌风公布曲子的真正创作者》

配图是演唱会上金凌风弹钢琴狮子唱歌的照片，新闻内容也极其直白：“继宣布退居幕后，作曲家狮子首唱，是和金凌风的交易，还是……”

“这次的演唱会是我们主办的，狮子是我的好友，你发的这篇通稿不仅会让我名声扫地，还可能让公司蒙受损失。”张臣远盯着面前的人，“还好我及时删除了，才不至于掀起什么波澜。”

“呜……”

“对局势判断不清还擅自行动，真遗憾，我本来还期待你能进步一点。”张臣远盯着她，冷漠地说，“你被辞退了。”

“呜呜……”雪艰难地发出声音，她坐在张臣远对面的沙发上，双手被铐在身后，双脚也被拷了起来。

“怎么，你还有什么话要说吗？”张臣远见她眼泪流了一脸，且拼命挣扎想说话的样子，便伸手撕开了封住她嘴巴的胶布。

“我喜欢你，臣远哥。”雪看着他，目光崇拜而痴缠，“我不会去别的地方工作，这么久以来我一直默默地看着你，只要是你希望的我都愿意为你去做。”

“是吗？”张臣远突然抓住她的胳膊使劲一拽，手铐的锁链发出清脆的声音。

“啊——好痛！”雪不由得喊了出来，整个人也因为受力跪倒在了张臣远面前。

“现在还这么想吗？”张臣远盯着她。

雪坚定地点头，说道：“嗯！”

张臣远一只手加力拽了拽锁链，另一只手拿起了教鞭，问道：“你再说一次，现在是什么心情？”

“开，开心……”雪喃喃地说。

张臣远饶有兴趣地看着她，似笑非笑地问：”为什么痛了还会感到开心？我不懂，再多告诉我一点吧。”

雪睁大眼睛看着张臣远，不知如何作答。

“开心、难过、喜欢、讨厌……这些东西我从很早开始就不能够理解了，人的情感……到底是什么？雪能告诉我答案吗？”

“我……”

“说不出来的话，用行动表示也可以的。”张臣远笑容邪魅，“看来，这庆功宴，我俩是吃不上了……”

庆功宴上，不仅张臣远没在，狮子和金凌风也不见人影。

林凡问坐在旁边的小九，“金凌风去哪里了？”

“风吗？记者会结束就没看到他人了。”小九将一罐饮料递给她，“听说林凡小姐不胜酒力呐。”

林凡接过饮料，礼貌地回应：“谢谢。”

大家也对金凌风的行踪有些好奇，纷纷讨论起来。

“我说，大明星果然是对平民的庆功宴没兴趣所以逃了？”

“并非如此，你们想想看，金凌风女人缘一向很好，演唱会结束了怎么说也要放松一下吧。”

“你是说搞不好被某个女人约走了？”

“对啊哈哈哈哈……”

“我看很有可能，哈哈哈大家懂的！”

“不过话说回来，金凌风最近两年什么绯闻都没有，咱们记者部可是很久都没有挖到过他的料了，看来保密工作做得很好嘛！”

“哈哈哈一定是约得多了，经验丰富，知道怎么躲记者了……”

“别胡说啦！”林凡忍不住站了起来，“金凌风他不是这样的人。”

她此言一出，这群酒酣脑热的人更觉得有趣了。

“噗哈哈哈哈！林凡女神你太搞笑了，你应该也是这次当策划人才接触到金凌风吧，怎么那么了解他？”

“林凡你是不是被金凌风圈粉了啊，哈哈哈这事可不要让之前在办公室抱走你的神秘男友知道了哦！”

林凡悻悻地坐了下来，迷之尴尬。

【4】

“林凡小姐……风会不会是不想见你？”小九轻声问道。

“不想见我？”林凡有点懵，演出之前不是还表白，给她戴上手镯吗？不过也对，小九又不知道这件事。

“因为上次林凡小姐发脾气，风难过了很久呢。”

“上次？难过？”林凡想了想，他可能是说约会那天的事，但那件事，她又没错。

“明明是他爽约的不是吗？”虽然语气有些激烈，但为了避免被其他人听到，林凡的声音压得很低。

“风……只是太别扭了。”小九若有所思地说道，“现在估计是因为说错话又不懂得怎么道歉，连靠近你都不敢了吧。”

“不敢，他这个人还有什么不敢的！”林凡把头靠在拄着桌子的手上，没好气地说，“我看就是和哪个漂亮姐姐约会去了吧。”

“这个嘛，对风来说，也不是没有可能呢。”小九笑道。

“连小九你也……”林凡感觉整个人都不好了。

“反正我也不要主动去找他了！”林凡气鼓鼓地放狠话，身子趴在桌子上，心里却在说，才怪……金凌风……我现在迫不及待地想快点见到他啊。

小九看着林凡，忍不住笑出了声：“林凡小姐真是想什么全都写在脸上呢。”

林凡贴着桌子把头转向小九那边，小声地说道：“哎？我有吗？你有本事说出来我现在在想什么？”

“好了好了，不开你玩笑了，你转过身看看吧。”

“我不看！没心情！”林凡气鼓鼓地说道。

小九耸耸肩膀，笑道：“看了你就有心情了。”

“真假……”林凡犹疑地转过头，顿时惊呆了。

戴着帽子口罩的金凌风不知道什么时候站在了林凡身后，虽然几乎看不见脸，但林凡一眼就认出来了，绝对是金凌风没错。

“你……”

还没等林凡说出来，金凌风突然一把扛起林凡，十分帅气地说道：“抱歉，我来回收了。”

回收？而且为什么要在大庭广众之下把她扛起来啊？林凡一个劲抗议：“喂，你干什么，快放我下来。”

“那边什么情况？”有人说道，其他人听到提醒，也都很好奇地看了过去。

大家一起起哄，说：“噢噢！神秘男友？”

“也太豪放了吧！”

“我觉得好man啊！简直男友力爆表！”

“呃，庆功宴还没结束呢，就这样带走我们的主角，不太合适吧。”

小九眯缝着眼睛，和善地笑了起来：“玩得开心啊。”

“什，什么啊！”

完全不知道是什么情况，就这么被扛了出去，放在了车里。

金凌风开着车，林凡面无表情地坐在副驾驶上。

“怎么了？一直绷着脸。”金凌风说道，“见到我还不高兴吗？”

还好意思问，又是这样，强硬地把我带走。为什么你每次想见我都是这样自作主张，而我想见你却只能……

“到底是怎么了啊？”金凌风见她低着头不说话，有些担心：“身体不舒服吗？”

林凡不开心，转过头去不看金凌风，嘴里吐出了两个字：“……讨厌。”

金凌风专心看路，听到这两个字很迷惑：“讨厌？我？”

林凡不作声，算是默认。

“讨厌我什么？”金凌风觉得必须问个明白。

“讨厌你……不能经常来见我。”林凡小声说道，“也讨厌你第一次约会就失约。”

林凡接着说：“还讨厌你和别的女明星拍广告……”

讨厌的还真不少啊，金凌风直冒冷汗，简直是恶数三大罪过。

林凡喃喃地说道：“让我觉得，和她们比起来，我一点女性魅力也没有。”

金凌风看了一眼林凡，又陷入了迷惑：“女性魅力？”

“就……就是因为我不像其他女孩子那样会化妆啊！”

“你在说什么啊。”金凌风完全搞不懂，“我根本不介意这个，而且你也从来没化过妆吧。”

林凡当时就被金凌风的话气得够呛。

才不是从来没有！林凡愤愤地想，原来约会那天他根本没注意到我的变化！明明导购小姐有帮我涂口红了啊，也太不关注我了吧……那个导购小姐也真是的，说什么斩男色，能斩获男人的心，结果……亲测无效！还卖660块一支，幸好我没买……

金凌风见林凡表情奇怪，有些担心，便将车停在桥边。

他看向林凡，认真地说："好了，不管是什么理由，我现在就向你道歉。"

林凡更生气了，什么叫做"不管什么理由"，连原因都没搞清楚就道歉，也太敷衍了。

"算了，你不用管我了。"林凡语气冷漠。

金凌风琢磨不透，都已经不管有没有做错就先道歉了，难道这样也不对吗？

"我怎么可能会不管你呢？"金凌风有些无奈，你可是我最重要的人啊。

林凡觉得有点闷，想出去透透气，下了车，"啪"的一声关上了车门。

"喂，别随便下车啊……"金凌风叫住她。

到底是怎么了，因为化妆的问题？还是和别的女明星拍广告的问题？金凌风怎么想也想不明白自己究竟错在哪儿了，实在不知道应该说什么，怕说错话了又惹林凡生气。

林凡叹了一口气，说："你走吧，我在这待一会儿，然后自己回去就可以了。"

"真的让我走？"金凌风问。

"是啊！"林凡嘴硬地说道。

金凌风无奈，只好点头："那好吧。"

林凡站在那，眼睁睁地看着金凌风开车离去，越来越远。

"真，真的走了啊……"林凡喃喃自语着看着渐渐远去的汽车，她深呼一口气，独自一人站在桥边郁闷。

怎么会这样？又对他乱发脾气了，总是吵着见不到他，为他失约而生气，现在好不容易见到了，又把他赶走了……林凡啊林凡，你到底是怎么回事？

林凡看着星空，想起两人在一起开心的日子，更加懊恼了。

身后突然传来一阵喧闹声，林凡回头一看。

“咦……”林凡感到身旁的人突然多了起来，奇怪，之前这里明明没有人啊？是要在这搞什么活动吗？”

人越来越多，把林凡围在了里面，林凡好奇地看着他们，有男有女，有可爱的孩子，还有调皮的萌宠。

人群中，不知道谁说了一句：“游行就要开始了哦！”

原来这里今天有游行，怪不得突然这么热闹，林凡站在人海之中，在熙熙攘攘的人群之中，听着他们的欢声笑语，比之前的形单影只确实要好许多。只可惜，金凌风不在这里，人不孤单，心里还是觉得空落落的。

“妈妈，快看！”一个孩子突然指着天空大喊，打断了林凡的思绪。

孩子的母亲抬起头，说：“哇……”

“砰砰砰……”天空瞬间被美丽的烟火笼罩。

林凡也不由得被美景吸引，痴痴地看着天空，这时候，身后传来“叮铃铃”的声音，清脆悦耳。

人群中，伴随着铃铛的声音，一群人推着巨大的蛋糕走了过来，前方引路的，是两个穿着小熊玩偶套装的人，手里还拿着五颜六色的气球。

好浪漫啊，林凡看着这一切，不禁沉浸其中。

身后突然传来金凌风的声音：“真是死脑筋，非要挤在人堆里看吗？”

林凡吃了一惊：“哎？金……”

“嘘。”金凌风立刻做了一个噤声的手势，打断林凡喊出他的名字。

林凡生生把话憋了回去，看着眼前的金凌风，仿佛觉得在做梦一般。

金凌风站在林凡身后，看着游行说道：“虽然本大爷的VIP看台被你浪费掉了，不过偶尔这样也不错。”

诶？所以是早就准备了这些，还选好了地点，因为我临时下车导致地点也临时更换了吗？林凡看向金凌风：“你……没走吗？”

“没有，只是——去拿了这个。”金凌风从林凡身后将一大捧玫瑰送到林凡面前，顺便将她环在自己的怀里。

娇艳欲滴的玫瑰在漫天烟火的映照下愈发美丽，林凡轻轻地捧住，很是喜欢。

金凌风说：“恋爱纪念日快乐。”

恋爱纪念日……对哦，林凡有些恍然，最近工作太忙，竟忘了今天是跨年夜。

金凌风有些不好意思：“真是的，本来不想在这里说的。”

林凡忍不住转头看金凌风。

金凌风伸手扶住林凡的小脑袋，将她的脑袋扳了回去，有些别扭地说道：“好了，别看我了，我现在脸一定很红。”

不看也好，林凡心想，我的脸肯定比他还红。

“纪念日快乐。”林凡低低地说。

唯美的烟花下，相爱的恋人紧紧地依偎在一起，看起来，是那么的美好。

“谢谢你，为我做这些……”林凡说，“我今天很开心。”

“以后，我想让你每天都这么开心。”

林凡笑道：“我才没有那么贪心。”

金凌风假装有些失望的样子：“我还以为你会说，只要和我在一起，你本来每天都开心。”

“跟你在一起，我确实感觉到很开心很快乐。”林凡说，“但是我知道，这个世界上，无论多么相爱的情侣，都不可能不吵架不发生矛盾，总会有一些小小的摩擦和不愉快。但就算是不开心，就算再怎么生气，我也希望能够见到你，和你在一起。”

“我也是。”金凌风说，“约会取消那天，看到你和别人的男人一起离开，我又生气又嫉妒。但是我还是想你，你跟我说演出之前只和我保持艺人和工作人员的关系，但是我没办法做到……我其实不是故意找你麻烦的，我让你帮我找东西，帮我穿衣服，其实也只是想找借口和你说说话，多接触而已。”

原来是这样……林凡心里暖暖的，说不出的开心和满足。

“咦。”林凡突然注意到金凌风手腕上，也套着一只镯子，和她手上的一模一样，“你也是自己的粉丝吗？”

“嗯？”

“就这个星星手镯啊，蜂蜜认证，说是什么金凌风官方应援会指定手镯，我在格林大学的时候，有见到过一个学妹戴。”

“这个不一样。”金凌风说，“这两只，是我自己做的。”

“你……亲手做的？”林凡觉得不可思议，“你居然会做这个？”

“找了师傅教的。自从那次扔掉了别的男人送你的项链，我就一直想着要送你一件礼物，想来想去总觉得买的不够新意也不够特别，所以就尝试着做了一对镯子，做得不够精致，但是风大爷真的已经尽力了。”

“已经很好了啊。”林凡说，“这是我收到过的最特别最喜欢的礼物。”

“那样的话，不许摘下来哦。”金凌风在她耳边低语，“我要套住你一辈子。”

【5】

“接下来，”金凌风摸摸她的头，继续抱着林凡，“听我讲一个故事吧。”

林凡看着天空中炸裂的烟花，最重要的人就在身后，她心里突然很平静。

“……太阳和星星是一对恋人，太阳很特别，散发出的光芒照耀着所有人，人们都喜欢他……”金凌风在她耳边娓娓道来，“星星的光很微弱，虽然白天也挂在空中，但被太阳的光芒掩盖着不被人们看到。太阳不想让人们知道星星的存在，因为太阳属于所有人。人会嫉妒，有的会讨厌星星，有的会咒骂太阳……”

林凡认真地听着，隐约觉得有些熟悉的感觉。

“星星和太阳差别太大了，时间久了，太阳很寂寞。他向天神请求辞掉太阳的职位，想成为太阳的行星很多，很快就找到了代替太阳的家伙。失去了光辉的太阳，终于化作了一颗星星……”

金凌风顿了顿，继续讲下去：“和他的恋人，另一颗星星如愿以偿地相守了下去。”

林凡好像听明白了金凌风的隐喻，想知道后面的故事：“然后呢？”

“然后……”金凌风看着林凡，“如果从今天开始，我不再做偶像了，你会怎么办？”

林凡有些吃惊：“为什么……要这么说？”

金凌风解释道：“我说了，之前就答应过要带你离开，不是骗你的。之所以还留在娱乐圈，是因为和那个人的‘合约’。”

“合约？”

“嗯。”金凌风点点头，“我现在所属的经纪公司，‘国王娱乐’，你见过的那个卷毛老板只是一个很小的股东，这家公司最有权力的人，金世雄，是我的父亲。”

金凌风透过栏杆看向远方，说道：“在我没出道的时候，我们曾经签下了‘合约’。”

林凡默默地听着金凌风这又像讲述又像自白的话。

“就是成为偶像——将我的脸和我的歌变成他的商品，好像故意似的，把我捧到了足够高的位置，让我不敢想象，有一天摔下去了该怎么办。”

金凌风的声音变得低沉：“放不下‘偶像’的身份，也就必须永远地依赖它。”

“你说你不承认他是你父亲，这是为什么？”林凡问道。

金凌风的眸子低垂，空洞地盯着下方：“因为……我只是他诸多情人中的一个人的私生子。”

“什么……”林凡很是震惊，也终于明白为什么金凌风之前从不肯和她讲这些事，换做谁，都会难以启齿的。

“我的母亲也曾是一位红极一时的偶像，和他在一起后就逐渐淡出了娱乐圈。”金凌风说道，“生下我之后，她更是彻底失去了自由，终于那女人受不了肉体和精神上的折磨……”

“她，怎么了？”

“……她出走了。”金凌风看向林凡，神情悲伤，“再也没有回来过，也没有人知道她在哪。”

林凡唏嘘不已，心疼地抱着金凌风。

“我明白你的难过。”林凡说，“虽然我从小就在父母的呵护中长大，但是在我上高中的时候，我的爸爸意外去世了，之后没多久，妈妈就患上了精神方面的疾病，逐渐忘记了我们，变得谁也不认识了……”

“对不起，让你想起了伤心事。”

“没关系的。我只是想告诉你，虽然我没有办法完全地感同身受，但是你心中的痛苦，我都懂。”

“好在‘合约’虽然长，但不是永久的。”金凌风呼了一口气，“‘合约’到今天就期满了，这件事该结束了。”

金凌风站到林凡对面，深情专注地看着她。

“接下来的生活中只要有你就够了，其他的，我都可以放弃。”金凌风轻柔地抚摸林凡的脸颊，“其他都不重要，我只想和你在一起。”

“我也是……”林凡轻轻地说着。

心突然跳得好快，扑通扑通地好像就要跳出了胸腔。

“既然是这样，那我支持你的选择。”

金凌风紧紧抱着林凡，林凡闭着眼睛，幸福地感受着来自金凌风的温暖。

久久地拥抱，谁都不舍得松开对方。

“我很快就将这件事解决掉。”金凌风说。

解决掉……是要退出娱乐圈吗？听到这句话，林凡感觉五味杂陈，说不上是什么心情。

整个晚上，林凡脑海里都是金凌风在舞台上的样子，怎么都挥之不去。

REC

第十章

这个人，真的是金凌风吗?

【1】

清晨五点左右，一个浅浅的吻温柔地叫醒了她。

林凡睡眼惺忪地醒来，视线逐渐清晰，金凌风正笑着看着他。

“早安。”金凌风说。

“我什么时候睡着了？还枕在你手臂上，怎么样，麻不麻？”林凡坐直了身子，摇了摇金凌风的手臂，帮他活络一下筋骨。

“还有十几分钟就日出了。”金凌风牵着她的手，“下车走走吧。”

“好。”

金凌风脱下外套披在她身上，两人慢慢地走在大桥上，选了个喜欢的地方站好，林凡无比期待地看着东方。

“天空浅蓝，刹那间，水天相接的地方出现了一道红霞……和书里描写得一模一样。”林凡兴奋地说，“太阳很快就升起来了！”

金凌风受到感染，也静静地看向东方。做艺人这段时间，他没少早起，也见到过很多次初升的太阳，但却没有哪一次，像今天这样，笼罩着无比幸福的感觉。

晨曦初照，林凡觉得身上暖洋洋的，笑容也如阳光一般灿烂。

“日出真美啊！”林凡感叹着，看向金凌风，“金——”

金凌风吻住了她，林凡的脸颊红扑扑的，和天边红日相映生辉，分外美丽。

“我爱你。”金凌风说。

“我爱你。”林凡靠在金凌风怀里，轻轻地说。

“今天想去哪？”金凌风温柔地问。

“嗯？”

“上次失约的事，抱歉。”金凌风说，“今天补给你，好不好？以后只要你想，我哪天都可以和你约会。”

“噗……”林凡忍不住笑道，“我们都已经在一块了，就不是约会了吧？”

“那难道还要各自回去，然后再约出来不成？”

“我不是那个意思啦。”林凡想了想，“那我们就去上次约会的地点好不好？”

“好。”金凌风宠溺地看着她。

金凌风便驱车载着林凡来到了商业街，找了一家很不错的早餐店。

金凌风说：“我去买，然后去车里吃吧。”

“昨天在车里待了一整晚，我不想待了。”林凡的眼神看向店里。

“好吧，进去吃。”金凌风戴上墨镜，和林凡一起走进店里。

吃饭的时候，隔壁桌的小女孩一直盯着金凌风看。

每次金凌风意识到扭头看她的时候，她就急忙收回眼神，假装在认真吃饭，等金凌风不看她了，她又开始盯着他。

“这小孩怎么回事啊？”金凌风小声问林凡。

林凡摇摇头，也看了一眼：“我也不知道。”

“哥哥。”小女孩突然戳了金凌风一下。

金凌风扭头，声音很轻地问道：“有事吗？”

“你好聪明啊！”小女孩说，“吃面的时候戴上眼镜，就不怕把汤溅到眼睛里了！”

林凡一听，忍不住哈哈大笑起来。

“你可以借我戴一下吗？”小女孩期待地看着金凌风。

“这……”金凌风看了一眼她，然后扭头看向林凡，有些犹豫。

“你就借给她吧，哈哈。”

小女孩的母亲端着食物过来了，问道：“小缨，你在干嘛呢？”

“我在跟这位哥哥借眼镜。”

“哥哥的眼镜是大人戴的，你戴不了。”小缨的母亲对她说道，然后看向林凡和金凌风，“对不起啊，小孩子不懂事。”

“没事没事。”林凡说，“她真可爱。”

“就让我试一下嘛，戴不了我就还给哥哥。”小缨说。

金凌风看着这可爱的小女孩，不忍心拒绝，加上林凡也一直劝他，便摘下了眼镜。

“给你。”金凌风把眼镜递给她。

小女孩的眼睛里闪着光，大喊：“妈妈，妈妈，是金凌风！”

金凌风一愣，竟然有这么小的粉丝吗？

小缨的妈妈也很惊呆了：“真的是金……金凌风？”

金凌风面还没吃完，放下筷子下意识地要跑，却听见小缨奶声奶气地说：“金凌风哥哥借我眼镜了，金凌风哥哥真好！谢谢金凌风哥哥！”

金凌风笑了笑：“不用客气……”

小缨的妈妈突然反应过来，打开包包拿出一个本子和笔，问道：“金凌风，我们全家都很喜欢你，你可以给我签个名吗？”

金凌风微怔，一直以为自己的粉丝都是那些痴狂的迷妹，没想到还有这样的粉。

“快签啊。”林凡提醒他。

金凌风接过笔记本，认真地签了名，然后将笔和本子递还给她。

“谢谢。”小缨的妈妈说，“我特别喜欢你的音乐，其实我是音乐学院毕业的，年轻的时候也梦想着当歌星，只可惜因为种种原因，放弃了舞台，现在想想，还有些遗憾呢。”

小缨的妈妈像朋友一样和金凌风聊了很多音乐方面的东西，林凡和小缨偶尔也插上一两句，几个人聊得很开心，吃完饭，金凌风还和她们拍照留念，并且将墨镜送给了小缨。

“这位，是你的恋人吧？”小缨的妈妈看向林凡，问道。

林凡突然一阵紧张。

“是啊。”金凌风很自然地说。

“真好啊，祝福你们。”小缨的妈妈笑着说，“也希望你能够给我们带来更多的好音乐。”

和小缨母女挥别后，金凌风陷入了沉默。

“第一次碰到粉丝画面这么和谐。”林凡也不由得感叹。

“我也没想到。”金凌风说，“没想到这个世界上真的有人因为我的音乐而单纯喜欢我，欣赏我，还祝福我的爱情。”

“当然有了！”林凡说，“我对费玉清也是这样啊！”

“好吧……”金凌风笑道，“看来我是被那些私生饭给误导了。”

“你肯定是被误导了呀。你这么优秀，当然会有很多的人是因为喜欢你的音乐才喜欢你的。”

“可我的定位毕竟是偶像啊，还是迷妹粉偏多。”金凌风牵着林凡往前走，街上的人渐渐多了。

“就算是那样，你也要好好努力，不辜负那些真正喜欢你音乐的粉丝对你期望。”林凡停下脚步，看着她，“你昨天说‘很快就会解决掉这件事’，我不知道你是什么意思，不管怎么样，金凌风，做你觉得正确的决定吧！”

金凌风一愣：“你……”

“你热爱音乐，喜欢创作，你一上舞台就闪闪发光。”林凡说，“虽然偶像的身份也带给了你很多的困扰和压力，但是我知道，它一定也给你带来了很多的快乐吧。”

“是有很多快乐……”金凌风看着林凡，“但现在，你才是最重要的，为了你，我可以放弃这些，没关系的，我有你就好了。”

“是金凌风诶！”一个女生突然尖叫道。

顿时路面上的人都看了过去，瞬间两人就被包围了。

“快走。”金凌风拉着林凡，飞快地向前跑，一直跑了好久，才终于甩开了她们。

“还，还要继续约会吗？”金凌风喘着粗气，“要是去逛街看电影什么的，人会更多。”

林凡也气喘吁吁，脸上是满满的幸福：“我觉得很刺激呀。”

两人看着对方，突然都忍不住大笑了起来。

“林凡， 你变得勇敢了。”金凌风说。

“你不也是吗？”林凡说道，“不过，今天还是不要继续约会了。”

“为什么？刚刚还夸你勇敢。”

“我是心疼你昨晚一夜没睡，约会的事，我们来日方长。”林凡轻轻靠着金凌风的肩膀，“再说了，眼镜送人了真的太容易被认出来了，虽然不害怕，可一直被追着跑，也没办法好好约会吧。”

金凌风点点头：“是啊。”

“那就快回去补觉吧。”

“我不要。”

“嗯？”林凡疑惑地看着他，“怎么啦？”

“我想跟你在一起，不管是窝在车里，还是躲在这里，只要能一直看得见你，想抱着你就能抱着你，我就觉得开心。”

林凡心里一阵感动，拽着他的手摇晃：“可是你需要休息。”

“你陪我好不好？”金凌风说。

“当然可以啊！”

金凌风看着她，说：“我是说，来我家，和我一起住。”

“只有这样你才会回去休息？”林凡问道，其实她心里已经同意了，只是给自己找一个理由而已。

“不是。”金凌风说。

林凡有几分意外，直接说“是”然后一起回去，不是更顺理成章吗？

“在任何事情上，哪怕是这样无关紧要的小事，我都不愿意欺骗你。”金凌风继续说，“在你的面前，我希望做一个绝对真诚的自己，你不和我一起住，我也会回去休息，睡不着觉我会用数数的方式助眠，但是，我喜欢你，我想随时都能见到你，所以如果你和我一起住的话，我会更开心，睡得更踏实。”

“好，我陪着你。”林凡紧紧握住他的手，坚定地说。

虽说如此，回家路上的林凡还是有些紧张不安。

“你怎么了？”金凌风感觉到她手心的汗。

林凡慌忙说道：“没……没事。”

“没事就好。”金凌风摸摸她的脑袋，“对了，家里的房门钥匙都不知道丢在哪了，你住的那间房，我帮你重新换锁吧。”

我住的那间房？林凡不由得脸又红了，所以……不是住一个房间吗……我到底在乱想什么啊，还瞎紧张了一路……

“你没事吧？”金凌风关切地问道。

“没，没什么。”林凡尴尬地笑了笑，“不用换锁那么麻烦啦……”

“你在张臣远家住的房间不会也没换锁吧？安不安全啊？喂，你一个女孩子要懂得保护自己啊。”

【2】

两人回到家的时候，金凌风确实觉得困极了，洗了个澡就去睡了，林凡坐在床边握着他的手，直到他睡着才松开，并关好房门。

中午的时候，林凡看冰箱里还有一些蔬菜肉类，就打算做饭，刚准备开火，门铃声就响了。

是小九，来找金凌风谈合约的事。

“给风打电话关机，我就过来了。”小九说。

“嗯，不过他还在睡觉，我去叫醒他吧。”

“没关系，我在这边等就好。”小九说着坐到沙发上。

林凡问：“小九，你刚刚说，是去谈合约的事？”

“是啊，风应该和你提过吧，他的三年合约终于结束了，风不想续约，所以去公司签字确认一下就好了。”小九说道，“签字之后，风就自由了，林凡小姐肯定也很高兴吧。”

高兴吗？林凡不知道，她的心，乱糟糟的，自己都看不明白了。

一方面她确实希望金凌风不被束缚，也可以更好地和自己在一起，另一方面她又觉得自己很自私，金凌风现在正是事业发展最好的时候，就这样离开了舞台，会不会就像小缨的妈妈一样，留下永远的遗憾。

金凌风睡醒了，穿戴好之后便和小九去了公司，林凡留在家，做饭、吃饭，不禁感觉有一丝熟悉。

三年前说要退出娱乐圈的时候，她也是这样在家里等，那时候的她，忐忑不安，最终也没有等到想要的结果，而今天，她的心态平和多了。

想要和这个男人厮守在一起，已经不仅仅是爱情缘起之初的冲动，而是历经了种种之后深思熟虑下的信念。

无论今天的解约是否顺利，无论金凌风最终的决定的什么，无论他们的未来会有多少未知的阻碍，她都绝对不会动摇。

金凌风和小九走进办公室，转椅一百八十度旋转，坐在上面的是卷毛老板。

“怎么是你？不是说那老头要亲自和我谈吗？”金凌风皱眉。

“坐吧。”卷毛老板说。

金凌风冷冷地说道：“我要见的不是你，叫那个老头出来。”

卷毛老板将一份合约放在桌子，很爽快地说道：“解约的话当然没有问题，你只需要在条款上签字确认就行了。”

小九走过去，手刚碰到合约，拿卷毛老板却笑着收了回去。

“不过嘛。”卷毛老板说，“签字之前，我想让你小子看一样东西……”

卷毛老板拿出另外一份文件，递给金凌风。

“这是什么？”金凌风翻开文件看了一眼，不禁皱了皱眉，“惠子？谁啊？”

惠子是一个出道不久的小明星，前不久和金凌风拍过广告，只不过金凌风对她的人和名字都毫无印象。

一年前，惠子还是“国王娱乐”新签的练习生。

空旷的舞蹈室不断地传来砸门声和求救声。

“有人吗！呜呜……”

呜咽音在舞蹈室回荡，Lina 和金世雄在沙发上正要亲热，金世雄隐约听到了声音，竖着耳朵仔细听。

“怎么了？” Lina 问。

金世雄皱了皱眉：“你们的舞蹈室好像有什么声音啊。”

Lina 趴到沙发上，亲昵地凑近金世雄：“啊，那大概又是哪个新人私自留下练习，被锁在里面了吧，管她呢。”

“她好像很害怕，你不去看看吗？”金世雄问道好整以暇地看着Lina。

Lina 一脸无所谓：“明早自然会有人发现她的，我可不想因为一个无名新人把你暴露出来。”

金世雄点了点她的鼻子：“哎呀，你可真够冷血的，你们都是公司的练习生，怎么一点姐妹情谊都没有。”

Lina跪在金世雄面前，身体贴向金世雄，一只手搭在金世雄的肩上，另一只手扯开金世雄的衣领：“唔……现在别说这样的话，你忘了你是来做什么的吗？”

金世雄笑了笑，凑到Lina 面前，将大拇指按在她的嘴唇上：“当然不会，有这种激烈的哭喊声做背景实在是很棒呢。”

Lina 娇羞地低头，金世雄却突然冷下脸来：“但是你这张冷漠至极的脸却让我提不起兴趣。”

“你说什么……”Lina 呆住，不可置信地看着金世雄。

金世雄眼神冷漠，一把将 Lina 推开，然后站起来往外走去。

他打开舞蹈室电源总闸，循着求救声的方向，边走边观察舞蹈室的走廊和大厅。

走廊装修得富丽堂皇，不愧是斥巨资建造，他点点头，很满意的样子。

被困在屋子里的惠子依然在不停地敲门求救：“有人吗？外面有没有人啊？”

惠子在黑暗的屋子里无力地拍打着门，十分绝望。

“门和灯都打不开，怎么办……”她喃喃自语，带着哭腔。

“我好害怕一个人啊！”她放弃了敲门，蹲在地上用双臂保住自己，紧紧地闭着眼睛。

门被打开了一条小缝，灯的亮光照到她的身上，惠子的眼睛被晃得眯了起来，她叫了一声：“……谁？”

金世雄将门完全打开，走了进去，看到了缩成一团的惠子。

进来一个陌生男人，若是平时她可能有几分害怕，但困在黑暗里那么久，终于出现了一个人，还看到了光亮，她反倒终于松了一口气。

惠子抬头看着金世雄，稚气未脱的脸上还挂着泪珠。

“居然对这么可爱的女孩的呼救不闻不问……”金世雄心疼地看着她。

“你是谁？你怎么在这里？”惠子懵懵懂懂地看着他。

“好了，已经没事了。”金世雄声音带着不易察觉的心疼。

“呜呜……”惠子啜泣起来，刚才经历的恐惧都发泄出来。

金世雄轻轻地拍了拍她的肩膀，安慰道：“没事了。”

惠子索性扑倒金世雄的怀里大哭。

“哎呀，为何还哭得这么伤心呢？”金世雄不解地问道。

惠子离开金世雄的怀抱，用手擦泪，也不说话。

金世雄看着惠子，猜测道：“是因为怕黑吗？”

惠子看着他，点了点头。

“你叫什么名字？”

“惠子。”

也许是被关在里面太久了，惠子的话很少，金世雄很耐心地询问了半天，才大概了解了。舞蹈室里的灯出了故障，偏偏这个怕黑的女孩又被锁在了里面，难怪吓成这样。

金世雄打开手机上自带的手电筒，惠子周围瞬间亮了起来。

手电筒的光芒下，金世雄感觉惠子仍然在瑟瑟发抖。

“你冷吗？”他问道。

惠子点点头，细微地发出了一个“嗯”字。

金世雄脱下西装的外套，给惠子披上。

“这样有没有好点？”

“谢谢。”惠子看着他，轻轻说道。

“我不能在这里待很久的。”金世雄说，“要不然，你跟我一起出去，我帮你找一个地方睡一晚。”

惠子的目光有些迟疑，虽然他看起来是个好人，但毕竟是一个陌生男人，惠子不想跟他走。

“那去走廊上？”金世雄说，“走廊上有灯。”

惠子缩在外套里，没有吭声。

“我走的话，手机也要带走哦，你要是害怕就去走廊。”金世雄拿起手机，准备离开。

惠子拽着他的衣袖，惊恐地摇头：“不要，不要走。”

“还有事吗？”金世雄看着她。

“我……”惠子低着头，“我好害怕一个人。”

金世雄看着她，叹了一口气：“哎，这么可爱的女孩子，我也确实不忍心把你一个人丢在这里呢，但是，我得回家了。”

“求求你了。”惠子恳求地看着他。

“好吧。”金世雄坐在她旁边，“那我就在这陪陪你。”

惠子浅浅地笑了一下。

真可爱，金世雄不禁有些心动，恍然间想起了和苏黛拉初识之时，她的笑容也是这般纯净动人。

“你怎么会被关在这呢？”夜里很安静，金世雄的声音也不由得压低。

“我跳得不好。”惠子说，“所以，下课之后留在这里偷偷练习。”

“真用功呢。”金世雄赞许地看着她。

惠子又低着头不说话。

“你是不是想成为最火最受欢迎的偶像？”金世雄问道。

“我……”惠子没什么自信的样子，“我是很想，可是我好像做不到。”

“为什么呢？”

惠子沮丧地说：“我是最差的。”

说话间，眼泪又掉了下来：“即使每天下课都偷偷练习，但我还是最差的。”

金世雄给她擦了擦眼泪。

“这就奇怪了，你明明这么努力，怎么会成绩不理想呢？是不是打分的老师不公平？”

“不是的。”惠子说，“因为她们都是从很小就开始学跳舞，基础打得很好，但是我小时候家里没有条件，所以没有学过。”

“原来是这样。”金世雄点点头，“那就难怪了。”

金世雄安慰惠子：“你小时候没有学过，但还是通过了严苛的筛选，成为了公司的练习生，这说明你很棒，再加上你又这么的努力，我想，你一定会完成你的梦想的。”

“真的吗？”

金世雄认真地点点头：“你一定可以的，我相信你。”

“谢谢你，在这里陪着我，还鼓励我。”惠子说，“虽然我不认识你，但是我觉得你是一个很好的人。”

“哦？”金世雄笑笑，“这么说的人倒是不多。”

【3】

清晨的阳光撒进舞蹈室，练习生小优第一个到。

“咦，门怎么是开的？昨天忘了锁吗？”小优狐疑地走了进去，竟看到惠子靠着舞蹈房的镜墙睡着了，身上还披着一件男士西装。

小优轻轻拍了拍她，叫醒她：“惠子？惠子？”

惠子从朦胧的睡梦中醒来：“小优，是你啊。”

“你怎么在舞蹈房睡着了，已经早上了哦。”小优觉得有些奇怪，“你昨天没走吗？难道在这里睡了一夜？”

惠子看着西装外套，回想起昨天晚上的情况，也觉得有些不可思议，“怎么会这样？昨晚居然对一个陌生人……”

这时其他几个练习生也来了，顿时议论纷纷。

“陌生人？惠子说的人是谁啊？”

“那么晚不可能有别人吧。”

惠子有些懊悔自己说漏了嘴。

几个练习生还想再问问，这时候看到领队 Lina 过来了，大家便默默闭了嘴，恭敬地排成一排。

Lina 气冲冲地进入舞蹈房，她的目光在所有人的身上巡视了一圈。

大家齐声叫道："Lina 姐……"

"昨晚——有谁还留在舞蹈室的？" Lina 严肃地看着她们。

惠子有些惊讶，她怎么知道的？而且，明知道的话为什么不给她开门？

"是谁？"Lina 加重语气又问了一遍。

"是，是我……" 惠子老实地回答。

Lina 愤愤地看着她，十分不爽的样子，原来就是你这个家伙坏了我的好事。

"惠子。"Lina 皱着眉头，掩饰不住的怒气，"这么爱表现自己的话今天我就额外给你增加一倍练习量吧。"

"为什么？"惠子很吃惊，为什么被锁在舞蹈室会莫名遭到惩罚。

"没有为什么，还有，午饭和晚饭取消。"Lina 怒气冲冲地说。

惠子难以置信地看着 Lina，满腹委屈却不敢多言。

上午的训练结束，大家各自去吃饭，小优和惠了走在一起。

"惠子，我好像知道你说的那个人是谁了。"小优说。

"你怎么知道？"惠子觉得奇怪，她也没有描述那个人的长相啊。

"看 Lina 的态度啊。"小优笑着说，"很明显的吧，我们几个当时就猜出来了。"

惠子好奇地问道："是谁？"

"他就是我们娱乐公司的大 BOSS 金世雄先生。" 小优在惠子耳边悄悄说。

惠子吓了一跳，觉得难以置信。

"不会吧，他怎么会在那个时间来我们这种地方？"

"你真是什么都不知道啊！"小优无奈地叹了一口气，和她说话真是太费劲了。

"什……什么意思？"

小优拉近惠子："他是来见 Lina 的啦，虽然也是偷偷摸摸的，但是我们大家都知道了，早就不是什么秘密了，也就只有你不知道而已。"

惠子听到这样的八卦，若有所思，原来……他们是情侣啊，可为什么 Lina 会那么生气地惩罚她呢？难道就因为金世雄那天晚上对她的关心吗？

也不知道为什么，从那之后，惠子开始对这几个神秘人物的身影留意起来，但也只是偷偷留意，几乎没有正面接触。

一次练习刚刚结束，惠子和几个伙伴一起下场休息喝水。刚出门就被眼前的景象惊呆了。

金世雄被三个女孩环绕着，说说笑笑很开心的样子，三个女孩对他举止亲昵。“别动，别乱动啦。”两个女生撒娇地说道。

另外一个还给他涂口红。

怎么可以这样？他不是有女友的吗？惠子四周看了看，Lina刚好不在。

惠子皱着眉头，握紧了拳头，然后慢慢朝金世雄走去。

一旁的小优反应过来的时候，已经晚了。她小声地叫了一句：“喂，惠子，你要去哪？”

可惜惠子什么也没有听到。

金世雄看到惠子走过来，一下子就认出了她。

“是你啊，有什么事吗？”金世雄说。

惠子有些紧张地捏着裙角，但还是鼓起勇气说了出来。

“我知道我不应该过问。”惠子看着金世雄，问道，“但您这么做要是被 Lina 知道了怎么办？”

天哪！她怎么这样跟老板说话，小优心急如焚，赶紧过去拽住惠子示意她不要说话：“嘘，惠子！”

她忍不住责备了一句：“你傻吗？”

惠子一脸迷惑：“我说错了吗？”不是你跟我说金世雄和 Lina 是情侣的吗？怎么现在又这样？

“哈哈哈”金世雄突然大笑起来，惠子更迷惑了。

“你笑什么？”惠子说道，语气竟带了几分责备，好像是在指责金世雄不尊重她。

小优在一旁都惊呆了，和其他练习生面面相觑。

金世雄捂着嘴继续笑：“抱歉，因为你实在是太可爱了。”

惠子盯着他，觉得这人更奇怪了。

金世雄调整了一下，终于转换为认真脸："不过请放心，我和Lina早就分手了。"

惠子愣在原地，过了几秒，才发出了一个"哦"字。

"这就分手了吗？"惠子挠了挠头。

小优摇摇头，赶紧拉着惠子远离这里。

"惠子啊，你真的应该多做一下这方面的功课，他们早就分手了。"

"早就？"惠子很震惊。

"很正常，据说那位就是这样……"小优淡淡地说道。

惠子疑惑地问道："哪样？"

小优简直崩溃。

"我一次性跟你说完好了，我们老板是一个特别花心的人，和很多女性都有过来往。交过的女友数不清，而且分得特别快，和Lina分手没几天，就又交了女友。听说现在，又和冬在一起了，冬你知道吧？我们上一届的练习生，据说公司打算捧她，已经在准备出道了。"

被灌输了太多八卦的惠子在慢慢消化，小优仍在她耳边不停地说："但那是金世雄先生啊！有这种际遇的话，哪个女生不想试试呢？如果我有那个机会，我也会……"

言辞之中，仿佛充满了期望。

惠子迷茫地看着小优，心情也变得复起来。

说来也怪，自从上次在舞蹈室和金世雄再见之后，惠子总是隔三差五地就会想起他，对他也产生了一种奇怪的感觉。

不是喜欢，也不是讨厌，也绝对不是像小优说的那样，渴望所谓的际遇，那是一种说出来的异样感觉，连惠子自己也想不明白究竟是什么。

再次相见是一个月之后。

这天，舞蹈室前台小姐正在打盹，突然眼前出现一个熟悉的男人面孔。

"金总。"前台小姐顿时瞌睡虫就跑光了，"真是太荣幸了，事务繁忙的您怎么会有空来看我们练习呢？"

金世雄似乎心情不错，笑着说：“行程之余顺便而已。”

他说着走进了舞蹈室，在舞蹈室练习的大家都不由自主地停了下来。

“各位不用拘谨，像平常一样就行。”金世雄说道。

大家便各自练习，有的压腿，有的练舞蹈动作，惠子在一边弹吉他。余光中，惠子看见金世雄朝她的方向走了过来，顿时一阵紧张。

但金世雄没有在她身边停留，而是走到了冬的旁边。

两人很亲密地交谈着，但惠子听不见他们说话的内容。

虽然很想专心练习吉他，但也不知道为什么，惠子感觉控制不住自己，总是不由自己地看向金世雄，

更令她无法专心地是，当惠子看向金世雄时，发现金世雄也在不经意间注视着自己，两人目光总是碰到一起。

惠子脸变得通红，手也抖了起来，吉他发出了刺耳的声音。

真是的，怎么弹得乱七八糟的……惠子越是对自己说冷静，冷静，就越是冷静不下来。

偶像培训老师皱着眉，拿着记分册走到惠子旁边。

“舞跳得不好，现在吉他也弹不好了吗？”

“对……对不起。”惠子低着头说道，“我会更努力练习的。”

老师把记分册递给她“自己看看吧，这个月公司的考核又没通过。”

惠子接过记分册，却不敢看。

“哎。”老师叹了一口气，“而且你家里的经济状况也不足以继续支持你下去了吧？如果再没有起色，公司可能要放弃你了。”

公司可能要放弃你了……一整天，惠子脑海里都萦绕着这句话。

而这一天，惠子那坠入低谷的表情，也一直萦绕在金世雄的脑海里，和冬在一起的时候，也总是走神。他想了想，交代了几句，转身就走了。

“您又要走了吗？”见金世雄的架势，冬赶紧拉住了他。

金世雄冷漠地看着冬，声音也冷：“怎么？不可以吗？”

“不……不是……”冬悻悻地松开了手。

“每次见面的时间都这么短暂。”冬有些急切地问道，“上次那个让我快一点出道的承诺究竟什么时候能兑现呢？”

“真让人失望啊。”金世雄叹了口气，从房车走了出去。

“哎？”冬心下一紧，突然有了不好的感觉。

金世雄停下脚步，说道：“本想让我们之间的缠绵再多持续一点，没想到这么快就……变得贪婪了。”

“我……我不是……”冬正想解释，但金世雄已经不想听，漠然地离开了。

“等……等一下……”

冬在后面喊着，但金世雄并没有回头。

【4】

夜深人静，惠子一个人在舞蹈室中哭泣。

“惠子？”

惠子抬起头，巨大的舞蹈玻璃上倒映着金世雄的身影，高贵帅气挺拔。表情玩世不恭。

“几乎每次见到你的时候，你都在哭呢。”金世雄低下头看着惠子。

“才不是。”惠子身后抹了抹眼泪，认真地纠正他，“只有两次而已，其他时候不是这样。”

“您是来和冬见面的吧？她早就走了。”惠子停止了啜泣。

金世雄笑了笑：“我和冬已经分手了。”

又分手了？这个人……他难道没有真正去喜欢过哪些女生吗？真搞不懂他在想什么。

“那你来……”

金世雄没有正面回答她的问题，而是问道：“我记得，惠子的梦想是当偶像吧？”

“虽然是的，”惠子神情失落，“但是练习了这么多天，却毫无进步，这样下去应该是没机会了。”

金世雄似乎想起了什么，突然说道：“我倒不这么认为。”

“谢谢你的好意，总是鼓励我，但是我知道自己的实力，的确是不够。”惠子擦了擦眼泪，“我已经想通了，我会更加努力，但如果实在不行的话，我也可以接受。”

“不用这么悲观。”金世雄说，“曾经有一位非常当红的女偶像，无论是才华和个性都和你很相似呢，就连她的儿子也很好地继承了她的天分，在如今的歌坛大放异彩。”

惠子看着他，继续听他说下去。

“偶像这种事物就像太阳一样，人们之所以热爱他们，是因为疲惫的心被阳光滋养，一切不愉快都会被治愈，不知不觉阳光就成为了人们的信仰。如果有一天突然被收回，他们的世界将陷入黑暗，那些本被克制住的阴暗的东西失去了天敌，在人的心中疯狂地滋长，人失去信仰就如同死去一样。”

金世雄嘴角勾起一抹微笑：“我就是那种失去阳光就会死的人。”

“我不明白，您这样的人可不像是那种需要偶像的人。”惠子低下头说，“其实只要真心对待自己的恋人，长久地交往下去不就好了吗？”

金世雄眸色一深，看了惠子一眼，唇角又勾起了一丝笑容：“这么说来惠子有想要真心对待的人吗？”

惠子对于金世雄这样的发问感觉十分困扰，同时很不习惯他那样的笑容，默默地扭过头去：“别用问句回答我的问句啊。”

金世雄不再说什么，转身就走。

临走的时候突然伸出手：“总在舞蹈室睡可是会着凉的，来我这里吧。”

“嗯？”惠子不明白他的意思。

“顺便告诉我，你为什么要哭呢？”

“因为……”惠子欲言又止。

那天，老师把月度考核排名挂在了墙上，说：“都来看一下自己这个月考核的成绩吧！”

大家便都纷纷都凑了过去。

小优一看自己排在第三，开心得跳了起来，“啊啊啊这次有进步诶，亏我练得那么辛苦！”

其他人也挤在一起讨论着。

“我没什么变化，还好没退步。”

“Lina 姐又是第一，真厉害啊！”

小优突然注意惠子的成绩：“但是惠子……”

惠子独自坐在高脚凳上，小优走了过去。

“惠子，你怎么不过去看一下？”

“不用看了。”惠子失落地说道，“我在同期练习生里，成绩每次都是垫底的，这次也不会有奇迹。”

“可是——”小优试图安慰她，“这一次，你和倒数第二名的差距，比上一次小了，不管怎么样，不要放弃！”

“那也还是垫底。小优，再考一次最后一名，我就真的要被踢出公司了！”

小优抱了抱她，想给她力量：“加油，惠子！”

Lina 走了过来，淡淡地看了一眼月度考核排名上她排在第一的名字，一副习以为常的样子。

Lina 瞬间被大家包围。

“Lina 姐不愧是我们班的领队！太棒了！”

“是啊，超厉害的……”

“下次练习的时候也教教我吧？”

连小优也忍不住跑过去和 Lina 套近乎了，还顺手拉了惠子一起过去，但惠子什么也没说，只是安静地站在她们旁边。

一个练习生突然说道：“你们猜今年的《偶像淘金》谁会优胜？”

“《偶像淘金》啊！”另一个练习生说道，“听说今年我们组也有很多人参加呢。”

“诶，真的吗？”惠子很吃惊的模样。

“惠子又不知道？”小优看着她，“你好像什么都不关注一样。”

其他人已经就《偶像淘金》的话题讨论开了。

“虽然说这是面向各公司偶像新人的选秀，但也是目前最受观众喜爱的娱乐节目，所以很多新人为了增加自己的曝光也会去参加。因为很多大公司的老总和猎头也会关注这个节目，对想成为偶像的人来说这是表现自己的最佳机会。”

“我觉得Lina姐很有可能突围！长相身材俱佳，能力也很出色！冬也很棒啊！她是童星出道，舞台经验比我们所有人都多。但是平时看起来好孤高啊，一脸胜券在握的样子，我不喜欢她。”

“人家确实有实力嘛，但是她那种性格不适合做偶像。”

“哈哈哈跟我想的一样，所以我还是站Lina姐。”

“唔，我好想快点出道啊。”小优插了一句。

“想得美啊你，慢慢熬吧！”

想到这些，惠子忍不住叹了一口气。那不是属于她的世界，她完全没有办法融入。想到这里，惠子不由得觉得落寞。

“虽然我的成绩一直是最后一名，但是我其实一直很想参加《偶像淘金》”惠子说，“Lina和冬，她们很厉害，我一直很羡慕她们，一想到要和她们同台竞技，我就连报名的勇气都没有了，我真没用！”

金世雄点点头，很诚实地说道：“确实，你的资质太差了，这是很难改变的事实。不是我泼你冷水，按现在娱乐圈的情况来看——”金世雄说，“你不可能当上偶像。”

金世雄突然说出如此现实冷酷的话，惠子心里一痛。虽然她心中也确实这么怀疑过，但这么直白地在她面前说出来，那种打击仿佛增强了许多倍，彻底击垮了惠子心中残留的那么一点点的希望。

她垂下头，默不作声。

金世雄笑着说：“来我家吧，我给你看点东西。”

【5】

惠子跟金世雄上了车，带着满腹疑惑，来到了金世雄的豪宅。

“可以下车了！”金世雄声音淡淡，然后就下车了。

惠子正想拉开车门，管家已经迎了上来，将车门拉开，并伸出了一只手：“请。”

惠子迟疑了一秒，还是伸出手放在管家的手上，任由他扶着自己下了车。

看着眼前豪华的别墅区、前院广场、花园泳池，惠子不由得惊叹起来：“天哪，也太豪华了吧。”

“金先生，您回来了。”管家恭敬地递上毛巾，“金先生，请用毛巾。”

金世雄擦了擦手，往别墅内走去。

惠子跟在金世雄身后，东张西望地看这看那。

我现在住的出租屋，可能还没有他一个浴室大！惠子在心中感叹着，有钱人和穷人，真是天壤之别。

进到室内，装扮统一的女仆们齐齐向金世雄行礼。

宽大的客厅奢华而高雅，水晶吊灯下的各类家具都十分有格调。女仆们穿着精美的服装，精致妆容，礼貌地朝金世雄行礼。

走进去的时候，惠子听到女仆窃窃私语。

“喂，这是哪来的，以前没见过……”

“新来的女仆吗？看起来年纪好小啊。”

惠子不由得自卑起来，如果来的是Lina或者冬，绝不会被这样说吧。

金世雄感觉到惠子的异样，走回到她旁边，对女仆说道：“这位是惠子小姐。”

女仆们赶紧行礼，恭敬道：“惠子小姐好。”

这种架势惠子很不习惯，欠了欠身，说：“你们好。”

金世雄看着她那不安的样子，觉得很有趣，忍不住笑了起来。

惠子不好意思地低下头，跟着金世雄往前走。

金世雄箱子里翻找，很快金世雄开心地看着惠子，挥挥手上的录像带，说：“找到了！”

惠子看过去，他的手里拿着一盘录像带。

“这是什么？”惠子疑惑地问道。

“这是我们公司当下最红男偶像——金凌风出道前培训期间的成长DV。”金世雄说道。

惠子的注意力一下就被提了起来：“是那个当红偶像金凌风？您怎么会有这个东……”

金世雄将录像带放进 DV 机，惠子好奇地看着这一切。现在这种机器早已面临淘汰的命运，普通家庭也不怎么使用了，没想到金世雄的家里竟然还有这样的古董。

金世雄坐到惠子旁边，拿起遥控器按了一下，说道："他是我们公司重要的艺人，这是作为采访资料收集的。"

显示屏出现金凌风的身影，看起来有些青涩。

"咳咳！好了吗？"金凌风对着镜头说道，"那我开始了。"

惠子认真地盯着屏幕，虽然不知道金世雄给她看这些东西的目的，但当红偶像金凌风的成长史，她的确很感兴趣。

"这是我自己写的词哦。"金凌风看起来很自信的样子。

不愧是创作型偶像，惠子在心中赞叹，很期待看到他的表现。

金凌风摆着酷酷的 poss 唱了起来。

"乌鸦的悲伤，地狱的黑暗……"

惠子瞬间如同被雷击中一样僵在那里。

"流着血的愚民爬向洁白的圣母像……"屏幕上，金凌风自得其乐地继续唱。

呃……好难听！这哪里是成长史，分明是黑历史吧！而且歌词……真是一言难尽，看来他低智商考零分的传闻是真的。

惠子听不下去了，但是又不好当着金世雄的面直说，眼神尴尬的闪烁。

金世雄看着她的样子，哈哈大笑起来。

"唱得很差，歌词也很幼稚是吧？"金世雄笑完，很认真地问惠子。

"呃……"惠子不知如何回答，金凌风毕竟是公司正当红的艺人，也是风靡万千少女的国民偶像，她一个还没出道培训考核成绩垫底的练习生，实在是没资格评判，即使心中觉得金世雄说得没错，也不敢附和，但若是直接否认，又未免显得太虚伪了。

金世雄阅人无数，单看她的表情便明白了她的内心所想，笑着拿起遥控器按了按，说："把这一段快进过去吧。"

画面快速闪过，惠子呼了一口气，希望下一段录像不要这么尴尬。

画面上，金凌风变得活泼好动起来，又唱又跳："这是本大爷自创的 Rap——耶，耶耶！”

惠子很是震惊，明明电视上看到的他挺正经的啊，私底下竟然这么放得开？而且那奇怪地表情、中二爆表的动作，偶像包袱快被丢光了吧，不过仔细一想，他那个时候好像还不是偶像……

这段 rap 结束之后，画面中出现很多男孩。

金世雄说道："这是他参加偶像培训班的第一天。"

偶像培训班，惠子微微有些触动，原来金凌风和她一样，也是上过偶像培训班的，只不过，他的表现一定比自己优秀很多吧，就像 Lina 和冬那样，有一批拥趸。

录像里传来的声音："今天要进行分组摸底测验，请陪同的监护人在观众席观摩——"

"下面轮到金凌风了……"

惠子期待地看着屏幕，金凌风站在舞台上 poss 十足，自信地开始演唱。

从第一句开始，惠子就惊得呆住了，脑子里一片空白，有点不敢相信自己的耳朵。

太差劲了吧，全不在一个调上……惠子想吐槽又不敢，忍得很辛苦。

但那些评审就不会这么忍受了，他们大声嘲笑舞台上的金凌风的表现。

"喂！你是来开玩笑的？你这叫唱歌？"

"我晕……谁去查查把这家伙推荐进来的是什么人？故意逗我们玩？"

"额，我看那个人才是真的……脑子进水了吧？就这样还想当偶像，简直要笑死我。"

他们毫无顾忌地嘲弄传到了金凌风的耳中，心中的怒火不断地攀升，直至爆点。他停止了演唱，气得咬牙切齿。

"臭老头你说什么！"金凌风一个箭步窜到评审面前，粗暴地抓起那个男人的衣领，大吼，"你信不信我今天就让你丢掉工作！"

那男人不屑地拽开了金凌风的手，其他评审们纷纷斥责金凌风的无礼行为。

“这人表现得那么差，脾气倒是不小！小子，你以为你是谁啊？就凭你，一个唱歌唱成这样的毛头小子，有什么本事能让我们失业？”

“这叫什么，‘艺差人胆大’哈哈哈……”

金凌风眼里满是怒火，直接上去把评委的桌子给掀了，上面的东西撒了一地，现场一片混乱。

看录像的惠子也不由得有些紧张，竟然和评审老师干了起来？拍摄的人好像也有点慌了。

摄像师估计是受到了影响，之后拍摄的画面明显不够清晰，声音也收录得不好，惠子听不太清了。只看到金凌风说了一句什么，那些评审突然间变得惶恐起来，再没有之前趾高气昂的气势。

金凌风和他们大吵，评审脸色越来越差，也不知道是发生了什么，金凌风突然冷漠地走向摄像师。

“别拍了，我再也不要唱歌了。” 他用手遮挡住了摄像头，画面瞬间变黑。

惠子看着黑屏，感觉难以置信，这个人……真的是金凌风吗？

“和你现在看到的形象有很大的落差吧？” 金世雄端起女仆递上的咖啡，喝了一口，淡淡地说。

“简直不敢相信。”惠子诚实地说，“别说是新人偶像……这个时候的他，水平甚至连普通人的程度都比不上，而且冲动暴躁，沉不住气……”

金世雄转过身，看着惠子，继续说道：“但那一年的《偶像淘金》，他是冠军。”

这怎么可能？惠子惊讶地看着金世雄，金世雄认真地点了点头。

“他……是怎样当上冠军的？”惠子好奇地问道。

金世雄笑了笑：“你往下看就知道了。”

REC

第十一章

那个红极一时的女偶像

【1】

看完了录像带，惠子仍然心事重重的样子。

夜深人静，宽敞的屋子里就剩下她和金世雄两个人了，她知道金世雄给她看这些东西的深意。但是，不是每一个人都有机会成为金凌风，成为大红大紫的偶像，有多么的不易，她心知肚明。

“明明付出了很多辛苦，但却都是徒劳的。”惠子低头看着自己的手，“所以，您要我报名参加《偶像淘金》这件事，我没办法做到……”

金世雄问：“你的心里，难道一点都没有变成金凌风那样的想法吗？”

“我已经没有那种自信了。”惠子真诚地看着金世雄，“谢谢您给我看那些，但我恐怕要辜负您的好意了……”

金世雄靠在沙发上，说道：“那么喜欢逃跑，你的人生也没什么希望了。”

惠子忍着眼泪，站起身来往外跑。

金世雄冷眼看着这娇弱的背影：“胆小，自卑，不敢改变的人，是永远没法成为偶像的。”

话落音的时候，惠子的脚步突然停下了。

也不知道是哪里来的勇气，她猛地转身冲到了金世雄的面前。

“你不要再说了！”惠子吼道，“你明明知道我已经够难过了，为什么还要故意这么说？”

“因为我想帮你。”金世雄说，“我可以帮到你，就像帮助金凌风一样。”

“不……不一样。”惠子的声音弱下来，“你不会明白，像我的这样的人，内心中到底有多少痛苦和压抑。我也不想逃跑，不想胆小不想自卑，可是我又有什么办法，你不明白就不要用这样的态度来指责我！我都已经决定要放弃了，你为什么连最后一点的尊严都不留给我！”

“我明白。”

惠子苦笑道：“不可能，你不会明白的，你这种已经拥有庞大家产，生活什么的都不用担心，想要什么就有什么，甚至可以说只手遮天的人，怎么会明白我这种……”

惠子的话还没说完，突然天上“轰！”地响起了一声巨雷，惠子吓得一颤，差点摔倒了，金世雄赶紧扶了她一把。

“你没事吧？”金世雄关切地问。

惠子后退了一步，正要开口，忽然间，整个屋子黑了下来。

“怎，怎么？”惠子害怕地问，她的声音在颤抖。

“不要紧张。”金世雄说，“可能是雷击造成的停电，我出去看看。”

他刚迈出步子，就发现惠子死死地拽着他的衣角。

“别、别走……”惠子哀求着。

金世雄有些诧异：“怎么了吗？”

“我怕黑。”她小声说道。

金世雄想起来，第一次见到她的时候，她就是因为怕黑吓得不成样，黑暗对于她来说，可能是比洪水猛兽还要可怕的存在。

金世雄张开双手：“来，我抱着你。”

惠子有些犹豫。

“抱着你就不害怕了，来吧。”金世雄说。

惠子轻轻地靠在了金世雄的怀里，金世雄紧紧抱着她。

“是不是好多了？”

“嗯……”惠子说，“谢谢你。”

“你的才华之所以不被人看到，是因为用错了方向。”金世雄说。

惠子没作声，静静地听他说。

“但从今以后，不会再是徒劳的，不会再有任何迷茫了。”金世雄爱怜地说道，“我会牵着你，带领着你，像现在一样抱着你……直到你平静下来。”

虽然不知道金世雄为什么要对她说这些，也不懂这些话是什么意思，但是在这可怕的黑暗之中，金世雄那抚摸着她头发的手，他宽阔的胸膛，都让惠子觉得非常安心。

“啪！”灯亮了，屋子里重获光明。

金世雄看着惠子，她脸颊上泛着红晕，在灯光的映照下，显得可爱极了。

“我决定不放弃了……”惠子说，“关于成为偶像的梦想。”

金世雄微微颔首，说：“那就在这住下吧？”

“什么？”惠子吃惊地看着她。

“我既然说了要帮助了，就会落入实际。”金世雄说，“挑一个喜欢的房间吧，我让仆人帮你收拾，有什么需要用的东西，也尽管吩咐她们。”

惠子就这样入住了金世雄家的豪宅。

她躺在床上，感觉像是做梦一样。虚虚实实，她快分不清了。

第二天一大早，吃完可口的早餐之后，金世雄领了几个人站在了她的面前。

“让你住下，是为了方便特训。”金世雄说，“他们几位，都是曾经教导过金凌风的老师。”

“如果能得到这么厉害的老师教导，那真是太好了，可是……”惠子说，“那偶像培训班那边怎么办？”

“那边的训练照常，结束后来这边特训，到午夜结束。”金世雄严肃地看着她，“从今天起直到比赛，会对你进行严格的特训！”

他说要帮助我，说要落入实际，原来是这个意思，惠子看着金世雄和各位老师，忽然间觉得充满了信心。

或许……成为金凌风那样的偶像，我也是可以的吧！

到了舞蹈室，惠子找到Lina，递上了《偶像淘金》的报名表。

“这要报名参加《偶像淘金》？”Lina震惊地看着她，这丫头，也太不自量力了。

旁边的练习生闻言也都很吃惊，纷纷围了上来，就连一向孤傲不合群的冬也停止练习，看了过去。

Lina不屑地看着惠子说道：“对不起，你的报名表我不能收。”

“为什么？”惠子不明白，争辩说，“我明明听说，只要是公司的新人都有参加的资格的啊，为什么我不可以……”

“惠子！”Lina打断了惠子，然后皱着眉头说道，“这是展示给全国观众的大型节目，你难道连自己是什么样子也看不清楚吗？”

空气里有一瞬间的沉默。

小优有些听不下去，但又不敢说Lina什么。只能和旁边的练习生小声讨论，替惠子鸣不平。

“也太过分了吧？都是一个班的，怎么一点情分都不讲，话还说得那么难听。”

“是啊。”另一个练习生接腔，“我看啊，她多半还在记恨那晚的事……其实咱们老板是什么样的人大家还不清楚吗，她被金总甩了根本就不关惠子的事。”

Lina隐隐听到了她们的窃窃私语，心中的怒火又涌上心头，她将惠子报名表随手扔在地上：“你这水平的人参加只会给公司丢脸。所以啊趁早死心吧。”

惠子一直低着头，她蹲下身子，拾起了自己的报名表。

“我考核成绩确实比不上你们，外形方面也不如你们有优势。”惠子看向Lina，眼神坚定，“但……这并不代表我未来也会输给你们！”

所有人都被惠子的话震慑到了，都不由自主地看着她。

说得好，惠子！小优在心里默默给她打气。

“所以……”惠子走近Lina，“不要用你看到的现在的我……来断言未来的我”

Lina皱眉，她盯着惠子，觉得是时候教导一下这不懂事的新人了。

“就是因为你这样才让人讨厌。”Lina 说道，“听着，不要拿龟兔赛跑那种骗小孩的把戏当作精神支撑，别幼稚了，真正有才能的兔子是不会躺在树下睡觉的，他们不仅天生就是兔子，而且还在不眠不休地向前奔跑。也就是说，只要你是先天速度不如兔子的乌龟，那你是永远追不上前面的兔子的，这你总该懂了吧？”

“追不追得上，只有试过才知道。”

惠子说着，再一次递上了她的报名表。

这丫头是疯了吧，竟然敢这样和她呛声。

旁边的练习生见状，赶紧说：“算了，Lina，别跟她置气了，反正她很快就会被淘汰的。”

“就是，她怎么可能胜过你呢？”另一个练习生也附和道。

Lina 看着惠子，说：“说得没错，我看你也只有现在能嘴硬了，行啊……那你就尽管参加看看吧，到时候不要吓得不敢上台才好。”

“我不会的。”惠子说。

“惠子她真的做到了诶！”小优又惊又喜，“竟然敢如此强硬地寻求机会，并且成功了。”

“这个人……真的是惠子吗？”她旁边的练习生眼神迷惑，“怎么突然好像变了一个人一样。”

“不，那是你不够了解她。”小优说，“只有我清楚，虽然她比谁都刻苦地练习，但考核成绩总是不理想，她是真的……明明付出了很多，却始终徒劳，所以才会那么的胆怯和自卑……但是惠子，她始终有她优秀的一面，否则也不会通过层层筛选进入公司，我想，惠子一定是受到了鼓励，下定决心要突破自己的！”

【2】

惠子急匆匆地打车赶回了豪宅，几个老师已经在等她了。

“金——先生呢？”没看到金世雄，惠子有点失望。

“金总难道还陪着你在这里训练吗？想什么呢！”老师瞪了她一眼，“赶紧的，开始训练！”

“可是我还没有吃饭。”惠子说，“总应该先吃饭吧？”

“吃饭？”老师不可思议地看着她，“金总跟我们说你是个很努力的女孩，你怎么一来就想着吃！”

惠子有些委屈：“努力的女孩就不吃饭吗？”

“不许顶嘴！训练！”

由于肚子饿得咕咕叫，在录音棚里录歌的时候总是忍不住分神，老师气得不行，要求她顶着书罚站了20分钟。

罚站的时候，老师们的讨论声钻进了她的耳朵。

“哈，虽然形体不行，但她的音色和乐感都还不错呢。”

“是比金凌风稍微聪明一点，可长相差太多了，偶像也不是光靠实力就能当的。”

惠子迷惑地皱皱眉，长相……性别不同也能拿来比较吗？

“这些不是问题，出道后微整吧。”

惠子头上的书差点掉了下来，什么啊，我才不要整容。

罚站完毕，惠子耷拉着脸准备继续练习，却听到老师说晚餐时间到了。

幸福来得太快，惠子一溜烟窜进了餐厅。

那一刻惠子明白了什么叫作“希望越大失望越大”。

餐盘里只有非常小的一块全麦面包，外加两颗小草莓，旁边的牛奶杯里，也只有半杯牛奶。

“这就是晚餐吗？”惠子目瞪口呆，诚实地说，“分量太少了我吃不饱。”

“想在比赛前瘦到九十斤的话，每顿都必须按照我的安排进食。”老师说道，“赶紧吃吧，你只有五分钟。”

惠子赶紧拿起刀叉，同时在心里默默留下两条宽面条泪，真的是艰苦的特训啊！

虽然是一个非常痛苦的过程，但两周后，惠子便习惯了这种饮食结构，特训也逐渐步入正轨。

唯一失落的是，已经很久没看到金世雄的影子了。

惠子在床上翻来覆去睡不着，他到底去哪儿了呢？对了，她忽然想到，或许可以向女仆打听一下。

惠子想着，披上浴袍来到走廊，果然看到两个值班的女仆。

“惠子小姐！”女仆礼貌地打招呼。

“金先生最近都没回家，你们知道他去哪儿了吗？”

女仆答道：“金总的行踪我们不知道，可能过段时间就会回来了吧。”

“难道人不是应该每天都回家吗？” 惠子有些诧异。

女仆“噗”地笑出声来，说：“金总哪有那么闲啊？”

“是啊惠子小姐。”另一位女仆说道，“金总可是个大忙人，平时总是到处飞，经常在国外，好几个月不回来也很平常。”

啊，看来大人物也有大人物的烦恼吧，惠子惭愧地低下头，当初真不该对他说那些话的，我太无知了。

惠子正打算回屋睡觉，却被几案上摆放的一个相框吸引了，位置摆得那么显眼，一定是很重要之人的照片吧，但为什么，是朝着里面摆放的？

她好奇地伸手去碰相框，两个女仆们瞬间紧张起来。

“啊，惠子小姐！你看完后千万别忘记放回去！”

“要是被金总看到，会解雇我们的。”

“解雇这么严重？”惠子问，“这到底是谁的照片啊？”

“我们也不知道，这张照片，金总交代过，既不准我们收起来，又不准我们翻到正面，我们原本碰都不敢碰的，但金总又要求每天都要擦拭。”

这也太诡异了吧，惠子拿过了相框，两个女仆吓得背过身去。

“惠子小姐，我们什么都没看到……您，您千万记得放回原位啊。”

惠子看着照片上的人发愣，这个女人……不是上一代那位非常出名的女偶像吗？

“曾经有一位非常当红的女偶像，无论是才华和个性都和你很相似呢。”金世雄的话在她耳边回响。

这个人，就是他说的那个人吗？那个红极一时的女偶像……才华个性跟我很相似？

惠子仔细盯着照片看，这个女人是那么的美丽妖娆，还散发着贵气，和她相比，自己简直是一只丑小鸭。

惠子叹了一口气，将相框放回原位摆好，突然之间感觉心里空落落的，愈发没有困意了。她低着头，漫无目的地往前走着，豪宅很大，但灯光很明亮，她几乎感受不到现在已经是深夜了。

“惠子？”经过泳池的时候，她听到一个熟悉的声音。

一抬头，竟看到金世雄坐在泳池边的靠椅上，面前还放着喝到一半的红酒，顿时惊讶万分。

“您……您什么时候回来的？”

“刚回来不久。”金世雄笑着说，“还以为你睡了呢。”

惠子定在原地，呆呆地看着金世雄。虽然还是和以往一样的帅气，但是看起来一副疲惫的样子，似乎很辛苦。

金世雄赞许地看着她，说：“我听老师们说了，最近的成果很是不错嘛！体重能维持到九十斤以下，台风也得到了很大的提升……但是练歌太卖力也不行哦，比赛之前一定要保护好你的嗓子啊。”

惠子听着听着，突然跑向了金世雄，从后面紧紧地抱住了他。

“惠子？”金世雄有些发愣，“发生什么事了吗？”

“没……没有……”惠子嗫嚅着，终于忍不住问道，“那张照片上的女人，是你什么人？”

金世雄脸色微变，声音也冷了下来，说：“这个问题，和训练有关系吗？”

惠子垂下头，小声地说道：“没，没有……”

金世雄突然拉住惠子的手，稍一用力，就把她拉到自己的怀里。

惠子看着金世雄，迫切地想要寻找一个答案。

金世雄也看着她，眼神虽然藏不住疲惫之色，却似乎隐隐闪着光。

“是训练的原因吗？怎么你和我刚见面的时候有点不一样了。”金世雄唇角勾起一抹笑容，“我喜欢女生这种非要问出点什么的表情。”

金世雄把惠子越拉越近，惠子感觉自己的心怦怦直跳。

“……非常有魅力。”

他说完这句话，惠子就感觉金世雄拉住自己的那只手失去了力气，越握越松，她正想问，金世雄突然靠在了惠子的身上。

“金……”惠子感觉不对，慌张大喊，“有人吗……谁，谁来看一下！金先生他……”

“是过度劳累导致的，没什么大碍，今晚会有医生看护他的。”一位老师关上了房门，对惠子说道。

惠子总算是松了一口气。

老师继续说道：“惠子你就不要担心了，明天你还要比赛，今晚早点去休息吧”

“好……”惠子转身离开，步子走得很慢。她无奈地叹了叹气，这个时候，还是希望自己可以陪在他身边。

也不知道他明天能不能来看我的比赛？经过走廊的时候，惠子又忍不住看了一眼那个相框。

最后还是没有问出真相……本来还有点失落，但是她想到明天的比赛，现在觉得浑身都充满了力量。

我会全力以赴的！惠子默默对自己说。

【3】

《偶像淘金》比赛现场，Lina在舞台上边唱边跳，歌声动听，舞姿迷人，粉丝们在舞台下举着牌子大喊“Lina！ Lina！”，气氛非常热烈。

“Lina姐简直了，超有范！”一个迷妹大喊，“Lina姐！你是我的偶像！”

小优和同组未参赛的练习生一起坐在台下，大家对Lina的表现也纷纷表示赞赏。

“如果我也能这么优秀就好了。”小优在心里默想着。

“话说，那个和Lina姐叫板的女人呢？”前排突然有人说道，小优不禁一愣，没再观看表演，而是专注听她们说话。

“今天在后台都没看到她耶。”

“我说，不会是弃权了吧？”

“我去，临阵脱逃，真丢脸。”

“就是啊，之前交报名表的时候我还真以为她出息了呢，没想到……哈哈哈！”

小优一阵紧张，惠子弃权？不可能吧……

“惠子她没事吧？你们有人见过她吗？”小优问前排的练习生。

“自从那之后，都不知道她在忙些什么呢……”

“从那天开始，就没见到她的人影。”

小优担心得不行，惠子啊惠子，你到底去哪儿了？

“别管她了，她就是不敢来，弃权了。”

“不会的！”小优语气坚定，“我相信惠子，她一定不会弃权的！”

惠子确实没有弃权，她只是迟到了。

“完了，这下真的完了！”惠子顶着乱糟糟的头发，在车里绝望地大喊。

“别说‘完了’这种丧气话。”老师瞪了她一眼，“不是教过你了吗？到底记没记住！”

“可是，现在赶过去来得及吗？我妆发也还没弄。”惠子几乎要崩溃了。

“谁让你起得那么晚的！”老师骂道，“睡懒觉也要挑时候啊，就你这样还当什么偶像！”

惠子低着头听着老师的责骂，一声不吭。

总不能说我昨晚精神亢奋，失眠一夜没睡着吧。

“现在不是追究责任的时候。”另一个老师说道，“先解决问题吧。”

惠子向他抛去感激的眼神。

“我去沟通一下，看看能不能把惠子的出场调整为压轴，你们在车上帮她完成妆发。”老师说完便掏出手机打电话。

惠子还没完全反应过来，另一位老师已经翻出了好几件衣服，化妆师挪到惠子旁边给她化妆，同时和老师讨论服装。

“这套怎么样？”老师问道。

“我认为并不符合惠子小姐的定位。”化妆师随便扫了一眼，继续给她擦粉底。

“不不，只有多尝试才能知道观众的反应。”老师坚持自己的看法。

化妆师有些急了：“我这边妆容需要和服装搭配，你这样我很麻烦……”

“时间真的来不及了，就这套吧，惠子你先换上，然后她换衣服这段时间，你想一想妆容。”老师把衣服丢给惠子。

惠子拿着衣服也很纠结，说：“有男的在啊……我怎么换？”

“没有人看你啦！”老师咆哮道，“快点给我抓紧时间换上！”

惠子躲在女老师的后面换好了衣服。

“竟然不错诶！”化妆师开心地笑了，“还是你的眼光好，我一看她穿的样子，瞬间就有灵感了，哈哈哈！”

才短短十分钟，妆容就完成了。

“完美！”老师称赞道，和化妆师击了个掌。

“化妆 OK 了是吧？接下来交给我吧。”造型师走了过来。

惠子一愣，这不是那位很有名的造型师吗？刚刚居然没有发现。

“你这头发很久没剪了吧，艺人不多打理是不行的啊。”造型师一边修剪惠子的头发，一边说道。

“你是不是就是那个……”惠子一脸迷妹状，“我在电视上看见过你！”

“我是金凌风的造型师，今天是被金先生邀请过来帮你的。”造型师说，“想当初，那孩子出道前的第一个造型也是我设计的，现在已经成为经典了。”

“原来如此！”惠子心里一阵开心。

“好了，这样就完成了。”造型师将剪刀放在一边，在惠子前面架起了一块镜子。

惠子看着镜子里的自己，好像变成天鹅的丑小鸭第一次看到湖面，红色的礼服搭配蓝色的绸带，加上时尚的发型和精致的妆容，感觉自己面孔有些美得不真实。

“真神奇……难以置信……这……真的是我吗？”

大家见到这样的惠子都忍不住大笑起来。

妆发造型完成后，车子也顺利抵达了比赛现场。

“快去后台候场吧。”老师说。

“嗯……”惠子突然想起忘记问了，“那个……金先生今天会来吗？”

“颁奖礼之前是不会出现了，金总还有别的行程。”老师催促她，“别想这些了，加油，记得拿出你最好的状态。”

惠子匆匆跑进后台，此时后台已经一个人都没有了。

又是这种空荡荡的感觉，惠子坐在化妆台上，呆呆地看着镜子里的自己。

一个工作人员风一般地冲了进来。

“请问是选手惠子吗？”

“啊，是！”

“你终于来了！快准备一下吧，下一个就是你了！”工作人员说完又风一般地跑走了。

惠子慌忙地起身，外套勾到了化妆台的把手，她“咚！”地摔倒在地。

“啊，好痛。”惠子揉了揉脑袋，正要爬起来，突然发现一双男人的皮鞋出现在自己眼前。

这个人是……

“惠子，你剪头发了吗？”

惠子惊讶地睁大眼睛，这声音……

金世雄蹲下来，看着惠子：“抬起头来，给我看看。”

惠子慌张地想要挡住脸，尴尬地说道：“不！不要看我！”

金世雄抓住惠子的手，轻柔地将惠子的手扳开，仔细地盯着她的脸看。

惠子又害羞又窘迫：“我现在肯定难看死了！”

“没有……很可爱嘛。”金世雄笑着说，“真的，很可爱。”

惠子被金世雄的夸奖击中，之前的失望失落一扫而空。她知道，金世雄在给她打气，鼓励她，让她更加自信地站在舞台上。

“快过去吧，你快上场了，要加油。”金世雄伸手点了点惠子的额头。

“嗯！”惠子坚定地点头！她一定不会让眼前这个人失望的！

此时场上表演的是冬，她的表演已经接近尾声，但观众仍然热情高涨。

冬下台后，练习生在关注网络上的实时投票。

“冬的网络支持率好高啊！超过Lina了！”

“虽然说有网络投票的环节，但她们谁能出道的决定权还是握在各位公司老总的手中。”

“Lina还是冬……这次的冠军到底会是谁呢？”

主持人站上舞台上，说：“刚才选手冬，为大家带了精彩的演唱，接下来要上场的就是我们今天的压轴选手——惠子！”

“惠子？她来了？”大家惊讶不已。

“太好了。”小优激动得差点流泪，“惠子，我就知道你一定不会放弃的！”

惠子抱着吉他，缓缓走上舞台，练习生们纷纷看过去。

“哇，惠子今天看起来有些不一样啊……”

“来这么晚，难道就是去打扮的？哎，原来这就是她的秘密武器吗，真有意思，以为靠外表就行了吗！”

“惠子才不是只靠外表。”小优忍不住说道，“她的吉他一直都弹得很好。”

惠子站到了舞台中央，看着台下的观众们。

以前每一次面对的观众一多，她就容易紧张，好几次都出现了失误，奇怪的是，今天，她是第一次站上这么大的舞台，面对着这么多的观众，却一点都不紧张，反而觉得很平静。

惠子轻轻拨动吉他，美妙的音乐缓缓流出，她知道，她的心如此平静，是因为……她的心……早已经被自信填满了。

伴着吉他声，惠子轻启朱唇，开始了演唱。

一开口，就惊艳了所有人，在后台的冬和Lina面面相觑，台下的练习生也都惊呆了。

“惠子……原来弹吉他有这么好听的吗？”

“第一次觉得，她的声线和唱功都这么棒……”

“她连气场都变了，是什么原因呢？”

“我早就说过吧！”小优特别开心，“惠子的吉他一直都弹得很好！现在看来，考核总分垫底根本一点关系都没有。”

“看样子她才不是什么乌龟呢。”冬注视着舞台上的惠子，说道，“她根本就是天才啊。”

Lina 不屑地哼了一声，吉他弹得好算什么，她可是唱跳俱佳的全能型选手。

惠子表演完毕，全场响起热烈的掌声和欢呼声，经久不息。

站在舞台上的她，想到的不是自己终于获得认可，而是那个在背后对她鼎力相助的人。

那天，她观看了最后一段录像，画面里，金凌风抱着吉他，安静地弹唱。

“原来是吉他啊。”惠子恍然。

后来金世雄请了几位音乐专业人士过来，然后递给惠子一把吉他。

“弹唱一曲吧。”金世雄说。

惠子有些紧张地接过吉他，认真地弹唱了一首她最喜欢的歌曲。

“大家觉得怎么样？”金世雄问。

“真不可思议，拿起吉他，她就好像重获新生了一样。”

“简直……和当时的金凌风一模一样。”

惠子对这样的评价感觉很惊喜，突然间对参加《偶像淘金》充满了信心。

“不擅长舞曲和舞蹈，以偶像为标准的考试怎么可能合格呢？”金世雄看着她，“你早就应该将全部精力投入到最擅长的吉他上，尽管你只会这个，但不会输给任何人。”

金世雄这个人，找到了她最擅长的部分，然后带她发光发热。

【4】

听着台下震耳欲聋的掌声和尖叫声，惠子也不由得心跳加快，原来，第一次如此主动地去追逐梦想，是这样的心潮澎湃。

惠子正要下场的时候，主持人走上台，示意她多留一会，

主持人对着观众大声地喊道：“这位横空出世的吉他才女到底是谁？她几乎获得了全场的喝彩！让我们一起喊出她的名字！”

“惠子！惠子！惠子！……”观众们大声呼喊她的名字。

“多么具有感染力的表演啊……”一位评委不禁感叹道，“果然只有这样的表演才能打动人心。”

“是啊！我一定要把她签进我们公司！”另一位评委也十分激动。

“是我先说的吧？别和我抢！”

大屏幕上，显现着网络支持的票数。

“哇，网络支持率正在一路飙升！”主持人说道，“感受到了大家对惠子的喜爱，那么现在，我们有请惠子和其他选手一样，等待我们评委老师的打分，接下来……”

惠子下场，走至选手休息区。

“不错嘛。”Lina 说道，“有一点进步。”

惠子笑了笑：“这算是夸奖吗？如果是的话，谢谢。”

她没打算和 Lina 多聊，径直往旁边走。

“我今天看见你和金世雄在一起。”Lina 双手抱胸，淡淡地说道。

惠子停下了脚步。

“你真是一个什么都写在脸上的人。”Lina 看着她，“如果我没猜错的话，你不会是喜欢他吧？”

惠子不由得警惕起来“你问这个做什么，你们不已经是过去式了吗？”

“是啊，上一秒还抱着我，下一秒就说分手……”Lina 撩了撩金色的头发，用惋惜又庆幸的语调说道，“我可没办法和这种人在一起，

即使再有钱，地位再高，没法给我一个具体的承诺。”

惠子沉默了，金世雄，确实也从来没有给过她任何承诺。但是她愿意跟着他，去实现自己的梦想。

Lina 笑了笑：“所以……惠子，你真有毅力啊，我很佩服你。”

佩服……惠子很吃惊，难以想象，Lina 竟然会对自己说出这样的字眼。

Lina 看着她迷惑的脸，说道：“你说不定真的能改变那个男人，你也真的能成功。”

“为什么？” 惠子很好奇 Lina 为什么会有这样的想法。

“做什么都像笨鸟一样横冲直撞，撞到了南墙也不肯回头，非要把头撞破不可。”Lina 笑了笑，“这就是你。”

“笨鸟……”惠子喃喃地重复着。

“也许真正能成为大偶像的人不是那些天才，而是那些有毅力的笨蛋吧。”Lina 自顾自地说着，“因为大家都愿意被顽强所感染，认可你的粉丝会越来越多的。”

竟然听到了 Lina 这样由衷地夸自己，惠子有些意外，但更多的是成就感和快乐。

Lina 深深地看了一眼惠子，双手抱胸补了一句：“虽然，你还是不可能追上我。”

惠子立刻反击：“追不追得上，试试看才知道！”

两个人看着对方，都忍不住笑了起来。

“各位观众，评审们已经选出了综合评分最高的选手！”舞台上主持人的声音传来，“下面就是最激动人心的颁奖时刻了！”

“怎么样，很紧张吧？”Lina 看向惠子。

惠子调皮地吐了吐舌头，笑着说：“才没有！”

“少撒谎了！我还不知道你。”

“现在有请我们的特别来宾上台，他们将为我们的最终冠军颁奖！”主持人伸出右手，“有请金世雄先生以及他美丽的太太！”

万众瞩目下，一个女人挽着金世雄的胳膊，缓缓走上舞台。

什么……惠子看着他们，如遭雷击，脚步都站不稳了。

Lina 吓了一跳，急忙去搀扶惠子，说：“你也不用紧张成这样吧？”

“他，已经有妻子了吗？”惠子喃喃地说着，有些意外。

“原来不是因为紧张啊。”Linda很无语，伸手把她从地上拉了起来，“他连孩子都有了啊，而且不止一个，真不敢相信，你居然不知道这些。”

惠子惊呆了，愣愣地看着Lina.

“他和他的妻子其实早就名存实亡了，所以他才到处玩女人。”Lina说，“对了，你有没有拿到过他的婚戒，放手上掂量一下就知道了，那么大的一颗钻石，那种奢华的东西，不是你这种平民女觊觎得起的。”

“我根本就不喜欢钻石。”惠子说道。

“那就是动真心了？真是个傻姑娘。”Lina叹了一口气，“不管怎么样，你和他谈恋爱，受伤的只会是你。”

惠子不明白：“为什么？”

“因为这世界上唯一一个能伤害他的女人，已经离开他很久了，这些年他一直没放弃找她，为了填补心中的空缺，他把那个女人的儿子牢牢束缚在自己的身边，因为他和他母亲各方面都很像。”

惠子想起了那张照片，金世雄嘴里那个红极一时的女偶像。

Lina继续说道：“他对这个儿子的爱非常的极端，极端到已经不像是爱了，所以他们父子的关系非常的糟糕。”

“他的儿子……难道说？”惠子产生了一个预感。

“你猜得没错，金凌风，就是那个女人的儿子。”

果然是这样，难怪他表面上对金凌风那么冷漠无情，但私下里，却保留着他的录像。

“我们今天的冠军就是——”金世雄的太太宣布，“压轴选手，惠子小姐！”

台下一片叫好声，练习生们一阵唏嘘。

“真是没想到啊，原来今天的冠军，既不是Lina，也不是冬，而是惠子……”

“其实——抛开偏见的话，惠子的表演真的很棒，这个冠军，她是实至名归。”

“是啊，惠子很快就会出道了，祝福她吧！”

台上主持人情绪高昂，说：“让我们用最热烈的掌声，欢迎《偶像淘金》的冠军获得者，惠子小姐上台领奖！”

台下顿时掌声如雷，许多粉丝自发地喊出了她的名字：“惠子！惠子！惠子！”

惠子呆呆地定在那，一动不动。

“上台吧。”Lina说，“好好把握这次的机会，别为一个男人毁掉自己的前途。”

见惠子还不动，Lina都替她着急了，忍不住推了她一把，说：“还磨蹭什么啊，我想去还去不了呢，快上去吧！”

仿佛脚下有千斤坠一般，惠子踏着沉重的步伐，缓缓地走上舞台，面向金世雄和他的妻子。

“惠子要激动死了吧？”

“她真棒啊！”

“没错，你看，她开心得都要哭了！”

惠子泪眼朦胧地看着金世雄，但此刻这个男人的脸却是如此的冷漠和陌生。

那一刻，惠子眼泪止不住地往下流。

金世雄的妻子微笑着，看起来优雅万千，慢慢给她戴上了象征着荣誉的皇冠。

惠子的心像是被剜去了一块似的，疼得快要裂开了，明明应该是最高兴的一天，却让她痛彻心扉，她得到了冠军，她的梦想开出了花，但她的心，却被撕得支离破碎。

颁奖典礼结束，惠子一刻也不想多停留。惠子提着吉他准备回家，小优兴冲冲地跑了过来，直接给了她一个大大的熊抱。

“惠子，你太棒了！你今天的表现真的太惊艳了！”她发觉惠子表情不对，“你怎么了？怎么得了冠军还不是开心？”

“Lina说的是错的……”惠子喃喃地说。

“Lina说的当然是错的啊！”小优不明就里，大声说道，“还说什么你参加《偶像淘金》给公司丢脸，太能扯了吧，哈哈哈没想到你竟然拿了冠军，这个脸打得太漂亮了！惠子，你不要再因为Lina的话不开心了，她说的是都是错的，大错特错！”

小优自顾自说着，却发现惠子跟丢了魂一样往前走着，嘴里念叨着：“是错的……她说的是错的……是我想错了。”

“惠子，你在说什么啊？”小优担心地看着她，“你没事吧？”

惠子没有理会她，继续往前走。

小优上前拉住惠子，说：“你要去哪儿啊？”

“没事，我想出去走走。”惠子挣脱开了小优的手。

拿了冠军，马上就可以出道了，为什么还会这么难过呢？小优看着惠子远去的背影，十分不解。

那天晚上，惠子精神恍惚地来到了码头，还好能赶上最后一班轮渡。

回家就好了，惠子劝慰自己，暂时休息一下就好了。通过闸门的时候，感觉好像后面有人叫她，不会是小优吧，今天心情太糟糕了所以都没怎么搭理她，状态也很让她担心，惠子想着，回头四处张望。

金世雄，他怎么会来这里？

戴着墨镜的金世雄追了过来，喊道：“惠子！你等一下啊……”

“你来做什么？船要开了。”惠子吼了一句，决绝地往前走。

眼看着惠子要上船了，闸门又过不去，金世雄着急地用腿踢闸门，然而腿踢疼了也没踢开。

“这个怎么过去啊？”金世雄大声问。

惠子汗颜，说：“没买票当然过不来啦！”

“好痛！”金世雄摸着自己的腿，“照顾一下老人家啊。”

“像你这种富豪怎么可能乘坐过平民坐的轮渡？我们根本就不是一个世界。”

【5】

惠子话音落下的时候，特助和保镖刚好赶了过来，特助丢了一大沓人民币给工作人员，瞬间一排闸门全打开了。

“好像可以了。”金世雄点点头，然后大摇大摆通过闸门。

惠子看着他那一副小人得志的模样，更是气不打一处来，好讨厌的阶层特权啊！

她气呼呼地快步走，金世雄在后面追，特助和保镖见状，也跟了上来。

“惠子，你等等我啊。”金世雄边跑边喊，但惠子完全没有理会他。

两人一前一后上了轮渡，金世雄终于找到机会说了句话：“惠子，你怎么了？”

可是眼前的门“砰”的一声关上了，惠子把自己隔离在了甲板上。

“别把自己关在外面，进来。”金世雄隔着门说道。

其他乘客忍不住窃窃私语。

“是不是情侣吵架啊？”

“不会吧，那个男的年纪不小了，女孩才十几二十的样子，搞不好是父女。”

“现在老牛吃嫩草的可不少！”

金世雄听到这些话感觉有些尴尬，但此刻他已经顾不了这么多了。

“惠子，你先把门打开吧。”

惠子站在甲板上，双手握紧。她也不知道自己为什么这么生气。明明一开始，金世雄就是帮自己实现梦想的人。但是为什么梦想实现了，却这么难过？

金世雄透过玻璃门看到惠子小小的身子站在甲板上，看起来那么弱小，又那么的孤独。

看来不面谈是不行了，金世雄走到一边，扬了扬手。

助理和保镖上前，一人一脚，门被踹飞了，吓了惠子一跳，其他乘客也都惊呆了。

助理带着人民币去找工作人员善后，金世雄摘下了墨镜，走上甲板。

惠子无奈地看着这个超级多金、自我、大男子主义的男人。

“你生气了？为什么？”金世雄问道。

惠子摇摇头，压下内心的苦涩：“没有生气，我是太高兴了，因为梦想实现而高兴。你会为我高兴吗？”

“当然，我的眼光不会差的。”

惠子应了一声，漫不经心地问道："今天看到你的夫人了，真是一个优雅美丽的女人。"

金世雄闻言，淡然地褪下无名指上的婚戒，在惠子面前随性地展示了一眼，然后毫无眷恋地扔进了河里。

惠子惊呆了，Linda 说的那个有巨大钻石价值不菲的戒指，居然就样当着她的面消失在了无边无际的河水里。

"你干什么啊？竟然把这么贵的戒指……都能抵得上我好几年的房租了啊！"

"这玩意本来也没什么用……哎，真的只是政治婚姻啊。"金世雄看向远方，神情落寞，"除了在公众场合她根本不理我，她说她根本没办法爱上我，我也很寂寞啊。"

是因为这样，他才接触别的女人吗？惠子想着，突然听到了一阵熟悉的吉他声。

"哪里在放音乐？是我今天现场唱的曲子。"她迷惑地东张西望，发现是船上的广播里的音乐。

金世雄背靠着栏杆，神情淡淡："今天本来还很难过，听你在台上唱歌，突然有种被安慰了的感觉。"

惠子看着他，心一下子就软了下来，蹲下身从包里拿出了吉他。

"现在，让新人偶像惠子亲自为你演唱吧！"惠子抱着吉他，笑容明媚，"金先生，我会让你忘掉所有不开心的。"

皎洁的月光下，惠子拨动琴弦，轻轻地弹唱着，天籁般的声音令人沉醉。

一曲结束，金世雄将一大堆钞票放在吉他包里。

"这是？"惠子不明白。

金世雄说道："好好珍惜做普通人的时光吧，可以不做任何化装地出现在人前，以后想也想不来了。"

"什么意思？"惠子仍然很迷惑。

金世雄看着她，笑道："你已经红了啊。"

"所以，你追过来，只是来找我签合约的？"

“惠子这女人到底是谁啊？”办公室里，金凌风不耐烦地将策划书扔向卷毛老板，“我是来签解约协议的，你给我看的什么鬼东西？”

“不要激动，我只是来传话的！”卷毛老板躲开攻击，“金总问你！真的要为一个平民女放弃自己的前途吗？”

“鬼鬼祟祟监视了我这么久，答案已经很清楚了吧。”金凌风鄙夷地说道。

“一直以来为了捧你，公司投入了多少你知道吗？突然停止演艺活动的话，公司很可能迅速垮掉，你身后的团队，大多数人都有自己的家庭，他们日子会很难过的。”卷毛老板点了根烟，边抽边说：“不过你坚持要走，金总他也很理解你，现在公司也已经有了一位具有充分实力的艺人了，只是还缺乏一定的话题度，就是刚才给你看的那个策划书。没别的意思，我们只是希望你能够带领她一段时间，只要惠子成长到足够能为公司赚钱的时候，我们绝对不会再挽留你。”

带领，说得好听，不就是捆绑炒作吗？金凌风和小九都心知肚明，只可惜金世雄这回的如意算盘打不响。

“惠子现在正是上升期，之前和你拍过一次广告，效果非常好，商家极其满意。”卷毛老板继续说，“我们希望你能带着她一起接一些工作，趁这段时间你再冷静思考一下——你，真的要放弃自己的大好前程吗？”

金凌风懒得跟他废话，扯过解约协议刷刷签了字，照着卷毛老板的脸不偏不倚地砸了过去。

“你……”卷毛老板气极，正想骂几句，金凌风和小九已经大步离开了公司。

“好强啊风，BOSS 的表情简直像是被揍了十拳一样难看呢！”公司外，小九给金凌风比了一个赞。

金凌风问道：“那个叫什么惠子的，究竟是什么来头？竟然说能够取代本大爷的位置？”

“是个出道不久的新人，和风一样参加过《偶像淘金》获得冠军，至于来头我也不太清楚。”小九掏出手机，“我马上去查！”

“不必了小九。”金凌风拍了拍小九的肩膀，示意他不用打电话查了，“从解约的那一刻起，你也就不再是我的助理了吧。”

小九一怔，这才反应过来。

“那，让我最后一次开车送你回家吧！”小九笑着说，不想表露出心中的伤感情绪。

“还是我自己开车回去吧。”

小九停下脚步，很不舍地看着他。

“别担心了，走吧，拜拜。”金凌风毅然地挥别，然后一个人默默往前走。

离别这件事，他不想搞得太有仪式感，就这样普普通通的也好。

“风！”小九突然对着风的背影大喊，“你现在还是必须开着灯才能睡着吗？”

“我想，接下来要做的事就是把那个老女人找出来，拖过来，我这害怕在黑夜里入睡的体质才能彻底治好吧！”

小九不由得握紧了拳，陷入了深深的自责之中，说：“如果我当时能阻止伯母的离开，风就不会和伯父闹成这样了吧？风也许还会继续当偶像……”

“你说错了。”金凌风说，“在我知道那个生完我就心甘情愿放弃事业的女人却还是无法时时刻刻陪在我身边的原因……是因为被金世雄用变态的手段囚禁在房间里的时候，金世雄就已经不值得我原谅了。”

“伯母隐瞒了那么多年，直到出走时才告诉你真相，嘱咐你千万不要变得和爸爸一样，还请求我替她好好照顾你。”小九真诚地看着他，“所以我很荣幸，八年来，看到风成长为一个好男人！”

“你还是会继续留在这里工作吧？”金凌风问道。

“嗯，我同样无法忘记，是金世雄伯父收留了变成孤儿的我。”

十字街头，两人走向不同的方向。

谁也不能永远陪伴谁，谁也无法强迫别人离开他们自己的道路，每个人的路，最终还是得自己独立走完。

REC

第十二章
你还是喜欢当偶像对不对

【1】

“什么？麻烦您说得再详细一点。”林凡在电话里焦急地询问，“是什么时候的事，发生多久了。”

护士小姐解释道：“今天一大早，我本来去叫她吃早餐，结果发现屋子里没人，周围都找过了也没见到她……”

林凡害怕得眼泪哗哗直流，妈妈一个人，到底跑到哪里去了。

挂了电话，林凡急匆匆地换鞋准备出去找妈妈，打开门的瞬间，看到金凌风站在门外，刚要按门铃。

“你怎么了？”金凌风看着泪眼婆娑的林凡，十分紧张，“是在担心上次那种事吗？抱歉，我应该签完字就和你打电话的。”

林凡扑进了金凌风怀里，哽咽地说：“我妈妈不见了，她一个人跑出去了……怎么办？”

“不要害怕，有我在。”金凌风轻声安慰她。

“我已经没有爸爸了，我不可以再没有妈妈了，我，我好担心她。”

“越是这种情况你越是应该冷静下来。”金凌风问，“详细情况你都了解了吗？”

林凡冷静下来，一边赶往疗养院，一边和金凌风讲述了母亲的情况。母亲在医院精神康复中心的治疗下，情况开始好转，在医生的建议下转入了疗养院，之前情况也都比较稳定，不知道为什么，突然跑了出去。

“虽然说经过之前的治疗，妈妈的情况有好转，但是我还是好担心，护士小姐说已经报警了，但是目前还一点消息都没有。”林凡很自责，“都怪我，最近工作太忙了，都没有抽空去看她。”

金凌风握着她的手，“先别急着懊恼，你有你妈妈近期的照片吗？”

“有，上次拍了一些。”林凡掏出手机。

“把照片传给我。”

林凡按了按手机：“传过去了，你要照片做什么？”

“发微博。”金凌风说，“发动网友的力量帮忙找。”

“对哦，我怎么没想到……我太着急了，脑子都是乱的。”林凡看着金凌风，“还好有你在。”

金凌风摸了摸林凡的脑袋，安慰地说道：“别怕，会没事的。”

金凌风的微博粉丝量极为庞大，寻人的微博才发出去几分钟，就被疯狂转发，阅读量破亿。

到了疗养院，和护士小姐再次沟通之后，林凡和金凌风来到林太太居住的房间，寻找线索。

房间的一切都很简单，只有极少的私人物品，林凡翻找了半天，也没有发现什么特别的东西。

“怎么办……完全没有头绪……”林凡又要急哭了。

金凌风在一旁翻看手机，网友发了很多照片过来，金凌风一张一张地看，只要觉得略有相似的就给林凡辨认一下。

林凡突然眼睛一亮：“这一张，放大给我看一下。”

金凌风放大照片，林凡仔细地看了看周围的环境：“是妈妈，一定是妈妈没错。”

“你怎么这么确定？这张照片拍得有些模糊，而且只是侧脸。”

“这里是……老林的墓地。”林凡说，“妈妈一定是太想老林了，所以才会一个人跑出去。”

匆匆驱车赶往墓地，远远地，林凡便看到了一个熟悉的身影。

“妈妈！”林凡呼喊着跑了过去，紧紧地抱住林太太，呜呜哭了起来，“您吓死我了……”

“妈妈您的手怎么这么凉？您是不是冷？”

“冷……”林太太呆呆地说。

金凌风急忙把外套脱下来，给林太太披上，又把自己的围巾给她围上，然后新发了一条微博，告诉大家人找到了，感谢大家的帮助。

回到疗养院，护士小姐一个劲地道歉。

“对不起，真的很对不起，林小姐……”

“没事了……”林凡说，“妈妈找到了，就没事了。”

经过商量，大家一致觉得林太太还是更适合在精神康复中心生活，那里的人和事她更加熟悉，对她的恢复更有好处。

金凌风忙前忙后，又是联系医院又是办手续，很快就顺利地将林太太安置在了之前的精神康复中心，并且还是原来那位护士小姐帮忙照顾。

看着吃完饭在床上熟睡的妈妈，林凡心里的石头终于落了地。

“还好有你，金凌风。”林凡说，“我吓死了。”

金凌风轻轻地拥住她：“放心吧，以后不会再有这种事发生了。”

“嗯。”林凡说，“我想多陪陪妈妈。”

“这附近有好几家酒店。”金凌风说，“我一会挑一家，定两个房间，你想住多久，我就陪你住多久。”

“一直住酒店太贵了吧？”林凡有点心疼。

“我一度违背了对你的承诺，忍受了那老头整整三年，就是为了可以让你和我在一起后，再也不用为了钱这种事伤一点点脑筋。”金凌风看着她，“我会让你的妈妈享受最好的服务，让林平林芝上最好的学校，让你一辈子衣食无忧，如果你喜欢工作，就开心地工作，不喜欢了随时都可以辞职，或者更换其他的工作也可以。”

“金凌风……”林凡感动得说不出话来。

金凌风轻轻搂着林凡，让她靠在自己的肩膀上。

“林凡。”金凌风说，“今天看到你和你妈妈……我突然，也很想见到苏黛拉了。”

“苏黛拉？”

“就是我的母亲，那个出走之后就杳无音信的母亲。”金凌风叹了一口气，“她一定是不想见我们，所以故意躲起来了，否则以那个老头的能力不可能这么多年都没找到。”

“也许她会不想见到你父亲。”林凡认真地说，“但是我觉得，她一定是想见到你的，没有母亲会丢下自己的孩子，我相信，她一定有不得已的苦衷，所以才会在一个你不知道的地方，默默地关注着你，看你弹吉他，听你唱歌。”

“她会吗？”金凌风看向林凡

“会的。”林凡语气肯定，“一定会的。”

两人在康复中心附近的酒店住了一周，每天陪着林太太说话、散步，还给她买了很多漂亮的衣服，林太太很开心，状态也很快恢复了稳定。

“今天就退房吧。”林凡说，“林凡和林芝也快放寒假了，我想回家住一段时间，你也该回去了吧。”

“这样啊。”金凌风问，“那我要是想你怎么办？”

“可以约出来见面的啊。”林凡笑笑。

“能不能把林平和林芝也接到我家住呢？房间刚好够哦。”

“不行不行。”林凡疯狂摇头，“这两个家伙会把你闹腾疯的。”

金凌风笑了笑，没再多说。

“哎，金凌风。”林凡看向他。

“怎么？改变主意想和我一起住了？”

“才不是！”林凡捶了他一下，“我是想说，有你真好。”

金凌风亲了一下林凡的额头，笑了笑:“我有你，才是最大的幸福。”

金凌风突然想到了什么，掏出手机前置摄像头，对准他们。

“干吗啊？”

“当然是自拍啊，土鳖女！”

“你脑袋过去一点啦金零分！这样显得我脸大！”

“我一向都是这么拍的啊，你自己不会找角度啊……喂喂，不要乱挤啊！”

两人闹了一会，总算是拍了几张两个人都满意的自拍照。

“就这张吧！”金凌风说。

“什么？”

“发微博啊，向大家正式介绍一下我的女友。”金凌风说着在手机上一顿按。

“不行！”林凡慌忙抢过手机，却发现金凌风并没有发微博，而是把两人的合照设置成了桌面背景。

“你干吗骗我！说好的要绝对诚实呢！”

金凌风拿回了自己的手机：“没到骗那么夸张吧，开个玩笑而已，好了好了，肚子饿了，一起去吃饭吧。”

饭后，两人和林太太告了别，然后去酒店办理了退房。

“那拜拜咯，我要去坐大巴了。”

“我开车送你回去吧。”金凌风拉着她的手不愿意松。

林凡摇摇头，说“都说了不用啦，路程太远了，来回的话会很辛苦。”

“没关系，我不怕辛苦。”

“可是我也不想让你这么辛苦啊。”林凡催促道，“你快回去吧，我坐大巴没问题的！”

金凌风还想再多呆一会，突然一大批人向他冲过来。

“哇，真的是金凌风啊……”

“凌风哥哥！”

“欧巴！求签名！求抱抱！”

金凌风说道：“这下我真的得走了，再见，你好好照顾自己，有事……”

“别说了你快跑啊！”

金凌风撒腿快跑，粉丝们在后面疯狂地追赶。

【2】

大街上一片喜气洋洋，人头攒动，十分热闹。

“好多人啊！”林凡感叹道，“难道是因为春节快到了吗？”

“多半是这样，要不是为了你我才不会在这个时候出来。”金凌风说道，“幸好我早有准备。”

金凌风用帽子和围巾把自己裹得严严实实，只露出两只眼睛。

“太夸张了吧。”林凡忍不住吐槽道，“你不是已经不当明星了吗？”

“正式开告别记者会之前依旧是啊，而且偶像光环也是要慢慢消散的。”金凌风说道，“上次我被他们追了几条街……太可怕了。”

林凡看了他一眼，摇摇头，这个家伙果然还是喜欢端着。

一边的林平眨巴着眼睛，戴着眼镜说道：“姐夫，中国新年的传统就是阖家团圆的嘛！”

姐夫？金凌风微微一愣。

“别胡说八道啦！”林凡红着脸，轻轻拍打着林平，“真是越来越不听话……”

林平躲到林芝后面，做了个鬼脸。

金凌风笑了笑，说：“话说这两个小鬼怎么长这么大了啊，都快认不出来了。喂，你们，应该还记得我是谁吧？”

两个孩子异口同声地说：“欠了我们鸡排和牛肉汉堡的人！”

林凡有些奇怪，说：“哈？你们什么时候的约定？”

“吃快餐就满足了吗？”金凌风说，“亏我还预定了高级料理。”

林平和林芝讨论了一路，最后还是觉得更想吃从没吃过的高级料理。

“那这次就吃料理咯，下次再给你们补上鸡排和牛肉汉堡。”

“喂你不要太惯着他们啦……”林凡拉了拉金凌风。

“谢谢姐夫！”这回是林芝。

林凡崩溃，“都说了不要乱叫啊！”

“嘻嘻……”林平和林芝蹦蹦跳跳地跑进了餐厅，在服务员的带领下找了一个卡座坐好。

“其实，‘姐夫’这个称呼也不错啊。”金凌风取下帽子和围巾，笑着说，“挺顺口的啊。”

“哪有顺口。”林凡有些不好意思地扭过脸，看着林平和林芝，“以后叫金零分，听到没有？”

服务员过来上菜，很快桌子上摆满了诱人的食物。

林芝好奇地夹了一块，“喂，金零分，这真的能吃吗？好像没做熟。”

“刺身都不知道啊？”金凌风撑着下巴说，“尝尝看吧。”

林凡笑了起来："吃起来像软糖一样哟，林芝。"

"要不要来点芥末？"金凌风问。

"是甜的吗？"

"这个我知道！"林平开心地说，"老师有讲过，芥末是很辣很辣的东西。"

林芝吓得摇头："那我不要了，我怕辣。"

吃完饭，几人说说笑笑地离开餐厅。

"现在我们要一起去看妈妈，你们要乖哦，听到没有？"

林平点点头："听到了。"

"林芝呢？你有没有听到？"

"姐姐……"一直沉默着的林芝有些虚弱地说，"我好冷，头也好晕哦"

林凡紧张地摸了摸林芝的额头："哇，你额头好烫啊，是不是又发烧了啊？可是最近的医院离这里还有一段距离……"

金凌风摘下帽子围巾给林芝戴上，说："我的车就停在公司附近，我现在去开过来。"

他说话的瞬间人已经跑开了好几米。

"啊……风！"林凡下意识喊住了他。

"哈？"金凌风回头。

"金零分！来的时候记得带一支体温计！"

"知道了。"

金凌风匆匆跑向"国王娱乐"公司方向，路过了 Regis 酒店。

金世雄下榻于这家酒店，此时刚和特助一起听完卷毛老板汇报的情况。

特助听了简直想打人："什么没有他公司就会垮掉，我说你是不是傻子啊？金凌风怎么可能会相信我们有这么脆弱？"

"不，他说的也没错，少了他确实是少了一个重要战力。"金世雄抽着烟说道，"虽然还没有对外公布，但圈里已经不少人听到风声了，有其他公司想对他抛出橄榄枝，而且各种合作商都在不断地打电话质问怎么回事。”

“虽说他现在是最能赚钱的，但是培养一个替代他的人呢也没有想象中那么难。”卷毛老板说，“一切交给时间好了。”

特助一拳揍过去，骂道：“笨蛋，金总只是怕我们小风被那种来路不明的女人骗了而已！”

卷毛老板赶紧附和说：“是……说真的我都后悔给他找什么补习老师了，真没想到那女人那么难缠，被甩了还不死心，拼命进入娱乐圈工作就是为了接近他来着……”

“经济发展越停滞，女人就越虚荣！”特助恨恨地说道。

金世雄无奈地叹了一口气，身边怎么全是这种阿谀奉承的家伙，真无聊。

“上次见您回来还是半年前呢，所以这次是要待多久？”卷毛老板满脸堆笑问道，金世雄却懒得理他，刚巧卷毛老板的手机响了，便走到一边接听电话。

“喂？什么，惠子这家伙去哪里了？就这样还想红？她是不是把这个世界看得太简单了点……”

金世雄觉得有点吵，不耐烦地说：“我六点半的飞机，提前两小时出发，你们到点了再来敲我的门吧。”

“是，请您安心休息，我会准时过来提醒您时间。” 特助和卷毛老板退散。

金世雄拿出手机，发了一条信息。

在片场拍摄广告的惠子看到手机上的信息，飞快地拎起包：“对不起各位，我先走了。”

“等等！”导演很是疑惑，“你什么意思啊？还真以为自己是什么大牌啊！NG了这么多回，现在还拍拍屁股就走人？造成的损失你担得起吗？”

“对不起！”惠子深深地鞠了一躬，“我现在真的有急事，我要去见一个对我来说特别重要的人，他马上又要上飞机了，所以我真的很赶时间……对不起，损失的话我之后会负责的！”

惠子说完，便匆匆地跑开了。

“喂！你……”导演气得跳脚，却也无可奈何。

惠子在马路上奔跑着，和去药店买体温计的金凌风擦肩而过，但因为都很匆忙，两人没注意到对方。

买完体温计，金凌风匆匆开车驶向和林凡他们分别的地方。

“司机先生，Regis 酒店是这个方向吗？请再开快一点……”

金凌风吓了一跳，车里怎么会有一个女人的声音。

一个急刹车，坐在后座正在补妆的惠子差点把口红涂到了鼻子上。

惠子猛地抬头，这才发现司机先生是金凌风。

“啊啊啊啊！”

金凌风！赶时间刚好看到有辆空车，怎么会那么巧啊！

“喂！你怎么回事啊？”金凌风很烦躁地吼道，“随便上别人的车？又是私生饭？”

“不……不是……”惠子尴尬地解释，“我不是什么坏人，我和你一样，都是‘国王娱乐’的艺人！”

“我已经解约了，而且我也不认识你，赶紧下车！”

“对了，我们一起拍过 lip max 的口红广告，你不记得了吗？”

金凌风看着后座穿着粉色小外套，白色长裙的短发女生，完全没有一点印象！他冷哼了一声说：“那么多合作过的艺人，怎么可能一个个都记得住。”金凌风态度强硬，“不管你是谁——你，现在就给我滚下车去！”

“是，对不起！”惠子正要推开车门出去，突然想起自己太赶时间了。

“不行啊，现在下车很难打到车！”惠子的手僵在车门把手上。

“谁管你！”金凌风怒吼道。

惠子哀求道：“金凌风，我求你现在带我去Regis酒店，我很着急！”

“不行，我也有很重要的事在等着我。”

“拜托了！我求求你了！”

“下车！”金凌风再一次怒吼道。

看来是完全没有商量的余地，没办法了，只能这样了！

惠子冲上去一把抱住金凌风的脖子。

“喂你这个疯女人，你干什么啊，给我放开！”

惠子死死抱住的胳膊，威胁道：“你不带我去我就不松手，你不是也有重要事情要做吗？”

“赶紧放手！你这样就不怕被拍到吗？”

惠子的手有些松动，但是想起那个帮她实现梦想的男人，顿时坚定了起来：“拍到就拍到，不过就是普通的绯闻而已，说不定我还可以借你的名气火一把！”

“你！”金凌风气得青筋暴起。

“我知道我这样很过分，真的很对不起！但是我没有办法……你现在送我去 Regis 酒店，这样也能早一点去办你的事，拜托了！”

金凌风实在是无奈，怎么总是遇上这种事情！他开车把她送到了 Regis 酒店，然后火速掉头。

惠子冲进酒店，因为没有房卡不能坐电梯，她一口气爬了8层楼梯，累得呼呼喘气。

816 房，终于找到了，惠子紧张地按门铃，希望金世雄还没有走。

门开了，看到金世雄站在她的面前，惠子开心扬起笑容。

“好久不见，金先生。”

“little princess，好久不见。”金世雄懒洋洋地说。

“好了，航班也只是稍有延误而已，我真的该走了。”金世雄戴上帽子，“我们公司的艺人——金凌风的告别记者会，没记错的话，那还将会是你的推荐会吧？举办地点定在了我家，所以接下来的时间，我都会待在国内，这样，你也就不会太紧张了吧？”

惠子点点头。

“哐”的一声，门被关上，金世雄离开了。

这个在一起时温柔缱绻的男人，每次转身离去的背影，都是那么的冷漠和决绝。惠子看着空荡荡的房间里，五味杂陈。其实后来，她慢慢了解了金世雄。这个看起来温柔的男人，其实对他而言，整个世界都只是台冰冷的机器。轰然作响的背后，空无一物。

不过，能赶来见这一面，也算是没留下遗憾了，说起来真的是麻烦金凌风了，希望没有耽误他说的重要事情……

【3】

车上，林凡仔细看体温计上的刻度。

“怎么样？”金凌风问。

“37.8度，有一点低烧啊。”林凡看着林芝，“林芝，你现在感觉还好吗？”

“还是有点头晕。”

“看来今天不能过去看妈妈了，金凌风，直接去医院吧。”

“好。”

车平稳地行驶在路面上，林凡给精神康复中心打了个电话，“您好，我是林凡，之前跟您这边预约过来看望妈妈，但是临时有点事，需要改一个时间……嗯，麻烦您了……再见。”

“我想去看妈妈。”林芝说。

“要乖哦林芝。”林凡拉了拉他身上盖着的外套，“等病好了姐姐再带你去。”

林芝突然呜呜哭了起来。

“怎么了？你是不是不舒服？”林凡有些紧张。

“我要妈妈……”林芝边哭边喊着，林凡见状，也跟着哭了起来。

“妈妈……”

“呜呜，我要妈妈……”

两个孩子越哭越凶，林凡怎么哄都哄不好，也快急哭了。

“林芝你现在生病了，可能是感冒。”金凌风说，“感冒是有可能传染的，如果现在去见妈妈，就有可能传染给妈妈，你想要妈妈和你一样头晕难受吗？”

林芝止住了哭声，说：“不想……”

“那就乖乖去医院，等病好了，我们再一起去看妈妈，好不好？”

林芝又哇哇哭了起来：“我不去医院，我不喜欢医院。”

“呐，我会带你去很好的医院，里面的医生一点都不凶，护士姐姐都特别特别好看，如果你乖乖配合的话，可以享受我曾经的待遇哦，五个护士轮流照顾，玩具模型蛋糕，要什么有什么……”

“真的吗？”

“当然是真的了。”金凌风说，“骗人是小狗。”

“好耶！”林芝开心地笑了起来。

林凡“噗”的一声笑出来：“金零分，没想到，你居然这么会哄小孩子。”

“我可不是哄他们，我说的这些都是会兑现的。”

“我不是这个意思啦。”

林凡话说到一半，林平突然大喊：“姐夫你真好！比姐姐还好！”

“你说什么啊！”林凡咆哮道，“你才见过他几次啊，到底是谁辛辛苦苦照顾你们这么久！”

“你太凶了，姐夫就不会这样。”

“都说了不许叫胡说八道，叫金零分！”

“我不。”林平倔强地看着林凡，“我就要叫姐夫！”

林凡无奈地摇头。

到了医院，挂儿科检查了一下，只是普通的感冒，开了退烧药和小儿感冒药，医生的建议是可以住院观察一段时间，也可以直接回家。

金凌风果断给他办理了住院，玩具模型蛋糕应有尽有，并且真的请了五个护士姐姐照顾，陪吃陪玩的，两个孩子格外开心。

“喂！金零分。”林凡淡淡地说道，“别怪我没有提醒你哦，把他们惯坏了，以后有你好受的。”

“哪有那么容易惯坏。”金凌风看着林芝和林平，“分明是两个很容易满足的孩子啊。”

“说得也是。”林凡低下头，“都怪我这些年没有照顾好他们……”

“你已经照顾得够好了，真的。”金凌风揉了揉她的脑袋，“而且以后，我都会陪着你一起照顾他们。”

“姐姐！”林平突然大喊了一声。

林凡看过去，问：“怎么了吗？”

“林芝的烧退了。”

“是吗？”林凡过去摸了摸林芝的额头，“真的不烫了诶！”

“林芝还有没有别的地方不舒服，头晕不晕？”金凌风问。

“不晕了。”林芝握着玩具，开心地说道。

“林芝，我们回去玩玩具吧？”林平说。

“为什么？这里也很好玩。”

“因为刚刚护士姐姐说，医院的床位是没有那么多的，如果病好了可以回家休息的话，就可以把病床留给其他生病的小朋友。”

林芝想了想，说道：“那我们留给其他生病的小朋友好了。”

护士们听了特别感动，说：“这两个孩子，真是太懂事了！”

“看你教得多好。”金凌风称赞道，然后凑到林凡的耳边，轻声说，“以后我们的小孩，也要教得这么好。”

“你在说什么啦！”林凡本想骂他几句，一抬头，他已经去给林芝办出院手续了，走出医院时已经夜幕降临。

“天色不早了，要不去我家住一晚吧？”金凌风说。

林凡看向林平林芝，问道：“你们想去吗？”

“想！”两人异口同声，大声说道。

估计是玩得有点累了，回去的车上，两个孩子竟睡着了，本以为能省心，谁知道车一停就都醒了。睡了一觉的两个孩子超级闹腾，对金凌风家的所有东西都充满了好奇，这也要摸，那也要问的，一直闹了好几个小时，才洗了澡乖乖躺在床上睡觉。

林凡关了灯，轻轻带上门，总算是松了一口气。

金凌风在卧室里，突然看见穿着白色睡衣的林凡走了进来，突然感觉一阵紧张。

“喂，你怎么还不回房间睡觉啊？”金凌风语气有些生硬。

林凡没吭声，略带羞涩地看着他，金凌风“嗖”的一下钻到了被子里，背对着林凡把自己裹了个严实，只露出了后脑勺：“你不睡我可要睡了啊。”

林凡倚着离床不远的墙壁处，问道：“今天不弹晚安吉他了吗？”

金凌风没回头，说道："我才不要离开被子啊，好冷……"

"明明就有暖气啊。"林凡笑道。

"你放心吧，我希望等一切事情结束之后，再堂堂正正拥有你，所以在那之前，我绝对不会碰你的。"

"呃……"林凡低着头，小声说着，"我也没有强迫你克制自己啊。"

"在说什么啊，你这个色女！"一个枕头向她扔过去。

林凡抱住枕头，"哈？"

金凌风坐起身来，认真地说："女孩子一定要好好珍惜自己的身体才行，就算是我快要失去理智的时候，你也要记得狠狠地拒绝我。如果你敢不好好保护自己，就算是你我也会发飙的！"

林凡撇了撇嘴："你好意思说，那游轮上做那些下流举动的男人是谁啊？"

"下……什么啊！不是那样啦！"金凌风一把掀了被子，拽住林凡，"你想想看，之前发生的那些事……不都是酒精害的吗？"

林凡仔细一回想，好像还真是。

"我很珍惜你的，真的。"金凌风说。

"那现在就去把这些祸国殃民的妖物冲马桶好了！"林凡一副林则徐虎门销烟的架势，拿起金凌风珍贵的藏酒意图销毁。

"不要！"金凌风冲上来环住林凡的双臂，顺势抓住她的手腕把她圈进怀里，"不要啊……"

林凡回头笑着说："那弹晚安吉他吧！"

金凌风看着她手里的珍藏红酒，哎，输了……

"你真的想听啊？"

林凡期待地点点头。

"好吧，你去把吉他拿过来。"金凌风说，"反正过几天还有一场小型的表演，练练手也好。"

"什么？有表演？"林凡有些吃惊。

"是面向少数媒体和重要合作商的告别会，作为感谢礼，我会在现场弹唱一首歌。"金凌风看着她，"所以，你也要出席！"

"我也要去？"林凡的吃惊度升级。

“这么重要的场合，你当然要在了。”金凌风说，“更何况，我已经厌倦这种偷偷摸摸的恋爱了。”

光明正大的谈恋爱，一直也是她梦寐以求的，但是，真到了这一步，林凡还是有很多担心，“可是……”

“你放心吧，我既然已经和公司解约，他们就再也没有权利干涉我的生活了。”金凌风说道，“所以绝对不会再出现三年前那种情况，”

“但现场那么多的媒体，万一他们又乱写怎么办！”

金凌风一把将她抱住袭吻，林凡一愣，红着脸呆呆地看着他。

他很满意地笑了笑，亲一下就安静了……不错。

“你突然……干吗？”

“这是这种时候该问的话吗？”气氛都被破坏掉了，这女人怎么每次都这么奇奇怪怪的。

“什么啊？”

“我是说，你只要负责闪亮登场就可以了。”金凌风凑近她，额头抵着额头，两人挺翘秀气的鼻尖几乎要碰到，“只要有我在，没有任何人敢拿你怎么样。”

金凌风微微侧头，就要吻上林凡嘴唇的时候，林凡突然跳了起来：“闪亮登场吗？那你明天要陪我去买衣服！”

金凌风无奈扶额，真是个不解风情的女人！

“买什么衣服？去哪买啊？”

“我也不知道，去商场逛逛吧。”林凡说。

“那么多人……是不是不太方便？”金凌风想了想，“我联系我以前的造型师帮你选一件怎么样？”

“为什么不方便？不是都要公开了吗？”

“要公开，和已经公开，是两回事。”金凌风说道，“这个连考试考零分的我也懂的道理，亏你还是学霸，真是徒有虚名……土鳖女！”

“你！”

“喂喂怎么又乱打人啊……住手啊……你还想不想听晚安吉他了？”

“唔，想……”

【4】

“晚上好！欢迎各位莅临金凌风先生的告别答谢会，”主持人向媒体记者们介绍道，“现在我们的位置是中庭，后面是恒温私人泳池，旁边就是今天举办招待会的场所了！那一幢是主人的住所，也是金凌风少爷所成长的地方。我知道各位很好奇，但抱歉今天并不向客人和媒体开放，也请大家不要去那边拍照。”

不远处，豪车平稳地驶来，停靠在一边，金凌风和林凡走下车，两人均盛装出席，十分养眼。

林凡披散着长发，一侧编了一条细细的麻花辫，优雅中透着一丝俏皮。她身着红色短裙，修身的剪裁勾勒出美好动人的身材曲线，因为略有一点低胸，便在脖子上点缀了一条轻盈的围巾，显得秀而不媚，清而不寒，和一身英伦风西装的金凌风很是相配。

“你家的房子真的很夸张诶。”林凡环视四周说道。

一个眼尖的记者看到了他们，忍不住大喊道：“啊，金凌风！”

瞬间所有的记者都围了过来，“咔擦咔擦”地拍照，频繁的闪光灯十分刺眼，金凌风把林凡护在了身后。

“金凌风，请问您这次是真的要退出娱乐圈还是另栖高枝呢？”

“您身边的这位女士好像不是圈内人，请问和您是什么关系呢？”

这些人真是的，都还没有到采访时间，就故意在这挡着他们的去路，林凡试图往前走，有个记者伸手过来想拽她，被金凌风一把挡住了。

“两个人来合张影吧！”这个记者说道，立刻得到了其他记者的赞同，趁着大家伙推推搡搡，他故意伸出脚绊了一下金凌风，金凌风重重地摔倒在地上。

“喂，你们！”林凡生气地瞪向记者们，她的话还没说完。就听到一个霸气的声音传来，“是没有给诸位安排专门的提问时间吗？你们的规矩呢？”

金世雄双手抱胸走了过来，身后跟着特助、保镖，以及惠子，记者们纷纷退到一边，不停地点头哈腰。

“抱歉。”

“对不起……”

林凡本想扶一下金凌风，但见到金世雄走到金凌风面前，就默默退后了几步。

金世雄看见金凌风的手被擦破流了血，便蹲了下来，从口袋里拿出手帕，试图给他包扎。金凌风看都没看他一眼，就“啪”的一声将金世雄的手甩开，随即站了起来，然后和一旁的林凡说道：“差不多该准备一下了。”

没有争吵没有吼骂，他对金世雄，是从骨子里散发出来的无视和冷漠。

两人边说边往前走，林凡好奇地回头看了一眼金世雄，他定在原地，手帕落在他右前方的地上，在风中微微拂动。

金凌风的脸色也很不好，他淡淡地说：“你先去宴会厅吧，我去清洗一下伤口。”

“小风？”洗伤口的时候，一位头发花白的妇人走了过来。

金凌风回头，笑了笑：“张姨。”

“真的快十年没有见到过小风了啊。”张姨拿了创可贴，小心地给金凌风的伤口处贴上，“不过看到你在荧幕上活蹦乱跳的，我也很替你开心，想必夫人看到的话，也一定很欣慰。”

“您老了。”金凌风说。

“哪有人不会老的，好在金先生很关照我，现在也不会让我干什么重活了。”张姨看着金凌风，“金先生现在经常在Regis酒店办公，你要是实在不想回这里……可以去那边看看他。”

见金凌风突然不说话，张姨便也明白了，没再多提金世雄，而是和他聊起了苏黛拉的一些往事。

怎么洗伤口洗了这么久啊……林发在宴会厅发呆。

“最近很厉害嘛，你。”张臣远走了过来，“夜不归宿？”

林凡惊愕地抬头，张臣远怎么也在这里啊，而且仅仅是上司而已，未免管得太宽了吧。

然而并不敢当面这么说。

“过……过完年我会回去的啊！你怎么会在这里啊？”

张臣远看向她：“是我该问的吧，明知道这是什么地方还来？”

“就是听说是在这里举办，我才非来不可。”

“变得这么勇敢了。”张臣远似笑非笑地说道，“还变漂亮了不少，爱情真是伟大啊！”

“张总编！”“国王娱乐”的合伙人 Knight 向他招手。

“失陪了。”

“等等。”林凡叫住他，“臣远，有一个令自己痛恨的爸爸，和一个只能在自己记忆里不断思念的爸爸，哪种人更伤心一点呢？”

“不知道啊。”张臣远淡淡地说了这四个字，然后走向了 Knight.

Knight 介绍道：“金总，这位就是张臣远。”

“收钱办事啊，主编大人。”金世雄的特助在他耳边悄悄说道。

“臣远哥！”雪像宠物看到主人一般兴冲冲地跑向张臣远，半道上摔了一跤。

张臣远礼貌地欠身，说：“请您放心，下个月杂志的封面一定会留给惠子小姐的。”

“还有明天的热搜榜，都交给你啦！听说啊……”特助正说着，宴会厅里突然传来一个超大的声音，几乎吸引了所有人的注意。

雪慌慌张张地爬了起来，站到张臣远旁边。

“很抱歉，下属不懂事。”张臣远按着雪的脑袋，“晚辈会严加管教的。”

“嗯。”金世雄点了支烟，有意无意地看了几眼雪。

特助惊讶地盯着雪，简直和冬一模一样……这世界上，竟然真的有长相如此相似的人……

一直到“国王娱乐”成员来主厅开会的时候，特助还在琢磨这个雪会不会就是冬本人。

主厅里，电视屏幕正在循环播放惠子在《偶像淘金》上的演唱视频。

特助的注意力终于被转移了："不错嘛，年纪这么轻，吉他水平却这么高的很少见啊！"

惠子轻轻说道："从十五岁起，吉他就是我的朋友了。"

"蛮好的！下面就是筹备你的新专辑了，不过你的形象……"制作人看着她，"这个时代还走甜美乖乖女的路线真的能行吗？"

"当然不行啊，话题啊新闻什么的也要跟上的。"卷毛老板絮叨着，"现在光靠实力可是很难红的，厉害的人又不止你一个！不要太小看这个世界啊你。"

"是啊，看到大家都在为我而努力，我也要认真起来了。"惠子解开的红色大衣外套，露出里面的性感短裙，玲珑有致的身材顿时呼之欲出。

这样露骨的着装，简直令人血脉贲张。

会议结束后，Knight 见金世雄往花园区走，便紧步追了上去。

"不错嘛，蛮可爱的。"Knight 笑道，"天使的面孔，魔鬼的身材，果然是你一贯的口味啊！"

金世雄拿了一支红酒，淡淡地说："不全是因为这个，身材不好我也看不上啊。"

"变了很多啊，这孩子……在《偶像淘金》那时候可不是这样的哟。"Knight 随意地把手搭在金世雄的肩膀上，"你调教过了，是吧？"

金世雄用食指轻轻地指了指自己的肩膀，Knight 悻悻地缩回了手。

"觉得已经累了。"金世雄将两只高脚杯放在茶几上，慢慢地倒了两杯红酒，"看着窗外的花花世界，内心却平静得像潭死水。"

"所以早点让你儿子接手公司呗，我指的是你大老婆的儿子啦！"Knight 喝了一口红酒，"听说是高材生，智商绝对很高啊。"

"哈……我不是说这个。"金世雄看向远方的天空，"我，决定放弃寻找苏黛拉了。"

墙壁上的挂钟显示晚上八点整，告别会正式开始了。

告别会上，金凌风一一解答了记者们的提问，并完成了公司最后一个请求，推介新人惠子。

“记者好像收敛了不少，都把注意力放在新人推介上了，”林凡说，“接下来就是准备最后的答谢演唱了吧，这之后，就能好好地回归普通人的生活了。”

“然后，等着那个女人来取代我？”

金凌风看着前方，惠子穿着性感短裙，在记者的包围中侃侃而谈，毫不怯场。

“那个女孩……怎么了吗？你认识她？”林凡问道。

“还记得我跟你说过上次买体温计的事吗？因为一个莫名其妙赖在我车里不走的女人，导致我回来的时间推迟了半个小时。”

林凡惊讶地说：“那个奇怪的女人……就是她吗？”

“现在我终于可以肯定了，我的确只是被他当作赚钱的工具而已，我也是，我母亲也是，都被他耍得团团转。”金凌风的表情十分痛苦。

“可是，你爸爸怎么做都和你无关不是吗？你已经解约了呀。”林凡心疼地看着金凌风。

“那为什么现在的我觉得那么的不甘心？”

“因为你可能是想错了，你的爸爸还是很在乎你的！”林凡突然想起金世雄定在原地看着金凌风背影的画面，那样的他，看起来是多么的寂寞啊。

“你们之间太缺乏交流了，他的想法你要亲口问过他才知道……”

“别再说了……”金凌风几乎是哀求的语气。

林凡心疼地看着他：“对……对不起……”

“抱抱我好吗？林凡。”金凌风说，“我需要你。”

林凡张开双臂，紧紧地抱着他，良久，金凌风缓缓出声。

“我知道，你一直很思念你的父亲，你们的感情很深。你可能会因此觉得所有的父亲都爱着孩子，孩子也应该和父亲有感情。”金凌风说，“但是每个人的家庭都是不一样的，你所看到的了解到的那些，并不一定适用于每一个人。”

“我明白了……”林凡看着他，“是我错了，我不应该对你说那些，我是冲动了，但我冲动的原因也只是因为害怕看到你痛苦的神色，因为，我爱你，金凌风。”

“我爱你，林凡。”

【5】

金凌风感觉心乱如麻，独自一人随性地往前走着，希望能让自己的心获得些许安宁。

若有若无地音乐飘荡着，他敏感地捕捉到，是吉他声。

循着音乐他走到了主厅，一推开门，就看到电视屏幕上播放着惠子的吉他演唱。

竟然唱得很不错，金凌风站在那，不知不觉中，将一曲听完了。

“好听吗？”惠子走了进来，“这也只不过是我一年前的水平而已。”

金凌风没有心情理会她。

惠子说道：“我不知道你到底发生了什么事，但这样子的你一会还能上台吗？”

“拜你所赐，我没有那个心情了，让开。”金凌风冷冷地说，转身离开主厅。

“我只是想告诉你。”惠子说，“我今天来这里，是想亲眼看一下你现场的弹唱。”

“你说什么……”金凌风停住脚步，回头看着她，“你是在挑衅我吗？”

“因为我和你一样，开始也找不到合适自己的方向，我也是多亏了吉他，才拿到了《偶像淘金》的冠军。”惠子说着，从大衣口袋里，拿出了一盒录像带。

金凌风一眼就看出了那里面是什么，顿时有些紧张，说：“你这是哪来的？你看了吗？”

他伸手欲拿走录像带，惠子将手扬到一边，说：“金先生给我看的。”

“谁让你擅自带出来的？”金凌风忍不住咆哮起来，“你这样和偷有什么区别，还给我！”

惠子不以为然：“什么还给你？这是金先生的东西！”

“那也轮不到让你看！我都没拿到过的东西，为什么会让你拿到？”金凌风怒气冲冲地想要硬抢，惠子吓得把录像带塞进了自己的大衣里面，大衣里只有一条短裙，金凌风若是继续抢夺，极有可能会触碰到她的身体。

“你这家伙到底什么意思啊？穿成这样……”金凌风不屑地看着她。

惠子紧了紧自己的大衣：“只不过是作秀而已。”

“金世雄真懂得怎样来钱快，你还年轻，所以才对上面的命令言听计从。”金凌风满眼都是轻视鄙夷的神色。

“你又好到哪里去了，不是说合约解除之后，就和金先生断绝关系吗？”惠子盯着他，“结果到这种关键时候，又开始犹豫不决……你这样做，会让你的女朋友伤心吧？”

金凌风不想理她，扭过头去。

“闹了半天，你就是在吃醋而已，你不知道自己是被金先生宠爱着的吗？拥有那么好的资源，住着那么大的房子，你现在的样子，就像是个被抢走了奶嘴的婴儿一样。享受着奶嘴的时候觉得理所应当，奶嘴被拿走了才知道哭闹！”

“你说什么！”金凌风生气地抓住她举起了拳，惠子吓得缩成一团，再怎么样也是一个女人，金凌风想了想，松开了她。

惠子定了定神，继续说道：“金凌风，如果你真的不想再依赖金先生的帮助了，你觉得你现在的选择对你和你的女友是最好的，那就坚持下去。我认为，爱情幸福与否，全部在于你肯为她做多大的奉献，如果没有一点牺牲，就不会获得你想要的。”

惠子转身离开，说：“算了，看你这副样子，今天的演出我看也是要泡汤了，是我没眼光，才一直把你当成我的目标。”

“气死我了！”金凌风抓住她的胳膊，狠狠一拽，将她摔在了地上。

“你……”金凌风戳着她的脑门说道，“你的确有些地方挺像苏黛拉的，难怪那个老头那么喜欢你，愿意捧你。”

惠子笑了笑：“说起来，你也承认，金先生喜欢着你，才愿意捧你？”

金凌风：“……”

金凌风走出主厅，就看到林凡在走廊上等他，便快步走到了她的旁边。

“怎么样，心情有好一点吗？”林凡问道。

“怎么说呢。”金凌风，“心里还是有点乱。”

林凡握住他的手：“答谢演唱要开始了，加油，无论这是不是你最后一次登台演场。”

“……什么意思？”金凌风有些不解。

林凡笑着说：“时间来不及了，唱完再说啦！”

答谢会上，金凌风唱了一首节奏比较缓慢的抒情歌曲，旋律深沉缭绕，歌词细腻动人，所有听众都受到了感染，沉浸其中。

“金凌风，你还是喜欢当偶像对不对？”回家的车上，林凡问。

金凌风愣了两秒，说：“怎么……突然问这个？”

“因为我觉得，你是一个为舞台而生的人，是天生的歌者。”林凡由衷地说，“你的母亲在她事业发展最好的时候退出了娱乐圈，我，不希望你也是这样。”

“我和她不一样。”金凌风说。

“你和她是不一样，但你们有一样的地方，就是无可比拟的才华。”林凡看着金凌风，“你知道吗？跟你在一起之后，我一直都在盼望着这一天的到。我想要和你没有任何阻碍地在一起，过着普通人的生活。但是今天，我终于想明白了，我这样的爱是自私的，你热爱音乐，你喜欢当偶像，我不应该用爱束缚你，让你离开那个让你闪闪发光的舞台。”

“这不是束缚。”金凌风的眼神温柔得一塌糊涂，“我只是想尽我最大的能力，让你过上幸福的生活。我承认，我是热爱音乐，喜欢当偶像，喜欢在舞台上唱歌，但这些和你比起来，都不重要。”

“可是——”林凡问道，“如果我和这些不矛盾呢？如果我变得更勇敢，更懂得保护自己，变得支持你当偶像，你还会不会想要留在舞台上呢？”

金凌风没有正面回答，“我，不想冒那样的险，不想让你处于危险之中。”

“那就是，你是想的，对不对？”

“我最近心情很乱，没有办法想这些事。”金凌风说道，“抱歉林凡，这段时间我想要安安静静地做一个普通人，然后找找苏黛拉，其他的，以后再说吧……”

普通人的日子，过得很快乐。

虽然还是经常会被粉丝认出来，但心态已经完全不一样了，可以很自然地给他们签名、说笑，完全不用顾忌会不会不小心丢了偶像包袱，或是闹出了什么丑闻被公司责骂。出门也没有必要戴口罩眼镜全副武装了，不会有鬼鬼祟祟地狗仔尾随，一切都很美好，除了偶尔走上时代广场，看到广场的大荧幕上，循环播放的都是偶像惠子的专辑，会有一点点不爽，那里，以前可是他的地盘啊。

新年到了，金凌风和林凡把家里布置得温馨热闹，给林平和林芝买新的衣服和学习用品，然后四个人一起吃大餐，一起游玩，一起去看妈妈，为她换上喜庆地节日服装，再梳一个好看的发型。

这样的生活，林凡觉得很开心，开心到即使沉默也嘴角上扬着，这样的他们，就好像是真正的家人一样。

晚上，孩子们睡了，林凡又溜到金凌风的房间。

“新年快乐！金凌风。”

金凌风又一个不经意地袭吻：“新年快乐。”

“今天也要弹晚安吉他！”林凡笑嘻嘻地说。

“说真的，每天都听，不腻吗？”

“不会腻啊！”林凡说道，“当然，也慢慢没有以前那么有新鲜感了。”

“那不弹了。”

“喂……你怎么这样。”

“着什么急，我是说改弹钢琴，这样会不会新鲜感好一点？”

“你误会我的意思啦。”林凡解释道，“晚安吉他是没有以前那么有新鲜感了，但是我并不想要新鲜感啊，我喜欢听你弹吉他，永远都听不腻，尤其是你站在舞台上弹唱的样子，真的很棒。”

金凌风默默喝了一口红酒，说：“你有话要说？”

“就是上次跟你提过的事啊。”林凡问，“离开舞台这么久，你想念吗？”

金凌风思索了一会：“不久啊，才一个月……”

“不许跑题！”林凡气鼓鼓地说道，“你到底想不想继续当偶像啊？”

“你是说，继续回到金世雄身边吗？”金凌风的表情说完后变得有些漠然。

“当然不是！你现在是自由的，可以选择金先生，也可以选择银先生，又或者自己开公司，这些都可以啊，我记得你解约之后接到了很多公司的电话吧，他们不都争着抢着想要签你吗！”

“是这样没错，但是我还没想好要不要接受，也没有想好接受哪一家。”金凌风坐在床上，随性地盘着腿。

“要不然我来帮你做选择好了！”林凡坐到他旁边，用手指轻轻戳他，“我们‘快看娱乐’真的很不错哦，但今年狮子去国外定居损失了一名大将，现在正需要你这样的有才华的创作型歌手！”

金凌风皱了皱眉，说：“什么？你还没辞职吗？”

“当然没有辞职啊，而且我转正了，要加入经纪人部，过完年就去办转正手续。”林凡骄傲地说道，“现在站在你面前的就是——艺人经纪林凡！”

“呃……所以你刚刚在给我下套？”

“怎么样嘛，要不要签约我们公司呢？”林凡继续安利，“我们公司的记者部也超级厉害的，什么料都能挖出来，你当年的零分试卷就是他们爆出来的，如果你加入公司，他们还可以帮你找苏黛拉呢！”

“你刚刚说什么？”金凌风的眼睛眯了起来，“我当年的零分试卷，就是张臣远爆出来的？”

林凡意识到自己嘴太快了，将拳头塞进嘴里默默扭过头。

金凌风凑过去把她的拳头拔出来，说：“说清楚。”

“不要这么记仇嘛，现在都是自己人啊……再说，如果当初张臣远不爆出你的零分试卷，那你就不会来格林大学重修，卷毛老板也不会找我给你当补习老师，那也就不会有我们的今天了啊……”

林凡说着，金凌风突然一把将她推到，拳头支在床上，眼神暧昧地看着她。

“照你的意思是我还要给张臣远发个红包不成？”

突如其来的床咚打乱了林凡的思路，她双颊粉红，支支吾吾地说不清一句完整的话。

“我，不是……你随便……”林凡想从金凌风臂弯里钻出去，“不是不是，我是说……”

金凌风爱怜地抚摸着林凡的脸，林凡微微垂着眸子，不时偷偷抬眼看眼前这个男人。一旦眼神触碰上，又像只听到风吹草动的小兔子一般，四下张望，假装是眼神游离不小心对上的，萌态可掬的样子，惹得金凌风笑了起来，轻轻说道：“真可爱。”

林凡的嘴微微翕动，欲言又止的模样，自然透红的唇如樱桃般红润诱人，又多了几分灵动，金凌风不由自主地吻了上去。

“好软，好香甜。”他在她耳边说道。

没有比相爱的恋人耳鬓厮磨缱绻絮语更美好的事了，新春佳节，一直谈工作难免有些煞风景，林凡想着，嘴角不禁笑意盈盈。

她轻轻闭眼，满足而愉悦地，享受着属于他们的倾城时光……

REC

番外一

金凌风特别篇

【1】

像林凡这种，如她的名字一样平凡得不能再平凡的女人，如果不谨慎地保护，就会像以前那样……

“希望林小姐能放过我，好好生活，而不是借我炒作。”

“毕竟不是每一个粉丝我都能照顾得到的。”

说了这么无情的话，肯定就能让她死心了，不会再追过来，那么就能保证她的安全了。

车开走了，后视镜里，她瘦弱的身影越来越小。

过回你自己的生活吧，相比和我在一起，那样更幸福……

但我并不愿意就这样失去她。

三年，给我三年的时间，到那时候，变得足够强大的我，一定能在茫茫人海中找到她，实现我对她的承诺。

这便是我在这三年里拼命工作的动力和唯一的精神支撑。

但没想到的是，两年之后，我又见到了她。

她变了好多，被一个人搂在怀里，周围的人议论纷纷。

那个男人说：“是的哦，因为是圈外人，还请各位友人替我保守秘密。”

我愣愣地看着她，心里慌了神。

眼前这个光彩照人的女孩，真的是林凡吗？

我不禁心生一丝不甘，她果然已经完全放下我了吗？

没有我的生活，好像真的要比以前更加精彩。

这时的她已经毕业了吧，不知不觉间，她已经如此地接近我，但我们虽然站在同样的地方，她却在另一个男人的怀里。

回到房间，酒喝了一瓶又一瓶，心里，却越来越乱。

小九跑了进来，大声嚷嚷着：“风，你怎么把赞助商送的红酒全都打开了？真是浪费啊！”

吵死了，头疼。

小九无奈地摇摇头，随即说道：“你没有看错，那个人就是林凡。”

“那他旁边那个人是谁？”

“是作曲家狮子。”

我冲了出去，拉住她的手，对她说：“跟我走。”

四目相视。

这个才是啊，看恋人的表情。

我拉着她回了房间，控制不住地吻她。

酒精的作用下我产生了一个想法，干脆就把她占为己有吧。

第二天醒来，我衣衫凌乱，脑袋也昏昏沉沉的。

小九过来的时候表情也有些奇怪。

“所以风——昨晚向林凡小姐道歉的同时，又强迫她留在你房间里了对吗？那林凡小姐是否原谅你了呢？”

“我不记得了，应该算是原谅我了吧。”

“应该？”小九突然暴躁起来，“为什么总是这样？对待外人都是一副有礼貌的样子，对熟悉的人反而那么粗鲁强硬！如果林凡小姐能原谅你，那这样的女孩，你应该更加珍惜她才对不是吗？”

我被小九吵得头疼，钻进被窝里补觉，迷迷糊糊中还听到他一直在说话。

“真是的，对熟悉的人连说教也不愿意听完了啊。”

“我只是害怕你面具戴久了……总有一天，会连你本来就拥有的那种温柔性格也抛弃了啊……”

【2】

林凡那次主动提出约会，我真的很惊喜。

“那么，约会的那天见。”

“嗯，好……”

我拉着她的手出门，感觉特别幸福，林凡也笑嘻嘻地很开心。

但当我看到有两个陌生人经过的时候，虽然很不舍，我还是松开了她的手。

“回去吧。”我淡淡地说。

林凡转身离开，我戴好帽子。

“喂，风！刚才那是什么意思？”

“公司人多，被看到就不好了，有什么问题吗？”我说。

“可是这样林凡小姐太可怜了吧。”

“林凡太弱小了，只有这样才能保护好她。”

“弱小的是你！发生了那么多事你还不明白吗？风，变得更勇敢吧，否则就把不要林凡小姐绑在你身边。”小九愤愤地说，“作为偶像的你很成功，但对身边的人却太失职了，这样下去连我也不想留下风的身边了。”

【3】

小九说得对，我对林凡太不公平了。

即使爱情里不可能有绝对的平等，但是我不能因为我的懦弱而让她再受伤。

趁着她还没走多远，我追了上去，一直在后面悄悄跟着她。

这个傻瓜，一边走还一边自言自语，纠结约会穿什么好。

刚才那么冷漠，她好像完全没受影响。

难道是习惯了我这个样子吗？哎，作为恋人，我真失职。

本以为这样目送她到家应该就没事了，但还是碰上了偷拍的狗仔。

我毫不犹豫地冲了上去，一把揪住了他的头发。

"带着相机跟踪一个女生，你想做什么？"

他原本有些惊恐，但看清我的脸后，就变得淡定起来。

"哼，金凌风，连化装也顾不上了吗？我警告你，殴打记者的话，明天的头条就是你了啊！"

我根本不在意他的威胁，不仅没松手，还更大力了几分。

他的脸已经痛苦变得扭曲，咆哮道："那个女人也会一起曝光，你知道是什么后果吧？"

我愣了一秒，便松开了他。

"不想完蛋的话就照我说的去做。"他掏出手机在上面按了几个数字，然后递给我看。

"做个交易吧，这个价……"

他胃口不大，这个价格并不高。

他说："我们可以答应不发这条新闻，绝对诚信，再说这点钱对你来说也不算什么，怎么样？"

"这样……就可以吗？"这样被勒索，一旦成功了，有一次就有两次三次，这样下去，林凡……

那个娱记大概看我有些迟疑，突然拍了拍我的肩膀，说道："当然，你知道的吧？艺人最害怕的就是丑闻，不但自己会倒霉，牵连到身边的人都是再正常不过的，你也很害怕，不是吗？"

他说的没错，我很害怕。

但那一刻我想起了小九的话。

"风，变得更勇敢吧，否则就把不要林凡小姐绑在你身边。"

为了林凡，我确实需要变得更勇敢。

"我的确很害怕丑闻，也害怕她受伤害，但我的谨慎和小心翼翼却并不是你所认为的胆怯。她一直是孤身一人，既没什么朋友，也没有家人可以保护她，所以我早就决定了，不仅是男友，我还要代替她的父亲，把她捧在手心里小心呵护……可是拜你所赐，我总算明白了，无论我怎么小心，总会有你这种渣滓上来随意践踏！”我狠狠地给了他一拳，然后抓住他的衣领将他整个人拎了起来，“所以该怎么处置呢？伤害我重要的人还试图威胁我的家伙……”

就在我忍不住揍他的时候，小九带着保镖出现了，这种事交给他们也好，作为公众人物，注意一点没坏处。

“风，真是担心死了，下次出门请带着保镖啊！”小九气喘吁吁地说，“还有，已经按照你的吩咐，派人护送林凡小姐回家了。”

“真了不起啊小九，我就勉强承认你的才能吧，这个月发十倍奖金怎么样？”

小九有些凌乱：“好随便，风真任性啊。”

“这样总舍不得离开我身边了吧。”

“风，误会你了，真对不起……”

我笑了笑，和小九一起回录音棚。

虽然如此，虽然看上去不是那样——但她仍然是我最最重视的女人。

“真是的！明明风在公司的时候就发现了尾随者，一个人偷偷担心林凡小姐也不肯告诉我！”

“还……还不是因为小九你每天都监视我……我已经是个大人了，所以别再这样了。”

“原来如此，风就像好狐狸一样，喜欢把宝贝的东西藏起来呢。”

“哈？”

【4】

关于游轮那一晚的真相，我是后来从林凡嘴里得知的。

“林凡……” 我痴痴地看着她，“你很漂亮啊。”

我又情不自禁地吻向她，两个人的心都“扑通”“扑通”跳得好快。

“呜呃！”我突然胃里一阵翻滚，吐了一地。

林凡皱着鼻子，嫌弃地骂道：“你这个醉鬼！”

于是，当晚什么都没有发生……

REC

番外二

点点滴滴

【1】

事件发生在狮子那次发烧的第二天……

狮子坐在在沙发上，托着腮看书。

林凡小心翼翼地移了过来，这个家伙，不是看书就是弹钢琴，看起来永远都很专注的样子，不过都生病了为什么不好好休息？

呃，说句什么开场白比较合适呢？林凡思索着，有了！

“那个，你……吃过药了，感冒有没有好一点？”

“主动来关心啊，是希望我感谢你吗？”狮子淡淡地说，眼神并没有离开手里的书。

林凡大声否认：“才不是！”

狮子又咳嗽了起来。

“看样子还没好嘛。”林凡一手拿着鱼罐头，一手拿着汤勺，“你别想多了，我是来工作的，张臣远说，喂豆豆也是助理的工作之一。”

豆豆简历如下：

姓名：豆豆

身份：张臣远的猫

品种：布偶猫

性别：公

年龄：一岁。

毛色：奶油色

性格：乖巧粘人爱卖萌

喜欢的人：最喜欢主人，第二喜欢狮子，喵……

林凡打开鱼罐头，闻到味的豆豆开心地跑了过来，林凡蹲下来，用汤勺喂给豆豆吃。

豆豆吃鱼罐头，林凡看着豆豆吃鱼罐头，狮子看着林凡看豆豆吃鱼罐头……

一切好像很和谐的样子，直到狮子突然咳嗽了几声。

林凡这才发现狮子不知道什么时候已经凑过来了，书本早已被扔在了一边。

“你……你可以远离一点吗？”林凡下意识地护住自己和豆豆，“万一把感冒传染给我们怎么办！”

“豆豆是小动物，怎么会被传染。”狮子一副无所谓的样子，“况且你也不会啊。”

“这……怎么说？”

狮子一本正经地解释道：“你没听说过吗？笨蛋是不会感冒的。”

“我笨？哈哈哈你在说笑吗？”林凡觉得是时候向他科普一下了，“你肯定不知道格林大学……”

“教了那么久到现在连五线谱上的音符都认不全的女人，不是笨蛋吗？”

瞬间自信被打击得所剩无几。

林凡气鼓鼓的，反正说不过他，干脆保持沉默。

狮子拿起书本继续阅读，若有所思地说：“沉默吗？真符合你木讷的调性呢。”

到底想怎样啊！林凡握汤勺的手不由得一抖，鱼罐头的汤汁滴在了手上。

“会弄脏衣服的，怎么办？”林凡喃喃地说，希望狮子能帮她递一下纸巾。

狮子一副心领神会样子，握住林凡的手腕凑到自己的嘴边，作势要舔，“因为你，我舒服多了，所以，作为谢礼——我会一滴不剩地帮你清理干净的。”

林凡浑身筛糠，赶紧抽回了自己的手，“不用这样的谢礼啦！”

【2】

《偶像淘金》比赛结束后，冬来到别墅找张臣远。

“欢迎回来，冬。”张臣远说，“带着一身艺人的资质去当女间谍，真是可惜了。”

“不上钩啊。”冬叹了一口气，无奈地说，“金世雄比我们想的狡诈多了，一听到风声马上就和我提分手，什么证据也没留下。”

“哦，就没有抓到什么别的把柄吗？”

“哪有你说的那么简单——话说你干嘛那么认真啊？就为了讨好你家那头猛兽？”

“林颂去世之后，他就一直这副自闭的样子，谁也无法信任。”张臣远黯然说道。

“但是人的心境也是会随着时间变化的啊，你现在操心也没用。”

“反正他现在离不开我。”张臣远说，“除了我，谁也无法救赎他。”

“放心吧，人都是这样，总要等到命中注定的那个人出现……狮子总有一天也会交女朋友的。”冬突然皱了皱眉，“说起这个就来气！我最近也不是没给他牵线搭桥过，而且对方不是长相身材都S级的女歌星，就是嗲功一流的甜美系嫩模，听说是作曲界的人气王狮子，一开始都想攀附他，谁知被他耍得团团转，骗走了不少钱呢，最后还得我来把钱给人家还回去，总之再也不给他介绍相亲了，真是的，这不是坏我名声？”

“我听她抱怨加班听得都烦了！”冬说道，“雪和我虽然是双胞胎，性格却是大不相同，平时话痨活泼到我都有点受不了，不过，她还算听话吧？”

“不，还是和你比较谈得来。”

冬一愣，但很快淡定下来。

“毕竟我们是多年挚友嘛，雪从小在国外长大，刚回国投靠我，就赶上你公司缺人手，我才把她带到你身边来。”

“所以我有对她好啊。”张臣远的笑容变得邪魅，“工资和工资之外的奖赏都超丰厚的……”

【3】

和金凌风同台演唱很成功，林凡特别开心，狮子却心事重重，庆功宴也没参加，没过几天就以散心之名，独自去了国外。

晴朗的天气，他在广场悠闲地喂鸽子。

电话又响了起来。“狮子先生，约定的那首曲子，请问什么时候能交货呢？”

“抱歉，最近在休假。”狮子淡淡地说，然后挂断了电话。

他现在的状态，暂时并不适合创作。

该做的事已经结束了，然而自己比想象中还要焦躁，这让他感到吃惊。

朋友、过去、真相……就让我来将它们埋葬吧，狮子看着那些自由自在飞的白鸽，默默地说，就这样回到原来的距离吧，太靠近我是不会有什么好事发生的。

【4】

在我生命中，有一个对我来说非常重要的人。

是她让我第一次知道，一顿简单的饭菜也可以让人那么幸福和满足。

是她让我第一次懂得，为了别人小小的愿望费心思。

是她让我第一次发觉，原来我也会那么在意一个人的喜怒哀乐。

也是她第一次，让我想要那么奋不顾身地保护一个人。

曾经，我为她心疼，却只能轻轻地在她戴的兔子头套上落下一个吻。

但如今，我们是彼此相爱的恋人。

所以我想跟她说——

在你面前，我不是偶像，而是一个会在你难过的时候抱着你，在你开心的时候陪你笑，不够完美，只会用自己的方式笨拙地喜欢你，这样一个普通的大男孩而已。

我喜欢魅力四射的舞台，喜欢万人簇拥的感觉。

我喜欢璀璨灯光为我而闪烁，喜欢所有的赞誉和荣耀。

但是，我更喜欢你。

【5】

金凌风的那场告别答谢会上，张臣远意外地接到了狮子的电话。

张臣远：别说是‘鸿门宴’嘛，狮子，我只是好奇国王的宫殿到底是用什么建成的而已，倒是你，在维也纳度假还开心吧？

狮子：不……根本不能好好睡觉，两位老人家忙着开音乐会，乐团里的成员明明已经很成熟了，结果还让我去顶替钢琴声部，明明是最不重要的吧？

张臣远：他们那么喜欢炫耀自己的儿子，你不是很讨厌吗？

狮子：这些年在国内写着流行音乐，大众的口味，却一直在变，现在反而觉得古典才是最隽永的，我老了，喜欢时间沉淀下来的东西。

张臣远：说什么老了啊，你才28吧？

（雪在旁边听到，忍不住笑了起来。）

狮子：我想在维也纳定居下来，之前留在国内，只是放不下大哥的仇恨而已，现在那边已经没有什么好让我牵挂的了……

张臣远：狮子……

狮子：这些年谢谢你了，臣远。

张臣远：说到鸿门宴——你知道今天林凡也来了吗？穿着短款的礼服裙子和长靴，头发也梳得很可爱，好了，后会有期吧，狮子，拜拜！

狮子：等一下！

张臣远：不是已经没有什么好牵挂的了？

（雪已笑喷。）

狮子：都告诉我吧，她的近况，胖了还是瘦了，梳什么样的发型，穿了什么颜色的礼服，还有，那个霸道的家伙有没有好好对她啊？她现在，在笑吗？

【6】

又一次梦到老林了，林凡泪水滴落，濡湿枕套。

“嗡——嗡——”手机在桌上震动着，林凡从梦中醒来，拿过手机一看，是一串奇怪的号码。

林凡擦了擦眼角的泪，不能任由自己陷入这种负面情绪之中了，振作一点，说不定是哪个客户呢？

想到这里，便按下了接听键：“喂？”

电话那端却毫无反应。

“Hello？”林凡坐直身子，尽可能使自己语调听起来开朗愉快，“Hello……”

电话那边终于有回应了。

“凡。”

是狮子，林凡身子一抖，手不自觉地紧紧抓住裙角，她也不知道自己为什么会突然变得这么紧张。

狮子在宽敞明亮的房间里一边喝咖啡一边和林凡通话。

“你好吗？我是来向你告别的，不过好像不是时机。”狮子问，“你在哭吗？”

林凡开心地笑道：“没有，你没听见我高兴得很吗！不过，什么告别啊？张臣远说你只是去散散心而已。”

“但是……这里很好，所以不打算回去了。”

林凡不由得一愣。

“不……不会吧，那怎么行！你不知道委托你写歌的工作积压了多少吗？你要我们怎么对客户解释啊！笨蛋！”

“……笨蛋？”狮子满是疑惑。

林凡架起眼镜坐在床上，一边核算这个月能拿多少工资一边说道：“要是你走了，我的业绩完不成，加奖金又没有希望了！而且，弟弟也快上大学了，我还想多存点钱呢。”她越说越激动，眼镜跌落在了床上，“再说了，你走了张臣远要怎么办啊？他一定不想你离开！”

狮子忍不住笑了起来，顺势用手整了整戴着的蓝牙耳机，道：“凡，我回去，对你不会有任何好处的，除非……不是因为工作，而是你，想要我回去。”

“……怎么可能。”

“好吧，凡。”狮子说，“想要别人听你的话，又不想付出相应代价，这样可不行。”

林凡有些无奈：“什么代价？你说吧。”

“那……”狮子的声音突然变得有几分邪魅，“回去之后，让我把你衣服脱了。”

“什……什么？”林凡受到了惊吓，脸上飞起红云，怀疑自己是不是听错了。

“我要你穿我给你选的衣服。”

林凡呼了一口气，又突然觉得有些不对，说：“你是在委婉地说我穿得很丑吗？”

“怎么会呢？”狮子柔声说道，“凡无论怎么变化，身材和线条都是最棒的，我喜欢看你展现出更吸引我的样子。”

“……为什么？”林凡不由得有些慌乱。

“我想让你知道拥有一副女性的身体是多么的快乐，与其眼睁睁看着你哭，不如让你心甘情愿地在我身下挣扎”

林凡握着手机的手僵住，他——在乱说什么啊！

“我要你不知道满足地、不断地向我索求这种快乐……冷了，就用你美丽的身体来向我撒娇，寂寞了，就老老实实地说需要我……”

“不……不要再说了！”林凡大声制止他，虽说只能听见声音，但狮子大概已经猜到此刻林凡的脸又多红了。

狮子摸着下巴，像个恶作剧成功的孩子，得意地笑了，真有趣，让人忍不住多玩一会。

他憋着笑，继续之前的邪魅语气，说道：“再让我多取悦你一点啊，你也觉得这样很舒服吧？”

“没有，不……不要再打来了……什么取悦啊，我才不想你回来呢！”

“那，我会再给你发消息的。”

“不必了！”林凡的脸红得发烫，用最快的速度挂掉了电话。

【7】

林凡：金零分，你在想什么啊？

金凌风：我在想怎么样才能和你光明正大地去约会、旅行……让全世界都知道你是我金凌风的女人！

金凌风：喂，土鳖女。

林凡：怎么了？

金凌风：你今天怎么怪怪的？

林凡：……哪怪了？

金凌风：怪好看的。